LES

TROIS MOUSQUETAIRES

PAR

ALEXANDRE DUMAS.

EDITED AND ANNOTATED, FOR USE IN COLLEGES
AND SCHOOLS,

BY

F. C. SUMICHRAST,

ASSISTANT PROFESSOR OF FRENCH IN HARVARD
UNIVERSITY.

———o०ॐ०o———

BOSTON, U.S.A.
PUBLISHED BY GINN & COMPANY.
1889.

TYPOGRAPHY BY J. S. CUSHING & CO., BOSTON, U.S.A.

PRESSWORK BY GINN & CO., BOSTON, U.S.A.

PREFACE.

———◆———

ALEXANDRE DUMAS' "best work," says a distinguished critic, Mr. G. Saintsbury, "such as the whole of the long series ranging from *Les Trois Mousquetaires* through *Vingt Ans Après* to *Le Vicomte de Bragelonne*, the still longer series of which *La Reine Margot* is a member, and parts of others, has remarkable and almost unique merits."

"There is not a spot on this earth, reached by the French language," remarks the conservative Nisard, "where admiration has not been excited by his gifts as a story-teller, his inexhaustible abundance of diverting inventions, his thoroughly French and brilliant dialogue, his easy, natural style, his swing, and his defects, which one has not had time to notice, so completely does he carry you away at his own sweet will."

These estimates sufficiently indicate the unabated popularity which Dumas' works enjoy. But at the same time all critics concede that even in his best works there are blemishes and faults, — the most conspicuous being too frequent filling-out and passages of more than doubtful morality. These have proved insurmountable obstacles to the adoption of Dumas' novels for college and school use, and the present edition of *Les Trois Mousquetaires* is an attempt to offer a condensation of the book, in which, while leaving the main features of the story, the brilliant descriptions, the characteristic dialogue, and the captivating rush of adventures untouched, all objectionable passages are excised, and the volume brought within such limits of length that it may be conveniently used as a text-book.

The notes are divided into two parts — the first containing explanations of difficult passages and allusions, and the second brief notices of the principal historical personages and places mentioned in the course of the narrative. These are arranged in alphabetical order.

The original division into chapters has been preserved.

June, 1889.

TABLE DES CHAPITRES.

TOME PREMIER.

Table des Chapitres.

TOME DEUXIÈME.

LES

TROIS MOUSQUETAIRES.

—∞◦❊◦∞—

I.

LES TROIS PRÉSENTS DE M. D'ARTAGNAN PÈRE.

Le premier lundi du mois d'avril 1625, le bourg de Meung, où naquit l'auteur du *Roman de la Rose*,[1] semblait être
dans une révolution aussi entière que si les huguenots en
fussent venus faire une seconde Rochelle. Plusieurs bourgeois voyant s'enfuir les femmes du côté de la Grande-Rue,
entendant les enfants crier sur le seuil des portes, se hâ-
taient d'endosser la cuirasse, et, appuyant leur contenance
quelque peu incertaine d'un mousquet ou d'une pertuisane,
se dirigeaient vers l'hôtellerie du *Franc-Meunier*, devant
laquelle s'empressait, en grossissant de minute en minute,
un groupe compacte, bruyant et plein de curiosité.

En ce temps-là les paniques étaient fréquentes, et peu de
jours se passaient sans qu'une ville ou l'autre enregistrât sur
ses archives quelque événement de ce genre. Il y avait les
seigneurs qui guerroyaient entre eux; il y avait le roi qui
faisait la guerre au cardinal;[2] il y avait l'Espagnol qui
faisait la guerre au roi. Puis, outre ces guerres sourdes ou
publiques, secrètes ou patentes, il y avait encore les voleurs,
les mendiants, les huguenots, les loups et les laquais, qui
faisaient la guerre à tout le monde. Les bourgeois s'ar-

maient toujours contre les voleurs, contre les loups, contre les laquais, — souvent contre les seigneurs et les huguenots, — quelquefois contre le roi ; — mais jamais contre le cardinal et l'Espagnol. Il résulta donc de cette habitude prise, que ce susdit premier lundi du mois d'avril 1625, les bourgeois, entendant du bruit, et ne voyant ni le guidon jaune et rouge,[3] ni la livrée du duc de Richelieu, se précipitèrent du côté de l'hôtel du *Franc-Meunier.*

Arrivé là, chacun put voir et reconnaître la cause de cette rumeur.

Un jeune homme . . . — traçons son portrait d'un seul trait de plume : — figurez-vous don Quichotte à dix-huit ans ; don Quichottte décorselé, sans haubert et sans cuissards ;[4] don Quichotte revêtu d'un pourpoint de laine dont la couleur bleue s'était transformée en une nuance insaisissable de lie de vin et d'azur céleste. Visage long et brun ; la pommette des joues saillante, signe d'astuce ; les muscles maxillaires énormément développés, indice infaillible auquel on reconnaît le Gascon, même sans béret,[5] et notre jeune homme portait un béret orné d'une espèce de plume ; l'œil ouvert et intelligent ; le nez crochu, mais finement dessiné ; trop grand pour un adolescent, trop petit pour un homme fait, et qu'un œil peu exercé eût pris pour un fils de fermier en voyage, sans la longue épée qui, pendue à un baudrier de peau, battait les mollets de son propriétaire quand il était à pied, et le poil hérissé de sa monture quand il était à cheval.

Car notre jeune homme avait une monture, et cette monture était même si remarquable, qu'elle fut remarquée : c'était un bidet du Béarn,[6] âgé de douze ou quatorze ans, jaune de robe, sans crins à la queue, mais non pas sans javarts aux jambes, et qui, tout en marchant la tête plus bas que les genoux, ce qui rendait inutile l'application de la martingale, faisait encore également ses huit lieues par jour. Malheureusement les qualités de ce cheval étaient si bien cachées sous son poil étrange et son allure incongrue, que dans un temps où tout le monde se connaissait en chevaux, l'apparition du susdit bidet à Meung, où il était entré il y avait un quart d'heure à peu près par la porte de Beaugency, produisit une sensation dont la défaveur rejaillit jusqu'à son cavalier.

Et cette sensation avait été d'autant plus pénible au jeune d'Artagnan (ainsi s'appelait le don Quichotte de cette autre Rossinante), qu'il ne se cachait pas le côté ridicule que lui donnait, si bon cavalier qu'il fût, une pareille monture: aussi avait-il fort soupiré en acceptant le don que lui en avait fait M. d'Artagnan père. Il n'ignorait pas qu'une pareille bête valait au moins vingt livres;[7] il est vrai que les paroles dont le présent avait été accompagné n'avaient pas de prix.

— Mon fils, avait dit le gentilhomme gascon, — dans ce pur patois de Béarn dont Henri IV n'avait jamais pu parvenir à se défaire, — mon fils, ce cheval est né dans la maison de votre père, il y a tantôt treize ans, et y est resté depuis ce temps-là, ce qui doit vous porter à l'aimer. Ne le vendez jamais, laissez-le mourir tranquillement et honorablement de vieillesse; et si vous faites campagne avec lui, ménagez-le comme vous ménageriez un vieux serviteur. À la cour, continua M. d'Artagnan père, si toutefois vous avez l'honneur d'y aller, honneur auquel, du reste, votre vieille noblesse vous donne des droits, soutenez dignement votre nom de gentilhomme, qui a été porté dignement par vos ancêtres depuis plus de cinq cents ans, et pour vous et pour les vôtres. Par les vôtres, j'entends vos parents et vos amis. Ne supportez jamais rien[8] que de M. le cardinal et du roi. C'est par son courage, entendez-vous bien, par son courage seul, qu'un gentilhomme fait son chemin aujourd'hui. Quiconque tremble une seconde laisse peut-être échapper l'appât que, pendant cette seconde justement, la fortune lui tendait. Vous êtes jeune, vous devez être brave par deux raisons:

la première, c'est que vous êtes Gascon, et la seconde, c'est que vous êtes mon fils. Ne craignez pas les occasions et cherchez les aventures. Je vous ai fait apprendre à manier l'épée; vous avez un jarret de fer, un poignet d'acier; battez-vous à tout propos; battez-vous, d'autant plus que les duels sont défendus, et que, par conséquent, il y a deux fois du courage à se battre. Je n'ai, mon fils, à vous donner que quinze écus,[7] mon cheval et les conseils que vous venez d'entendre. Votre mère y ajoutera la recette d'un certain baume qu'elle tient d'une bohémienne, et qui a une vertu miraculeuse pour guérir toute blessure qui n'atteint pas le cœur. Faites votre profit du tout, et vivez heureusement et longtemps. —Je n'ai plus qu'un mot à ajouter, et c'est un exemple que je vous propose, non pas le mien, car je n'ai, moi, jamais paru à la cour et n'ai fait que les guerres de religion en volontaire; je veux parler de M. de Tréville, qui était mon voisin autrefois, et qui a eu l'honneur de jouer tout enfant avec notre roi Louis XIIIe, que Dieu conserve! Quelquefois leurs jeux dégénéraient en batailles, et dans ces batailles le roi n'était pas toujours le plus fort. Les coups qu'il en reçut lui donnèrent beaucoup d'estime et d'amitié pour M. de Tréville. Plus tard M. de Tréville se battit contre d'autres: dans son premier voyage à Paris, cinq fois; depuis la mort du feu roi jusqu'à la majorité du jeune, sans compter les guerres et les siéges, sept fois; et depuis cette majorité jusqu'aujourd'hui, cent fois peut-être! —Aussi, malgré les édits, les ordonnances et les arrêts, le voilà capitaine des mousquetaires, c'est-à-dire chef d'une légion de Césars dont le roi fait un très grand cas, et que M. le cardinal redoute, lui qui ne redoute pas grand' chose, comme chacun sait. De plus, M. de Tréville gagne dix mille écus par an; c'est donc un fort grand seigneur. —Il a commencé comme vous; allez le voir avec cette lettre, et réglez-vous sur lui, afin de faire comme lui.

Sur quoi M. d'Artagnan père ceignit à son fils sa propre épée, l'embrassa tendrement sur les deux joues et lui donna sa bénédiction.

En sortant de la chambre paternelle, le jeune homme trouva sa mère qui l'attendait avec la fameuse recette dont les conseils que nous venons de rapporter devaient nécessiter un assez fréquent emploi. Les adieux furent de ce côté plus longs et plus tendres qu'ils ne l'avaient été de l'autre, non pas que M. d'Artagnan n'aimât son fils, qui était sa seule progéniture, mais M. d'Artagnan était un homme, et il eût regardé comme indigne d'un homme de se laisser aller à son émotion, tandis que madame d'Artagnan était femme et de plus était mère. — Elle pleura abondamment, et, disons-le à la louange de M. d'Artagnan fils, quelques efforts qu'il tentât pour rester ferme comme le devait être un futur mousquetaire, la nature l'emporta, et il versa force larmes, dont il parvint à grand' peine à cacher la moitié.

Le même jour le jeune homme se mit en route, muni des trois présents paternels et qui se composaient, comme nous l'avons dit, de quinze écus, du cheval et de la lettre pour M. de Tréville; comme on le pense bien, les conseils avaient été donnés par-dessus le marché.

Avec un pareil *vade mecum*, d'Artagnan se trouva, au moral comme au physique, une copie exacte du héros de Cervantes, auquel nous l'avons si heureusement comparé lorsque nos devoirs d'historien nous ont fait une nécessité de tracer son portrait. Don Quichotte prenait les moulins à vent pour des géants et les moutons pour des armées, d'Artagnan prit chaque sourire pour une insulte et chaque regard pour une provocation. Il en résulta qu'il eut toujours le poing fermé depuis Tarbes jusqu'à Meung, et que l'un dans l'autre [9] il porta la main au pommeau de son épée dix fois par jour; toutefois le poing ne descendit sur aucune mâchoire et l'épée ne sortit point de son fourreau. Ce n'est pas que la vue du malencontreux bidet jaune n'épanouît bien des sourires [10] sur les visages des passants ; mais, comme au-dessus du bidet sonnait une épée de taille respectable et qu'au-dessus de cette épée brillait un œil plutôt féroce que fier, les passants réprimaient leur hilarité, ou, si l'hilarité l'emportait sur la prudence, ils tâchaient au moins de ne rire que d'un seul côté, comme les masques antiques. D'Artagnan demeura donc majestueux et intact dans sa susceptibilité [11] jusqu'à cette malheureuse ville de Meung.

Mais là, comme il descendait de cheval à la porte du *Franc-Meunier* sans que personne, hôte, garçon ou palefrenier, fût venu prendre l'étrier au montoir, d'Artagnan avisa à une fenêtre entr'ouverte du rez-de-chaussée un gentilhomme de belle taille et de haute mine, quoique au visage légèrement renfrogné, lequel causait avec deux personnes qui paraissaient l'écouter avec déférence. D'Artagnan crut tout naturellement, selon son habitude, être l'objet de la conversation et écouta. Cette fois d'Artagnan ne s'était trompé qu'à moitié : ce n'était pas de lui qu'il était question, mais de son cheval. Le gentilhomme paraissait énumérer à ses auditeurs toutes ses qualités, et comme, ainsi que je l'ai dit, les auditeurs paraissaient avoir une grande déférence pour le narrateur, ils éclataient de rire à tout moment. Or, comme un demi-sourire suffisait pour éveiller l'irascibilité du jeune homme, on comprend quel effet produisit sur lui tant de bruyante hilarité.

Cependant d'Artagnan voulut d'abord se rendre compte de la physionomie de l'impertinent qui se moquait de lui. Il fixa son regard fier sur l'étranger et reconnut un homme de quarante à quarante-cinq ans, aux yeux noirs et perçants, au teint pâle, au nez fortement accentué, à la moustache noire et parfaitement taillée ; il était vêtu d'un pourpoint et d'un haut-de-chausses violet avec des aiguillettes de même couleur, sans aucun ornement que les crevés habituels par lesquels passait la chemise. Ce haut-de-chausses et ce pourpoint, quoique neufs, paraissaient froissés comme des habits de voyage longtemps renfermés dans un porte-manteau. D'Artagnan fit toutes ces remarques avec la rapidité de l'observateur le plus minutieux, et sans doute par un sentiment instinctif qui lui disait que cet inconnu devait avoir une grande influence sur sa vie à venir.

Or, comme au moment où d'Artagnan fixait son regard sur le gentilhomme au pourpoint violet, le gentilhomme faisait à l'endroit [12] du bidet béarnais une de ses plus savantes et de ses plus profondes démonstrations, ses deux auditeurs éclatèrent de rire, et lui-même laissa visiblement, contre son habitude, errer, [13] si l'on peut parler ainsi, un pâle sourire sur son visage. Cette fois, il n'y avait plus de doute, d'Artagnan était réellement insulté. Aussi, plein de cette conviction, enfonça-t-il son béret sur ses yeux, et, tâchant de copier quelques-uns des airs de cour qu'il avait surpris en Gascogne chez des seigneurs en voyage, il s'avança une main sur la garde de son épée et l'autre appuyée sur la hanche. Malheureusement au fur et à mesure qu'il avançait, la colère l'aveuglant de plus en plus, au lieu du discours digne et hautain qu'il avait préparé pour formuler sa provocation, il ne trouva plus au bout de sa langue qu'une personnalité grossière qu'il accompagna d'un geste furieux.

— Eh ! Monsieur, s'écria-t-il, Monsieur, qui vous cachez derrière ce volet ! oui, vous, dites-moi donc un peu de quoi vous riez, et nous rirons ensemble.

Le gentilhomme ramena lentement les yeux de la monture au cavalier, comme s'il lui eût fallu un certain temps pour comprendre que c'était à lui que s'adressaient de si étranges reproches ; puis, lorsqu'il ne put plus conserver aucun doute, ses sourcils se froncèrent légèrement, et après une assez longue pause, avec un accent d'ironie et d'insolence impossible à décrire, il répondit à d'Artagnan :

— Je ne vous parle pas, Monsieur.

— Mais je vous parle, moi, s'écria le jeune homme exaspéré de ce mélange d'insolence et de bonnes manières, de convenances et de dédains.

L'inconnu le regarda encore un instant avec son léger sourire, et, se retirant de la fenêtre, sortit lentement de l'hôtellerie pour venir à deux pas de d'Artagnan se planter en face du cheval. Sa contenance tranquille et sa physionomie railleuse avaient redoublé l'hilarité de ceux avec lesquels il causait et qui, eux, étaient restés à la fenêtre.

D'Artagnan, le voyant arrivé, tira son épée d'un pied hors du fourreau.

— Ce cheval est décidément ou plutôt a été dans sa jeunesse bouton d'or, reprit l'inconnu continuant les investigations commencées et s'adressant à ses auditeurs de la fenêtre, sans paraître aucunement remarquer l'exaspération de d'Artagnan, qui cependant se redressait entre lui et eux. C'est une couleur fort connue en botanique, mais jusqu'à présent fort rare chez les chevaux.

— Tel rit du cheval [14] qui n'oserait pas rire du maître, s'écria l'émule de Tréville furieux.

— Je ne ris pas souvent, Monsieur, reprit l'inconnu, ainsi que vous pouvez le voir vous-même à l'air de mon visage ; mais je tiens cependant à conserver le privilége de rire quand il me plaît.

— Et moi, s'écria d'Artagnan, je ne veux pas qu'on rie quand il me déplaît.

— En vérité, Monsieur ? continua l'inconnu plus calme que jamais, eh bien ! c'est parfaitement juste ; et tournant sur ses talons, il s'apprêta à rentrer dans l'hôtellerie par la grande porte, sous laquelle d'Artagnan en arrivant avait remarqué un cheval tout sellé.

Mais d'Artagnan n'était pas de caractère à lâcher ainsi un homme qui avait eu l'insolence de se moquer de lui. Il tira son épée entièrement du fourreau et se mit à sa poursuite en criant :

— Tournez, tournez donc, Monsieur le railleur, que je ne vous frappe point par derrière.

— Me frapper, moi ! dit l'autre en pivotant sur ses talons et en regardant le jeune homme avec autant d'étonnement que de mépris. Allons, allons donc, mon cher, vous êtes fou ! Puis à demi voix, et comme s'il se fût parlé à lui-même : — C'est fâcheux, continua-t-il ; quelle trouvaille pour Sa Majesté, qui cherche des braves de tous côtés pour recruter ses mousquetaires !

Il achevait à peine, que d'Artagnan lui allongea un si furieux coup de pointe,[15] que, s'il n'eût fait vivement un bond en arrière, il est probable qu'il eût plaisanté pour la dernière fois. L'inconnu vit alors que la chose passait la raillerie,[16] tira son épée, salua son adversaire et se mit gravement en garde. Mais au même moment ses deux auditeurs, accompagnés de l'hôte, tombèrent sur d'Artagnan à grands coups de bâton, de pelles et de pincettes. Cela fit une diversion si rapide et si complète à l'attaque, que l'adversaire de d'Artagnan, pendant que celui-ci se retournait pour faire face à cette grêle de coups, rengaînait avec la même précision, et, d'acteur qu'il avait manqué d'être, redevenait spectateur du combat, rôle dont il s'acquitta avec son impassibilité ordinaire, tout en marmottant néanmoins :

— La peste soit des Gascons ! Remettez-le sur son cheval orange et qu'il s'en aille.

— Pas avant de t'avoir tué, lâche ! criait d'Artagnan, tout en faisant face du mieux qu'il pouvait et sans reculer d'un pas à ses trois ennemis, qui le moulaient de coups.

— Encore une gasconnade, murmura le gentilhomme. Sur mon honneur, ces Gascons sont incorrigibles ! Continuez donc la danse,[17] puisqu'il le veut absolument. Quand il sera las, il dira qu'il en a assez.

Mais l'inconnu ne savait pas encore à quel genre d'entêté il avait affaire; d'Artagnan n'était pas homme à jamais demander merci. Le combat continua donc quelques secondes encore; enfin d'Artagnan, épuisé, laissa échapper son épée, qu'un coup de bâton brisa en deux morceaux. Un autre coup, qui lui entama le front, le renversa presque en même temps tout sanglant et presque évanoui.

C'est à ce moment que de tous côtés on accourut sur le lieu de la scène. L'hôte, craignant du scandale, emporta, avec l'aide de ses garçons, le blessé dans la cuisine, où quelques soins lui furent accordés.

L'hôte rapporte au gentilhomme les menaces du blessé, qui a parlé de M. de Tréville, pour lequel il est porteur d'une lettre. Le gentilhomme profite du moment où l'on panse d'Artagnan pour lui voler sa lettre, ce que celui-ci n'apprend que plus tard.

— Alors, c'est mon voleur, répondit d'Artagnan; je m'en plaindrai à M. de Tréville, et M. de Tréville s'en plaindra au roi. Puis il tira majestueusement deux écus de sa poche, les donna à l'hôte, qui l'accompagna, le chapeau à la main, jusqu'à la porte, remonta sur son cheval jaune, qui le conduisit sans autre accident jusqu'à la porte Saint-Antoine à Paris, où son propriétaire le vendit trois écus, ce qui était fort bien payé, attendu que d'Artagnan l'avait fort surmené pendant la dernière étape. Aussi le maquignon auquel d'Artagnan le céda moyennant les neuf livres susdites ne cacha-t-il point au jeune homme qu'il n'en donnait cette somme exorbitante qu'à cause de l'originalité de sa couleur.

D'Artagnan entra donc dans Paris à pied, portant son petit paquet sous son bras, et marcha tant qu'il trouvât à louer une chambre qui convint à l'exiguïté de ses ressources. Cette chambre fut une espèce de mansarde, sise [18] rue des Fossoyeurs, près du Luxembourg.

Aussitôt le denier à Dieu donné,[19] d'Artagnan prit possession de son logement, passa le reste de la journée à coudre à son pourpoint et à ses chausses des passementeries que sa mère avait détachées d'un pourpoint presque neuf de M. d'Artagnan père, et qu'elle lui avait données en cachette; puis il alla quai de la Ferraille faire remettre une lame à son épée; puis il revint au Louvre s'informer, au premier mousquetaire qu'il rencontra, de la situation de l'hôtel de M. de Tréville, lequel était situé rue du Vieux-Colombier, c'est-à-dire justement dans le voisinage de la chambre arrêtée par d'Artagnan: circonstance qui lui parut d'un heureux augure pour le succès de son voyage.

Après quoi, content de la façon dont il s'était conduit à Meung, sans remords dans le passé, confiant dans le présent et plein d'espérance dans l'avenir, il se coucha et s'endormit du sommeil du brave.

Ce sommeil, tout provincial [20] encore, le conduisit jusqu'à neuf heures du matin, heure à laquelle il se leva pour se rendre chez ce fameux M. de Tréville, le troisième personnage du royaume d'après l'estimation paternelle.

II.

L'ANTICHAMBRE DE M. DE TRÉVILLE.

M. de Troisville, comme s'appelait encore sa famille en Gascogne, ou M. de Tréville, comme il avait fini par s'appeler lui-même à Paris, avait réellement commencé comme d'Artagnan, c'est-à-dire sans un sou vaillant,[1] mais avec ce fonds d'audace, d'esprit et d'entendement, qui fait que le plus pauvre gentillâtre gascon reçoit souvent plus en ses espérances de l'héritage paternel que le plus riche gentilhomme périgourdin ou berrichon[2] ne reçoit en réalité. Sa bravoure insolente, son bonheur plus insolent encore dans un temps où les coups pleuvaient comme grêle, l'avaient hissé au sommet de cette échelle difficile qu'on appelle la faveur de cour, et dont il avait escaladé quatre à quatre les échelons.

Il était l'ami du roi, lequel honorait fort, comme chacun sait, la mémoire de son père Henri IV. Le père de M. de Tréville l'avait si fidèlement servi dans ses guerres contre la Ligue, qu'à défaut d'argent comptant, — chose qui toute la vie manqua au Béarnais, lequel paya constamment ses dettes avec la seule chose qu'il n'eût jamais besoin d'emprunter, c'est-à-dire avec de l'esprit, — qu'à défaut d'argent comptant, disons-nous, il l'avait autorisé, après la reddition de Paris, à prendre pour armes un lion d'or passant sur gueules[3] avec cette devise : *fidelis et fortis.* C'était beaucoup pour l'honneur, mais c'était médiocre pour le bien-être. Aussi, quand l'illustre compagnon du grand Henri mourut, il laissa pour seul héritage, à M. son fils, son épée et sa devise. Grâce à ce double don et au nom sans tache qui l'accompagnait, M. de Tréville fut admis dans la maison du jeune prince, où il se servit si bien de son épée, et fut si fidèle à sa devise, que Louis XIII, une des bonnes lames [4] du royaume, avait l'habitude de dire que, s'il avait un ami qui se battît, il lui donnerait le conseil de prendre pour second, lui d'abord, et Tréville après, et peut-être même avant lui.

Aussi Louis XIII avait-il un attachement réel pour Tréville, attachement royal, attachement égoïste, c'est vrai, mais qui n'en était pas moins un attachement. C'est que dans ces temps malheureux on cherchait fort à s'entourer d'hommes de la trempe de Tréville. Beaucoup pouvaient prendre pour devise l'épithète de *fort,* qui faisait la seconde partie de son exergue; [5] mais peu de gentilshommes pouvaient réclamer l'épithète de *fidèle,* qui en formait la première. Tréville était un de ces derniers; c'était une de ces rares organisations, à l'intelligence obéissante comme celle du dogue, à la valeur aveugle, à l'œil rapide, à la main prompte, à qui l'œil n'avait été donné que pour voir si le roi était mécontent de quelqu'un, et la main que pour frapper ce déplaisant quelqu'un, un Besme, un Maurevers, un Poltrot de Méré, un Vitry. Enfin, à Tréville, il n'avait manqué jusque-là que l'occasion; mais il la guettait, et il se promettait bien de la saisir par ses trois cheveux [6] si jamais elle passait à la portée de sa main. Aussi Louis XIII fit-il de Tréville le capitaine de ses mousquetaires, lesquels étaient à Louis XIII, pour le dévouement ou plutôt pour le fanatisme, ce que ses ordinaires [7] étaient à Henri III et ce que sa garde écossaise était à Louis XI.

De son côté, et sous ce rapport, le cardinal n'était pas en reste [8] avec le roi. Quand il avait vu la formidable élite dont Louis XIII s'entourait, ce second ou plutôt ce premier roi de France avait voulu, lui aussi, avoir sa garde. Il eut donc ses mousquetaires, comme Louis XIII avait les siens, et l'on voyait ces deux puissances rivales trier pour leur service, dans toutes les provinces de France et même dans tous les États étrangers, les hommes célèbres pour les grands coups d'épée.[9] Aussi Richelieu et Louis XIII se disputaient souvent, en faisant leur partie d'échecs, le soir, au sujet du mérite de leurs serviteurs. Chacun vantait la tenue et le courage des siens; et tout en se prononçant tout haut contre les duels et contre les rixes, il les excitaient tout bas à en venir aux mains, et concevaient un véritable chagrin ou une joie immodérée de la défaite ou de la victoire des leurs. Ainsi du moins le disent les mémoires d'un homme qui fut dans quelques-unes de ces défaites et dans beaucoup de ces victoires.

Tréville avait pris le côté faible de son maître, et c'est à cette adresse qu'il devait la longue et constante faveur d'un roi qui n'a pas laissé la réputation d'avoir été très-fidèle à ses amitiés. Il faisait parader ses mousquetaires devant le cardinal Armand Duplessis avec un air narquois qui hérissait de colère la moustache grise de Son Éminence. Tréville entendait admirablement bien la guerre de cette époque, où, quand on ne vivait pas aux dépens de l'ennemi, on vivait aux dépens de ses compatriotes: ses soldats formaient une légion de diables-à-quatre,[10] indisciplinée pour tout autre que pour lui.

Débraillés, avinés, écorchés,[11] les mousquetaires du roi, ou plutôt ceux de M. de Tréville, s'épandaient dans les cabarets, dans les promenades, dans les jeux publics, criant fort, et retroussant leurs moustaches, faisant sonner leurs épées, heurtant avec volupté les gardes de M. le cardinal, quand ils les recontraient; puis dégaînant en pleine rue, avec mille plaisanteries; tués quelquefois, mais sûrs en ce cas d'être pleurés et vengés; tuant souvent et sûrs alors de ne pas moisir en prison, M. de Tréville était là pour les réclamer. Aussi M. de Tréville était-il loué sur toutes les gammes[12]

par ces hommes qui l'adoraient, et qui, tout gens de sac et de
corde[13] qu'ils étaient, tremblaient devant lui comme des
écoliers devant leur maître, obéissant au moindre mot, et
prêts à se faire tuer pour laver le moindre reproche.

M. de Tréville avait usé de ce levier puissant, pour le roi
d'abord et les amis du roi, — puis pour lui-même et pour ses
amis. Au reste, dans aucun des mémoires de ce temps, qui
a laissé tant de mémoires, on ne voit que ce digne gentilhomme ait été accusé, même par ses ennemis, et il en avait
autant parmi les gens de plume que chez les gens d'épée;
nulle part on ne voit, disons-nous, que ce digne gentilhomme
ait été accusé de se faire payer la coopération de ses séides.[14]
Avec un rare génie d'intrigue, qui le rendait l'égal de plus
forts intrigants, il était resté honnête homme. Bien plus
en dépit des grandes estocades qui déhanchent[15] et des exercices pénibles qui fatiguent, il était devenu un des plus
galants coureurs de ruelles, un des plus fins damerets, un
des plus alambiqués diseurs de phœbus[16] de son époque.
Le capitaine des mousquetaires était donc admiré, craint et
aimé, ce qui constitue l'apogée des fortunes humaines.

Louis XIV absorba tous les petits astres de sa cour dans
son vaste rayonnement; mais son père, soleil *pluribus
impar,*[17] laissa sa splendeur personnelle à chacun de ses
favoris, sa valeur individuelle à chacun de ses courtisans.
Outre le lever du roi et celui du cardinal, on comptait alors
à Paris plus de deux cents petits levers un peu recherchés.
Parmi les deux cents petits levers, celui de Tréville était
un des plus courus.[18]

La cour de son hôtel, situé rue du Vieux-Colombier, ressemblait à un camp, et cela dès six heures du matin en été et
dès huit heures en hiver. Cinquante à soixante mousquetaires, qui semblaient s'y relayer pour présenter un nombre
toujours imposant, s'y promenaient sans cesse armés en
guerre et prêts à tout. Le long d'un de ces grands escaliers

sur l'emplacement desquels notre civilisation bâtirait une maison tout entière, montaient et descendaient les solliciteurs de Paris qui couraient après une faveur quelconque, les gentilshommes de province avides d'être enrôlés, et les laquais chamarrés de toutes couleurs, qui venaient apporter à M. de Tréville les messages de leurs maîtres. Dans l'antichambre, sur de longues banquettes circulaires, reposaient les élus, c'est-à-dire ceux qui étaient convoqués. Un bourdonnement durait là depuis le matin jusqu'au soir, tandis que M. de Tréville, dans son cabinet contigu à cette antichambre, recevait les visites, écoutait les plaintes, donnait ses ordres, et, comme le roi à son balcon du Louvre, n'avait qu'à se mettre à sa fenêtre pour passer la revue des hommes et des armes.

Le jour où d'Artagnan se présenta, l'assemblée était imposante, surtout pour un provincial arrivant de sa province : il est vrai que ce provincial était Gascon, et que surtout à cette époque les compatriotes de d'Artagnan avaient la réputation de ne point facilement se laisser intimider. En effet, une fois qu'on avait franchi la porte massive, chevillée de longs clous à tête quadrangulaire, on tombait au milieu d'une troupe de gens d'épée qui se croisaient dans la cour, s'interpellant, se querellant et jouant entre eux. Pour se frayer un passage au milieu de toutes ces vagues tourbillonnantes, il eût fallu être officier, grand seigneur ou jolie femme.

Ce fut donc au milieu de cette cohue et de ce désordre que notre jeune homme avança le cœur palpitant, rangeant sa longue rapière le long de ses jambes maigres, et tenant une main au rebord de son feutre avec ce demi-sourire du provincial embarrassé qui veut faire bonne contenance. Avait-il dépassé un groupe, alors il respirait plus librement ; mais il comprenait qu'on se retournait pour le regarder, et, pour la première fois de sa vie d'Artagnan, qui jusqu'à ce jour avait une assez bonne opinion de lui-même, se trouva ridicule.

Arrivé à l'escalier, ce fut pis encore : il y avait sur les premières marches quatre mousquetaires qui se divertissaient à l'exercice suivant, tandis que dix ou douze de leurs camarades attendaient sur le palier que leur tour vînt de prendre place à la partie.

Un d'eux, placé sur le degré supérieur, l'épée nue à la main, empêchait ou du moins s'efforçait d'empêcher les trois autres de monter.

Ces trois autres s'escrimaient contre lui de leurs épées fort agiles. D'Artagnan prit d'abord ces fers pour des fleurets d'escrime, il les crut boutonnés : mais il reconnut bientôt à certaines égratignures que chaque arme, au contraire, était affilée et aiguisée à souhait, et à chacune de ces égratignures, non-seulement les spectateurs, mais encore les acteurs riaient comme des fous.

Celui qui occupait le degré en ce moment tenait merveilleusement ses adversaires en respect. On faisait cercle autour d'eux : la condition portait qu'à chaque coup le touché quitterait la partie en perdant son tour d'audience au profit du toucheur. En cinq minutes trois furent effleurés, l'un au poignet, l'autre au menton, l'autre à l'oreille, par le défenseur du degré, qui lui-même ne fut pas atteint ; adresse qui lui valut, selon les conventions arrêtées, trois tours de faveur.

Si difficile, non pas qu'il fût, mais qu'il voulût être à étonner, ce passe-temps étonna notre jeune voyageur ; il avait vu dans sa province, cette terre où s'échauffent cependant si promptement les têtes, un peu plus de préliminaires aux duels, et la gasconnade de ces quatre joueurs lui parut la plus forte de toutes celles qu'il avait ouïes jusqu'alors, même en Gascogne. Il se crut transporté dans ce fameux pays des géants où Gulliver alla depuis et eut si grand'peur.

Le centre du groupe le plus animé était un mousquetaire de grande taille, d'une figure hautaine et d'une bizarrerie de costume qui attirait sur lui l'attention générale. Il ne portait pas, pour le moment, la casaque d'uniforme, qui, au reste, n'était pas absolument obligatoire dans cette époque de liberté moindre, mais d'indépendance plus grande, mais un justaucorps bleu de ciel, tant soit peu fané et râpé, et sur cet habit un baudrier magnifique, en broderies d'or, et qui reluisait comme les écailles dont l'eau se couvre au grand soleil. Un manteau long de velours cramoisi tombait avec grâce sur ses épaules, découvrant par devant seulement le splendide baudrier, auquel pendait une gigantesque rapière.

Ce mousquetaire venait de descendre de garde [19] à l'instant même, se plaignait d'être enrhumé et toussait de temps en temps avec affectation. Aussi avait-il pris le manteau, à ce qu'il disait autour de lui, et tandis qu'il parlait du haut de sa tête, en frisant dédaigneusement sa moustache, on admirait avec enthousiasme le baudrier brodé, et d'Artagnan plus que tout autre.

—Que voulez-vous, disait le mousquetaire, la mode en vient; c'est une folie, je le sais bien, mais c'est la mode. N'est-ce pas, *Aramis?* fit Porthos se tournant vers un autre mousquetaire.

Cet autre mousquetaire formait un contraste parfait avec celui qui l'interrogeait et qui venait de le désigner sous le nom d'Aramis: c'était un jeune homme de vingt-deux à vingt-trois ans à peine, à la figure naïve et doucereuse, à l'œil noir et doux et aux joues roses et veloutées comme une pêche en automne; sa moustache fine dessinait, sur sa lèvre supérieure, une ligne d'une rectitude parfaite; ses mains semblaient craindre de s'abaisser de peur que leurs veines ne se gonflassent, et de temps en temps il se pinçait le bout des oreilles pour les maintenir d'un incarnat tendre et transparent. D'habitude il parlait peu et lentement, saluait beaucoup, riait sans bruit en montrant ses dents, qu'il avait belles et dont, comme du reste de sa personne, il semblait prendre le plus grand soin. Il répondit par un signe de tête affirmatif à l'interpellation de son ami.

III.

L'AUDIENCE.

M. de Tréville était pour le moment de fort méchante humeur ; néanmoins, il salua poliment le jeune homme, qui s'inclina jusqu'à terre, et il sourit en recevant son compliment, dont l'accent béarnais lui rappela à la fois sa jeunesse et son pays, double souvenir qui fait sourire l'homme à tous les âges. Mais se rapprochant presque aussitôt de l'antichambre et faisant à d'Artagnan un signe de la main, comme pour lui demander la permission d'en finir avec les autres avant de commencer avec lui, il appela trois fois, en grossissant la voix à chaque fois, de sorte qu'il parcourut tous les tons intervallaires entre l'accent impératif et l'accent irrité :

— Athos ! Porthos ! Aramis !

Les deux mousquetaires avec lesquels nous avons déjà fait connaissance et qui répondaient aux deux derniers de ces trois noms, quittèrent aussitôt les groupes dont ils faisaient partie, et s'avancèrent vers le cabinet, dont la porte se referma derrière eux dès qu'ils en eurent franchi le seuil. Leur contenance, bien qu'elle ne fût pas tout à fait tranquille, excita cependant, par son laisser-aller à la fois plein de dignité et de soumission, l'admiration de d'Artagnan, qui voyait dans ces hommes des demi-dieux, et dans leur chef un Jupiter olympien armé de toutes ses foudres.

Quand les deux mousquetaires furent entrés, quand la porte fut refermée derrière eux, quand le murmure bourdonnant de l'antichambre, auquel l'appel qui venait d'être fait avait sans doute donné un nouvel aliment eut recommencé; quand enfin M. de Tréville eut trois ou quatre fois arpenté, silencieux et le sourcil froncé, toute la longueur de son cabinet, passant chaque fois devant Porthos et Aramis, raides et muets comme à la parade, il s'arrêta tout à coup en face d'eux, et les couvrant des pieds à la tête d'un regard irrité :

— Savez-vous ce que m'a dit le roi, s'écria-t-il, et cela pas plus tard qu'hier au soir ; le savez-vous, Messieurs ?

— Non, répondirent après un instant de silence les deux mousquetaires ; non, Monsieur, nous l'ignorons.

— Mais j'espère que vous nous ferez l'honneur de nous le dire, ajouta Aramis de son ton le plus poli et avec la plus gracieuse révérence.

— Il m'a dit qu'il recruterait désormais ses mousquetaires parmi les gardes de M. le cardinal !

— Parmi les gardes de M. le cardinal ! et pourquoi cela ? demanda vivement Porthos.

— Parce qu'il voyait bien que sa piquette[1] avait besoin d'être ragaillardie par un mélange de bon vin.

Les deux mousquetaires rougirent jusqu'au blanc des yeux. D'Artagnan ne savait où il en était et eût voulu être à cent pieds sous terre.

— Oui, oui, continua M. de Tréville en s'animant, et Sa Majesté avait raison, car, sur mon honneur, il est vrai que les mousquetaires font triste figure à la cour. M. le cardinal racontait hier au jeu du roi, avec un air de condoléance qui me déplut fort, qu'avant-hier ces damnés mousquetaires, ces diables-à-quatre, il appuyait sur ces mots avec un accent ironique qui me déplut encore davantage ; ces pourfendeurs, ajoutait-il en me regardant de son œil de chat-tigre, s'étaient attardés rue Férou, dans un cabaret, et qu'une ronde de ses gardes, j'ai cru qu'il allait me rire au nez, avait été forcée d'arrêter les perturbateurs. Morbleu ! vous devez en savoir quelque chose ! Arrêter des mousquetaires ! Vous en étiez, vous autres, ne vous en défendez pas, on vous a reconnus, et le cardinal vous a nommés. Voilà bien ma faute, oui, ma faute, puisque c'est moi qui choisis mes hommes. Voyons, vous, Aramis, pourquoi diable m'avez-vous demandé la casaque quand vous alliez être si bien sous la soutane ? Voyons, vous, Porthos, n'avez-vous un si beau baudrier d'or que pour y suspendre une épée de paille ? Et Athos ! je ne vois pas Athos. Où est-il ?

— Monsieur, répondit tristement Aramis, il est malade, fort malade.

— Malade, fort malade, dites-vous ? et de quelle maladie ?

— On craint que ce ne soit de la petite vérole, Monsieur, répondit Porthos voulant mêler à son tour un mot à la conversation, et ce qui serait fâcheux, en ce que très-certainement cela gâterait son visage.

— De la petite vérole ! Voilà encore une glorieuse histoire [2] que vous me contez là, Porthos ! — Malade de la petite vérole à son âge ? — Non pas ! . . . mais blessé sans doute, tué peut-être. — Ah ! si je le savais ! . . . Sangdieu ! messieurs les mousquetaires, je n'entends pas que l'on hante ainsi les mauvais lieux, qu'on se prenne de querelle dans la rue et qu'on joue à l'épée dans les carrefours. Je ne veux pas enfin qu'on prête à rire aux gardes de M. le cardinal, qui sont de braves gens, tranquilles, adroits, qui ne se mettent jamais dans le cas d'être arrêtés, et qui d'ailleurs ne se laisseraient pas arrêter, eux ! — j'en suis sûr. — Ils aimeraient mieux mourir sur la place que de faire un pas en arrière. — Se sauver, détaler, fuir, c'est bon pour les mousquetaires du roi, cela !

Porthos et Aramis frémissaient de rage. Ils auraient volontiers étranglé M. de Tréville, si au fond de tout cela ils n'avaient pas senti que c'était le grand amour qu'il leur portait qui le faisait leur parler ainsi. Ils frappaient le tapis du pied, se mordaient les lèvres jusqu'au sang et serraient de toute leur force la garde de leur épée. Au dehors on avait entendu appeler, comme nous l'avons dit, Athos, Porthos et Aramis, et l'on avait deviné, à l'accent de la voix de M. de Tréville, qu'il était parfaitement en colère. Dix têtes curieuses étaient appuyées à la tapisserie et pâlissaient de fureur, car leurs oreilles collées à la porte ne perdaient pas une syllabe de ce qui se disait, tandis que leurs bouches répétaient au fur et à mesure les paroles insultantes du capitaine à toute la population de l'antichambre. En un instant, depuis la porte du cabinet jusqu'à la porte de la rue, tout l'hôtel fut en ébullition.

— Ah! les mousquetaires du roi se font arrêter par les gardes de M. le cardinal, continua M. de Tréville aussi furieux à l'intérieur que ses soldats, mais saccadant ses paroles et les plongeant une à une pour ainsi dire et comme autant de coups de stylet dans la poitrine de ses auditeurs. Ah! six gardes de Son Eminence arrêtent six mousquetaires de Sa Majesté! Morbleu! j'ai pris mon parti. Je vais de ce pas au Louvre; je donne ma démission de capitaine des mousquetaires du roi pour demander une lieutenance dans les gardes du cardinal, et s'il me refuse, morbleu! je me fais abbé.

A ces paroles, le murmure de l'extérieur devint une explosion: partout on n'entendait que jurons et blasphèmes. D'Artagnan cherchait une tapisserie derrière laquelle se cacher, et se sentait une envie démesurée de se fourrer sous la table.

— Eh bien! mon capitaine, dit Porthos hors de lui, la vérité est que nous étions six contre six, mais nous avons été pris en traître, et, avant que nous eussions eu le temps de tirer nos épées, d'eux d'entre nous étaient tombés morts, et Athos, blessé grièvement, ne valait guère mieux. Car vous le connaissez, Athos, eh bien! capitaine, il a essayé de se relever deux fois, et il est retombé deux fois. Cependant, nous ne nous sommes pas rendus, non! l'on nous a entraînés de force. En chemin nous nous sommes sauvés. Quant à Athos, on l'avait cru mort et on l'a laissé bien tranquillement sur le champ de bataille, ne pensant pas qu'il valût la peine d'être emporté. Voilà l'histoire. Que diable, capitaine! on ne gagne pas toutes les batailles. Le grand Pompée a perdu celle de Pharsale, et le roi François Ier, qui, à ce que j'ai entendu dire, en valait bien un autre,[3] a perdu cependant celle de Pavie.

— Et j'ai l'honneur de vous assurer que j'en ai tué un avec sa propre épée, dit Aramis, car la mienne s'est brisée à la première parade. — Tué ou poignardé, Monsieur, comme il vous sera agréable.

— Je ne savais pas cela, reprit M. de Tréville d'un ton un peu radouci. M. le cardinal avait exagéré, à ce que je vois.

— Mais, de grâce, Monsieur, continua Aramis, qui voyant son capitaine s'apaiser, osait hasarder une prière, de grâce, Monsieur, ne dites pas qu'Athos lui-même est blessé: il serait au désespoir que cela parvînt aux oreilles du roi, et comme la blessure est des plus graves, attendu qu'après avoir traversé l'épaule elle pénètre dans la poitrine, il serait à craindre. . . .

Au même instant la portière se souleva, et une tête noble et belle, mais affreusement pâle, parut sous la frange.

— Athos! s'écrièrent les deux mousquetaires.

— Athos! répéta M. de Tréville lui-même.

— Vous m'avez mandé, Monsieur, dit Athos à M. de Tréville d'une voix affaiblie mais parfaitement calme, vous m'avez demandé, à ce que m'ont dit nos camarades, et je m'empresse de me rendre à vos ordres; voilà, Monsieur, que me voulez-vous?

Et à ces mots le mousquetaire, en tenue irréprochable, sanglé[4] comme de coutume, entra d'un pas ferme dans le cabinet. M. de Tréville, ému jusqu'aux fond du cœur de cette preuve de courage, se précipita vers lui.

— J'étais en train de dire à ces Messieurs, ajouta-t-il, que je défends à mes mousquetaires d'exposer leurs jours sans nécessité, car les braves gens sont bien chers au roi, et le roi sait que ses mousquetaires sont les plus braves gens de la terre. Votre main, Athos.

Et sans attendre que le nouveau venu répondît de lui-même à cette preuve d'affection, M. de Tréville saisissait sa main droite et la lui serrait de toutes ses forces, sans s'apercevoir qu'Athos, quel que fût son empire sur lui-même, laissait échapper un mouvement de douleur et pâlissait encore, ce que l'on aurait pu croire impossible.

La porte était restée entr'ouverte, tant l'arrivée d'Athos, dont, malgré le secret gardé, la blessure était connue de tous, avait produit de sensation. Un brouhaha de satisfaction accueillit les derniers mots du capitaine, et deux ou trois têtes, entraînées par l'enthousiasme, apparurent par les ouvertures de la tapisserie. Sans doute M. de Tréville allait réprimer par de vives paroles cette infraction aux lois de l'étiquette, lorsqu'il sentit tout à coup la main d'Athos se crisper dans la sienne, et qu'en portant les yeux sur lui, il s'aperçut qu'il allait s'évanouir. Au même instant, Athos, qui avait rassemblé toutes ses forces pour lutter contre la douleur, vaincu enfin par elle, tomba sur le parquet comme s'il fût mort.

— Un chirurgien! cria M. de Tréville. Le mien, celui du roi, le meilleur! Un chirurgien! ou, sangdieu! mon brave Athos va trépasser.

Aux cris de M. de Tréville tout le monde se précipita dans son cabinet sans qu'il songeât à en fermer la porte à personne, chacun s'empressant autour du blessé. Mais tout cet empressement eût été inutile si le docteur demandé ne se fût trouvé dans l'hôtel même; il fendit la foule, s'approcha d'Athos toujours évanoui, et, comme tout ce bruit et tout ce mouvement le gênaient fort, il demanda comme première chose et comme la plus urgente que le mousquetaire fût emporté dans une chambre voisine. Aussitôt M. de Tréville ouvrit une porte et montra le chemin à Porthos et à Aramis, qui emportèrent leur camarade dans leurs bras. Derrière ce groupe marchait le chirurgien, et derrière le chirurgien la porte se referma.

Alòrs le cabinet de M. de Tréville, ce lieu ordinairement si respecté, devint momentanément une succursale de l'antichambre. Chacun discourait, pérorait, parlait haut, jurant, sacrant, donnant le cardinal et ses gardes à tous les diables.

Un instant après, Porthos et Aramis rentrèrent ; le chirurgien et M. de Tréville seuls étaient restés près du blessé.

Enfin M. de Tréville rentra à son tour. Le blessé avait repris connaissance ; le chirurgien déclarait que l'état du mousquetaire n'avait rien qui pût inquiéter ses amis, sa faiblesse ayant été purement et simplement occasionnée par la perte de son sang.

Puis, M. de Tréville fit un signe de la main, et chacun se retira, excepté d'Artagnan, qui n'oubliait point qu'il avait audience, et qui, avec sa ténacité de Gascon, était demeuré à la même place.

Lorsque tout le monde fut sorti et que la porte fut refermée, M. de Tréville se retourna et se trouva seul avec le jeune homme. L'événement qui venait d'arriver lui avait quelque peu fait perdre le fil de ses idées. Il s'informa de ce que lui voulait l'obstiné solliciteur. D'Artagnan alors se nomma, et M. de Tréville, se rappelant d'un seul coup tous ses souvenirs du présent et du passé, se trouva au courant de sa situation.

— Pardon, lui dit-il en souriant, pardon, mon cher compatriote, mais je vous avais parfaitement oublié. Que voulez-vous ! un capitaine n'est rien qu'un père de famille chargé d'une plus grande responsabilité qu'un père de famille ordinaire. Les soldats sont de grands enfants ; mais comme je tiens à ce que les ordres du roi, et surtout ceux de M. le cardinal, soient exécutés. . . .

D'Artagnan ne put dissimuler un sourire. A ce sourire, M. de Tréville jugea qu'il n'avait point affaire à un sot, et venant droit au fait, tout en changeant de conversation :

— J'ai beaucoup aimé M. votre père, dit-il. Que puis-je faire pour son fils ? Hâtez-vous, mon temps n'est pas à moi.

— Monsieur, dit d'Artagnan, en quittant Tarbes et en venant ici je me proposais de vous demander, en souvenir de cette amitié dont vous n'avez pas perdu mémoire, une casaque de mousquetaire ; mais après tout ce que je vois depuis deux heures, je comprends qu'une telle faveur serait énorme, et je tremble de ne point la mériter.

— C'est une faveur en effet, jeune homme, répondit M. de Tréville ; mais elle peut ne pas être si fort au-dessus de vous que vous le croyez ou que vous avez l'air de le croire. Toutefois une décision de Sa Majesté a prévu ce cas ;[5] et je vous annonce avec regret qu'on ne reçoit personne mousquetaire avant l'épreuve préalable de quelques campagnes, de certaines actions d'éclat, ou d'un service de deux ans dans quelque autre régiment moins favorisé que le nôtre.

D'Artagnan s'inclina sans rien répondre. Il se sentait encore plus avide d'endosser l'uniforme de mousquetaire depuis qu'il y avait de si grandes difficultés à l'obtenir.

— Mais, continua Tréville en fixant sur son compatriote un regard si perçant qu'on eût dit qu'il voulait lire jusqu'au fond de son cœur ; mais, en faveur de votre père, mon ancien compagnon, comme je vous l'ai dit, je veux faire quelque chose pour vous, jeune homme. Nos cadets de Béarn ne sont ordinairement pas riches, et je doute que les choses aient fort changé de face depuis mon départ de la

province. Vous ne devez donc pas avoir de trop, pour vivre,
de l'argent que vous avez apporté avec vous.

D'Artagnan se redressa d'un air fier qui voulait dire qu'il
ne demandait l'aumône à personne.

— C'est bien, jeune homme, c'est bien, continua Tréville,
je connais ces airs-là ; je suis venu à Paris avec quatre écus
dans ma poche et je me serais battu avec quiconque m'aurait
dit que je n'étais pas en état d'acheter le Louvre.

D'Artagnan se redressa de plus en plus ; grâce à la vente
de son cheval, il commençait sa carrière avec quatre écus de
plus que M. de Tréville n'avait commencé la sienne.

— Vous devez donc, disais-je, avoir besoin de conserver
ce que vous avez, si forte que soit cette somme ; mais vous
devez avoir besoin aussi de vous perfectionner dans les
exercices qui conviennent à un gentilhomme. J'écrirai dès
aujourd'hui une lettre au directeur de l'Académie royale,[6] et
dès demain il vous recevra sans rétribution aucune. Ne
refusez pas cette petite douceur. Nos gentilshommes les
mieux nés et les plus riches la sollicitent quelquefois sans
pouvoir l'obtenir. Vous apprendrez le manége du cheval,
l'escrime et la danse ; vous y ferez de bonnes connaissances,
et de temps en temps vous reviendrez me voir pour me dire
où vous en êtes et si je puis faire quelque chose pour vous.

D'Artagnan, tout étranger qu'il fût encore aux façons de
cour, s'aperçut de la froideur de cet accueil.

— Hélas, Monsieur, dit-il, je vois combien la lettre de recommandation que mon père m'avait remise pour vous me
fait défaut aujourd'hui !

— En effet, répondit M. de Tréville, je m'étonne que vous
ayez entrepris un aussi long voyage sans ce viatique obligé,[7]
notre seule ressource, à nous autres Béarnais.

— Je l'avais, Monsieur, et, Dieu merci, en bonne forme,
s'écria d'Artagnan, mais on me l'a perfidement dérobé.

Et il raconta toute la scène de Meung, dépeignit le gentil-

homme inconnu dans ses moindres détails, le tout avec une
chaleur, une vérité, qui charmèrent M. de Tréville.

— Voilà qui est étrange, dit ce dernier en méditant ; vous
aviez donc parlé de moi tout haut ?

— Oui, Monsieur, sans doute j'avais commis cette imprudence ; que voulez-vous, un nom comme le vôtre devait me
servir de bouclier en route : jugez si je me suis mis souvent
à couvert !

La flatterie était fort de mise alors, et M. de Tréville
aimait l'encens comme un roi ou comme un cardinal. Il ne
put donc s'empêcher de sourire avec une visible satisfaction.

Pendant que d'Artagnan décrit à M. de Tréville l'inconnu qui lui
a volé sa lettre à Meung, il aperçoit le voleur dans la rue et se lance à
sa poursuite.

—ooᕽoo—

IV.

Dans sa course effrénée il se rue contre Athos d'abord et Porthos
ensuite ; chacun d'eux lui demande satisfaction, et d'Artagnan, avec
deux duels sur les bras, se fourvoie dans une affaire de cœur d'Aramis
qui, lui aussi, le provoque en duel.

V.

LES MOUSQUETAIRES DU ROI ET LES GARDES DE M. LE CARDINAL.

D'Artagnan ne connaissait personne à Paris. Il alla donc au rendez-vous d'Athos sans amener de second, résolu de se contenter de ceux qu'aurait choisis son adversaire. D'ailleurs son intention était formelle de faire au brave mousquetaire toutes les excuses convenables, mais sans faiblesse, craignant qu'il résultât de ce duel ce qui résulte toujours de fâcheux dans une affaire de ce genre, quand un homme jeune et vigoureux se bat contre un adversaire blessé et affaibli : vaincu il double le triomphe de son antagoniste ; vainqueur, il est accusé de forfaiture et de facile audace.

Au reste, ou nous avons mal exposé le caractère de notre chercheur d'aventures, ou notre lecteur a déjà dû remarquer que d'Artagnan n'était point un homme ordinaire. Aussi, tout en se répétant à lui-même que sa mort était inévitable, il ne se résigna point à mourir tout doucettement comme un autre moins courageux et moins modéré que lui eût fait à sa place. Il réfléchit aux différents caractères de ceux avec lesquels il allait se battre et commença à voir plus clair dans sa situation. Il espérait, grâce aux excuses loyales qu'il lui réservait, se faire un ami d'Athos, dont l'air grand seigneur et la mine austère lui agréaient fort. Il se flattait de faire peur à Porthos avec l'aventure du baudrier, qu'il pouvait, s'il n'était pas tué sur le coup, raconter à tout le monde, récit qui, poussé adroitement à l'effet, devait couvrir Porthos de ridicule ; enfin quand au sournois Aramis, il n'en avait pas très-grand'peur, et en supposant qu'il arrivât jusqu'à lui, il se chargeait de l'expédier bel et bien, ou du moins, en frappant au visage, comme César avait recommandé de faire aux soldats de Pompée, d'endommager à tout jamais cette beauté dont il était si fier.

Ensuite il y avait chez d'Artagnan ce fonds inébranlable de résolution qu'avaient déposé dans son cœur les conseils de son père, conseils dont la substance était : — Ne rien souffrir de personne que du roi, du cardinal et de M. de Tréville. Il vola donc plutôt qu'il ne marcha vers le couvent des Carmes déchaussés, ou plutôt Deschaux, comme on disait à cette époque, sorte de bâtiment sans fenêtres, bordé de prés arides, succursale du Pré-aux-Clercs, et qui servait d'ordinaire aux rencontres des gens qui n'avaient pas de temps à perdre.

Lorsque d'Artagnan arriva en vue du petit terrain vague qui s'étendait au pied de ce monastère, Athos attendait depuis cinq minutes seulement, et midi sonnait. Il était donc ponctuel comme la Samaritaine,[1] et le plus rigoureux casuiste à l'égard des duels n'avait rien à dire.

Athos, qui souffrait toujours cruellement de sa blessure, quoiqu'elle eût été pansée à neuf par le chirurgien de M. de Tréville, s'était assis sur une borne et attendait son adversaire avec cette contenance paisible et cet air digne qui ne l'abandonnaient jamais. A l'aspect de d'Artagnan, il se leva et fit poliment quelques pas au-devant de lui. Celui-ci, de son côté, n'aborda son adversaire que le chapeau à la main et sa plume traînant jusqu'à terre.

— Monsieur, dit Athos, j'ai fait prévenir deux de mes amis qui me serviront de seconds, mais ces deux amis ne sort point encore arrivés. Je m'étonne qu'ils tardent : ce n'est pas leur habitude.

— Je n'ai pas de seconds, moi, Monsieur, dit d'Artagnan, car, arrivé d'hier seulement à Paris, je n'y connais encore personne que M. de Tréville, auquel j'ai été recommandé par mon père, qui a l'honneur d'être quelque peu de ses amis.

Athos réfléchit un instant.

— Vous ne connaissez que M. de Tréville ? demanda-t-il.

— Oui, Monsieur, je ne connais que lui.

— Ah çà mais, continua Athos parlant moitié à lui-même moitié à d'Artagnan, ah çà mais, si je vous tue, j'aurai l'air d'un mangeur d'enfants, moi !

— Pas trop, Monsieur, répondit d'Artagnan avec un salut qui ne manquait pas de dignité ; pas trop, puisque vous me faites l'honneur de tirer l'épée contre moi avec une blessure dont vous devez être fort incommodé.

— Très-incommodé, sur ma parole, et vous m'avez fait grand mal, je dois le dire ; mais je prendrai la main gauche, c'est mon habitude en pareille circonstance. Ne croyez donc pas que je vous fasse une grâce, je tire proprement[2] des deux mains ; et il y aura même désavantage pour vous : un gaucher est très-gênant pour les gens qui ne sont pas prévenus. Je regrette de ne pas vous avoir fait part plus tôt de cette circonstance.

— Vous êtes vraiment, Monsieur, dit d'Artagnan en s'inclinant de nouveau, d'une courtoisie dont je vous suis on ne peut plus reconnaissant.

— Vous me rendez confus, répondit Athos avec son air de gentilhomme ; causons donc d'autre chose, je vous prie, à moins que cela ne vous soit désagréable. Ah ! que vous m'avez fait mal ! l'épaule me brûle.

— Si vous vouliez permettre . . . dit d'Artagnan avec timidité.

— Quoi, Monsieur ?

— J'ai un baume miraculeux pour les blessures, un baume qui me vient de ma mère, et dont j'ai fait l'épreuve sur moi-même.

— Eh bien ?

— Eh bien, je suis sûr qu'en moins de trois jours ce baume vous guérirait, et au bout de trois jours, quand vous seriez guéri, eh bien! Monsieur, ce me serait toujours un grand honneur d'être votre homme.

D'Artagnan dit ces mots avec une simplicité qui faisait honneur à sa courtoisie, sans porter aucunement atteinte à son courage.

— Pardieu, Monsieur, dit Athos, voici une proposition qui me plaît, non pas que je l'accepte, mais elle sent son gentilhomme d'une lieue.[3] C'est ainsi que parlaient et faisaient ces preux du temps de Charlemagne,[4] sur lesquels tout cavalier doit chercher à se modeler. Malheureusement nous ne sommes plus au temps du grand empereur. Nous sommes au temps de M. le Cardinal, et d'ici à trois jours on saurait, si bien gardé que soit le secret, on saurait, dis-je, que nous devons nous battre, et l'on s'opposerait à notre combat. Ah çà mais, ces flâneurs ne viendront donc pas?

— Si vous êtes pressé, Monsieur, dit d'Artagnan à Athos avec la même simplicité qu'un instant auparavant il lui avait proposé de remettre le duel à trois jours, si vous êtes pressé et qu'il vous plaise de m'expédier tout de suite, ne vous gênez pas, je vous en prie.

— Voilà encore un mot qui me plaît, dit Athos en faisant un gracieux signe de tête à d'Artagnan, il n'est point d'un homme sans cervelle, et il est à coup sûr d'un homme de cœur. Monsieur, j'aime les hommes de votre trempe et je vois que si nous ne nous tuons pas l'un l'autre, j'aurai plus tard un vrai plaisir dans votre conversation. Attendons ces Messieurs, je vous prie, j'ai tout le temps, et cela sera plus correct. Ah! en voici un, je crois.

En effet, au bout de la rue de Vaugirard commençait à apparaître le gigantesque Porthos.

— Quoi! s'écria d'Artagnan, votre premier témoin est M. Porthos.

— Oui, cela vous contrarie-t-il ?

— Non, aucunement.

— Et voici le second.

D'Artagnan se retourna du côté indiqué par Athos et reconnut Aramis.

— Quoi ! s'écria-t-il d'un accent plus étonné que la première fois, votre second témoin est M. Aramis ?

— Sans doute, ne savez-vous pas qu'on ne nous voit jamais l'un sans l'autre et qu'on nous appelle dans les mousquetaires et dans les gardes, à la cour et à la ville, Athos, Porthos, Aramis, ou les trois inséparables ? Après cela, comme vous arrivez de Dax ou de Pau. . . .

— De Tarbes, dit d'Artagnan.

— Il vous est permis d'ignorer ce détail, dit Athos.

— Ma foi, dit d'Artagnan, vous êtes bien nommés, Messieurs, et mon aventure, si elle fait quelque bruit, prouvera du moins que votre union n'est point fondée sur les contrastes.

Pendant ce temps, Porthos s'était rapproché, avait salué de la main Athos ; puis, se retournant vers d'Artagnan, il était resté tout étonné.

Disons en passant qu'il avait changé de baudrier et quitté son manteau.

— Ah ! ah ! fit-il, qu'est-ce que cela ?

— C'est avec Monsieur que je me bats, dit Athos en montrant de la main d'Artagnan, et en le saluant du même geste.

— C'est avec lui que je me bats aussi, dit Porthos.

— Mais à une heure seulement, répondit d'Artagnan.

— Et moi aussi, c'est avec Monsieur que je me bats, dit Aramis en arrivant à son tour sur le terrain.

— Mais à deux heures seulement, fit d'Artagnan avec le même calme.

— Mais à propos de quoi te bats-tu, toi, Athos? demanda Aramis.

— Ma foi, je ne sais pas trop, il m'a fait mal à l'épaule; et toi, Porthos?

— Ma foi, je me bats parce que je me bats, répondit Porthos en rougissant.

Athos, qui ne perdait rien, vit passer un fin sourire sur les lèvres du Gascon.

— Nous avons eu une discussion sur la toilette, dit le jeune homme.

— Et toi, Aramis? demanda Athos.

— Moi, je me bats pour cause de théologie, répondit Aramis tout en faisant signe à d'Artagnan qu'il le priait de tenir secrète la cause de son duel.

Athos vit passer un second sourire sur les lèvres de d'Artagnan.

— Vraiment, dit Athos.

— Oui, un point de saint Augustin sur lequel nous ne sommes pas d'accord, dit le Gascon.

— Décidément, c'est un homme d'esprit, murmura Athos.

— Et maintenant que vous êtes rassemblés, Messieurs, dit d'Artagnan, permettez-moi de vous faire mes excuses.

A ce mot d'*excuses*, un nuage passa sur le front d'Athos, un sourire hautain glissa sur les lèvres de Porthos, et un signe négatif fut la réponse d'Aramis.

— Vous ne me comprenez pas, Messieurs, dit d'Artagnan en relevant sa tête, sur laquelle jouait en ce moment un rayon de soleil qui en dorait les lignes fines et hardies, je vous demande excuse dans le cas où je ne pourrais vous payer ma dette à tous trois, car M. Athos a le droit de me tuer le premier, ce qui ôte beaucoup de sa valeur à votre créance, monsieur Porthos, et ce qui rend la vôtre à peu près nulle, monsieur Aramis. Et maintenant, Messieurs, je vous répète, excusez-moi, mais de cela seulement, et en garde!

A ces mots, du geste le plus cavalier qui se puisse voir, d'Artagnan tira son épée.

Le sang était monté à la tête de d'Artagnan, et dans ce moment il eût tiré son épée contre tous les mousquetaires du royaume, comme il venait de faire contre Athos, Porthos et Aramis.

Il était midi et un quart.　Le soleil était à son zénith, et l'emplacement choisi pour être le théâtre du duel se trouvait exposé à toute son ardeur.

— Il fait très-chaud, dit Athos en tirant son épée à son tour, et cependant je ne saurais ôter mon pourpoint; car, tout à l'heure encore, j'ai senti que ma blessure saignait, et je craindrais de gêner Monsieur en lui montrant du sang qu'il ne m'aurait pas tiré lui-même.

— C'est vrai, Monsieur, dit d'Artagnan, et, tiré par un autre ou par moi, je vous assure que je verrai toujours avec bien du regret le sang d'un aussi brave gentilhomme; je me battrai donc en pourpoint comme vous.

— Voyons, voyons, dit Porthos, assez de compliments comme cela, et songez que nous attendons notre tour.

— Parlez pour vous seul, Porthos, quand vous aurez à dire de pareilles incongruités, interrompit Aramis.　Quant à moi, je trouve les choses que ces messieurs se disent fort bien dites et tout à fait dignes de deux gentilshommes.

— Quand vous voudrez, Monsieur, dit Athos en se mettant en garde.

— J'attendais vos ordres, dit d'Artagnan en croisant le fer.

Mais les deux rapières avaient à peine résonné en se touchant, qu'une escouade des gardes de Son Éminence, commandée par M. de Jussac, se montra à l'angle du couvent.

— Les gardes du cardinal! s'écrièrent à la fois Porthos et Aramis.　L'épée au fourreau, Messieurs! l'épée au fourreau!

Mais il était trop tard. Les deux combattants avaient été vus dans une pose qui ne permettait pas de douter de leurs intentions.

— Holà ! cria Jussac en s'avançant vers eux et en faisant signe à ses hommes d'en faire autant, holà ! mousquetaires, on se bat donc ici ? Et les édits,[5] qu'en faisons-nous ?

— Vous êtes bien généreux, messieurs les gardes, dit Athos plein de rancune, car Jussac était l'un des agresseurs de l'avant-veille. Si nous vous voyions battre, je vous réponds, moi, que nous nous garderions bien de vous en empêcher. Laissez-nous donc faire, et vous allez avoir du plaisir sans prendre aucune peine.

— Messieurs, dit Jussac, c'est avec grand regret que je vous déclare que la chose est impossible. Notre devoir avant tout. Rengaînez donc, s'il vous plaît, et nous suivez.

— Monsieur, dit Aramis parodiant Jussac, ce serait avec un grand plaisir que nous obéirions à votre gracieuse invitation si cela dépendait de nous ; mais malheureusement la chose est impossible : M. de Tréville nous l'a défendu. Passez donc votre chemin, c'est ce que vous avez de mieux à faire.

Cette raillerie exaspéra Jussac.

— Nous vous chargerons donc, dit-il, si vous désobéissez.

— Ils sont cinq, dit Athos à demi voix, et nous ne sommes que trois ; nous serons encore battus, et il nous faudra mourir ici, car, je le déclare, je ne reparais pas vaincu devant le capitaine.

Athos, Porthos et Aramis se rapprochèrent à l'instant les uns des autres pendant que Jussac alignait ses soldats.

Ce seul moment suffit à d'Artagnan pour prendre son parti : c'était là un de ces événements qui décident de la vie d'un homme, c'était un choix à faire entre le roi et le cardinal ; ce choix fait, il fallait y persévérer. Se battre, c'est-à-dire désobéir à la loi, c'est-à-dire risquer sa tête, c'est-à-dire se faire d'un seul coup l'ennemi d'un ministre plus puissant que le roi lui-même; voilà ce qu'entrevit le jeune homme, et, disons-le à sa louange, il n'hésita point une seconde.   Se tournant donc vers Athos et ses amis :

— Messieurs, dit-il, je reprendrai, s'il vous plaît, quelque chose à vos paroles.   Vous avez dit que vous n'étiez que trois, mais il me semble, à moi, que nous sommes quatre.

— Mais vous n'êtes pas des nôtres, dit Porthos.

— C'est vrai, répondit d'Artagnan ; je n'ai pas l'habit, mais j'ai l'âme.   Mon cœur est mousquetaire, je le sens bien, Monsieur, et cela m'entraîne.

— Écartez-vous, jeune homme, cria Jussac, qui sans doute à ses gestes et à l'expression de son visage avait deviné le dessein de d'Artagnan.   Vous pouvez vous retirer, nous y consentons.   Sauvez votre peau ; allez vite.

D'Artagnan ne bougea point.

— Décidément, vous êtes un joli garçon, dit Athos, en serrant la main du jeune homme.

— Allons, allons ! prenons un parti, reprit Jussac.

— Voyons, dirent Porthos et Aramis, faisons quelque chose.

— Monsieur est plein de générosité, dit Athos.

Mais tous trois pensaient à la jeunesse de d'Artagnan, et redoutaient son inexpérience.

— Nous ne serions que trois, dont un blessé, plus un enfant, reprit Athos, et l'on n'en dira pas moins que nous étions quatre hommes.

— Oui, mais reculer ! dit Porthos.

— C'est difficile, reprit Athos.

D'Artagnan comprit leur irrésolution.

— Messieurs, essayez-moi toujours, dit-il, et je vous jure sur l'honneur que je ne veux pas m'en aller d'ici si nous sommes vaincus.

— Comment vous appelle-t-on, mon brave ? dit Athos.

—D'Artagnan, Monsieur.

—Eh bien! Athos, Porthos, Aramis et d'Artagnan, en avant! cria Athos.

—Eh bien! voyons, Messieurs, vous décidez-vous à vous décider? cria pour la troisième fois Jussac.

—C'est fait, Messieurs, dit Athos.

—Et quel parti prenez-vous? demanda Jussac.

—Nous allons avoir l'honneur de vous charger, répondit Aramis en levant son chapeau d'une main et tirant son épée de l'autre.

—Ah! vous résistez! s'écria Jussac.

—Cela vous étonne?

Et les neuf combattants se précipitèrent les uns sur les autres avec une furie qui n'excluait pas une certaine méthode.

Athos prit un certain Cahusac, favori du cardinal; Porthos eut Bicarat, et Aramis se vit en face de deux adversaires.

Quant à d'Artagnan, il se trouva lancé contre Jussac lui-même.

Le cœur du jeune Gascon battait à lui briser la poitrine, non pas de peur, Dieu merci, il n'en avait pas l'ombre, mais d'émulation; il se battait comme un tigre en fureur, tournant dix fois autour de son adversaire, changeant vingt fois ses gardes et son terrain. Jussac était, comme on le disait alors, friand de la lame,[6] et avait fort pratiqué; cependant, il avait toutes les peines du monde à se défendre contre un adversaire qui, agile et bondissant, s'écartait à tout moment des règles reçues, attaquant de tous côtés à la fois, et tout cela en parant en homme qui a le plus grand respect pour son épiderme.

Enfin cette lutte finit par faire perdre patience à Jussac. Furieux d'être tenu en échec par celui qu'il avait regardé comme un enfant, il s'échauffa et commença à faire des fautes.   D'Artagnan, qui, à défaut de la pratique, avait une profonde théorie, redoubla d'agilité.   Jussac, voulant en finir, porta un coup terrible à son adversaire en se fendant à fond;[7] mais celui-ci para prime, et tandis que Jussac se relevait, se glissant comme un serpent sous son fer, il lui passa son épée au travers du corps.   Jussac tomba comme une masse.

D'Artagnan jeta alors un coup d'œil inquiet et rapide sur le champ de bataille.

Aramis avait déjà tué un de ses adversaires; mais l'autre le pressait vivement.   Cependant, Aramis était en bonne condition et pouvait encore se défendre.

Bicarat et Porthos venaient de faire coup fourré.[8]   Porthos avait reçu un coup d'épée au travers du bras, et Bicarat au travers de la cuisse.   Mais comme ni l'une ni l'autre des deux blessures n'était grave, ils ne s'en escrimaient qu'avec plus d'acharnement.

Athos, blessé de nouveau par Cahusac, pâlissait à vue d'œil, mais il ne reculait pas d'une semelle:[9] il avait seulement changé son épée de main, et se battait de la main gauche.

D'Artagnan, selon les lois du duel de cette époque, pouvait secourir quelqu'un; pendant qu'il cherchait du regard celui de ses compagnons qui avait besoin de son aide, il surprit un coup d'œil d'Athos.   Ce coup d'œil était d'une éloquence sublime.   Athos serait mort plutôt que d'appeler au secours; mais il pouvait regarder, et du regard demander un appui.   D'Artagnan le devina, fit un bond terrible, et tomba sur le flanc de Cahusac en criant:

— A moi, monsieur le garde, je vous tue!

Cahusac se retourna; il était temps.   Athos, que son extrême courage soutenait seul, tomba sur un genou.

— Morbleu! criait-il à d'Artagnan, ne le tuez pas, jeune homme, je vous en prie; j'ai une vieille affaire à terminer

avec lui, quand je serai guéri et bien portant. Désarmez-
le seulement, liez lui l'épée.[10] C'est cela. Bien! très-bien!

Cette exclamation était arrachée à Athos par l'épée de
Cahusac, qui sautait à vingt pas de lui. D'Artagnan et
Cahusac s'élancèrent ensemble, l'un pour la ressaisir, l'autre
pour s'en emparer; mais d'Artagnan, plus leste, arriva le
premier et mit le pied dessus.

Cahusac courut à celui des gardes qu'avait tué Aramis,
s'empara de sa rapière, et voulut revenir à d'Artagnan; mais
sur son chemin il rencontra Athos, qui, pendant cette halte
d'un instant que lui avait procurée d'Artagnan, avait repris
haleine, et qui, de crainte que d'Artagnan ne lui tuât son
ennemi, voulait recommencer le combat.

D'Artagnan comprit que ce serait désobliger Athos que
de ne pas le laisser faire. En effet, quelques secondes
après, Cahusac tomba la gorge traversée d'un coup d'épée.

Au même instant Aramis appuyait son épée contre la
poitrine de son adversaire renversé, et le forçait à demander
merci.

Restaient Porthos et Bicarat. Porthos faisait mille fan-
faronnades, demandant à Bicarat quelle heure il pouvait bien
être, et lui faisait ses compliments sur la compagnie que
venait d'obtenir son frère dans le régiment de Navarre;[11]
mais, tout en raillant, il ne gagnait rien. Bicarat était un
des ces hommes de fer qui ne tombent que morts.

Cependant il fallait en finir. Le guet pouvait arriver
et prendre tous les combattants blessés ou non, royalistes
ou cardinalistes. Athos, Aramis et d'Artagnan entourè-
rent Bicarat et le sommèrent de se rendre. Quoique seul
contre tous, et avec un coup d'épée qui lui traversait la
cuisse, Bicarat voulait tenir; mais Jussac, qui s'était
relevé sur son coude, lui cria de se rendre. Bicarat
était un Gascon comme d'Artagnan; il fit la sourde
oreille et se contenta de rire, et entre deux parades, trou-

vant le temps de désigner, du bout de son épée, une place
à terre :

— Ici, dit-il, parodiant un verset de la Bible, ici mourra
Bicarat, seul de ceux qui sont avec lui.

— Mais ils sont quatre contre toi ; finis-en, je te l'ordonne.

— Ah ! si tu l'ordonnes, c'est autre chose, dit Bicarat ;
comme tu es mon brigadier, je dois obéir.

Et, en faisant un bond en arrière, il cassa son épée sur
son genou pour ne pas la rendre, en jeta les morceaux par-
dessus le mur du couvent et se croisa les bras en sifflant un
air cardinaliste.

La bravoure est toujours respectée, même dans un ennemi. Les mousquetaires saluèrent Bicarat de leurs épées
et les remirent au fourreau. D'Artagnan en fit autant, puis
aidé de Bicarat, le seul qui fût resté debout, il porta sous le
porche du couvent Jussac, Cahusac et celui des adversaires
d'Aramis qui n'était que blessé. Le quatrième, comme nous
l'avons dit, était mort. Puis ils sonnèrent la cloche, et,
emportant quatre épées sur cinq, ils s'acheminèrent ivres
de joie vers l'hôtel de M. de Tréville.

On les voyait entrelacés, tenant toute la largeur de la rue,
et accostant chaque mousquetaire qu'ils rencontraient, si
bien qu'à la fin ce fut une marche triomphale. Le cœur de
d'Artagnan nageait dans l'ivresse, il marchait entre Athos
et Porthos en les étreignant tendrement.

— Si je ne suis pas encore mousquetaire, dit-il à ses nouveaux amis en franchissant la porte de l'hôtel de M. de
Tréville, au moins me voilà reçu apprenti, n'est-ce pas ?

VI.

SA MAJESTÉ LE ROI LOUIS TREIZIÈME.

L'affaire fit grand bruit. M. de Tréville gronda beaucoup tout haut contre ses mousquetaires et les félicita tout bas; mais comme il n'y avait pas de temps à perdre pour prévenir le roi, M. de Tréville s'empressa de se rendre au Louvre. Il était déjà trop tard, le roi était enfermé avec le cardinal, et l'on dit à M. de Tréville que le roi travaillait et ne pouvait recevoir en ce moment. Le soir M. de Tréville vint au jeu du roi.[1] Le roi gagnait, et, comme Sa Majesté était fort avare, elle était d'excellente humeur; aussi, du plus loin que le roi aperçut Tréville:

— Venez ici, monsieur le capitaine, dit-il, venez, que je vous gronde; savez-vous que Son Éminence est venue me faire des plaintes sur vos mousquetaires, et cela avec une telle émotion, que ce soir Son Éminence en est malade. Ah! çà, mais ce sont des diables-à-quatre, des gens à pendre, que vos mousquetaires!

— Non, sire, répondit Tréville, qui vit du premier coup d'œil comment la chose allait tourner; non, tout au contraire, ce sont de bonnes créatures, douces comme des agneaux, et qui n'ont qu'un désir, je m'en ferai garant: c'est que leur épée ne sorte du fourreau que pour le service de Votre Majesté. Mais, que voulez-vous, les gardes de M. le cardinal sont sans cesse à leur chercher querelle, et, pour l'honneur même du corps, les pauvres jeunes gens sont obligés de se défendre.

— Écoutez monsieur de Tréville! dit le roi, écoutez! ne dirait-on pas qu'il parle d'une communauté religieuse! En vérité, mon cher capitaine, j'ai envie de vous ôter votre brevet et de le donner à mademoiselle de Chemerault, à laquelle j'ai promis une abbaye. Mais ne pensez pas que je vous croirai ainsi sur parole. On m'appelle Louis le Juste, monsieur de Tréville, et tout à l'heure, tout à l'heure nous verrons.

— Ah! c'est parce que je me fie à cette justice, sire, que j'attendrai patiemment et tranquillement le bon plaisir de Votre Majesté.

— Attendez donc, Monsieur, attendez donc, dit le roi, je ne vous ferai pas longtemps attendre.

En effet la chance tournait, et, comme le roi commençait à perdre ce qu'il avait gagné, il n'était pas fâché de trouver un prétexte pour faire, — qu'on nous passe cette expression de joueur, dont, nous l'avouons, nous ne connaissons pas l'origine, — pour faire charlemagne.[2] Le roi se leva donc au bout d'un instant, et mettant dans sa poche l'argent qui était devant lui et dont la majeure partie venait de son gain :

— La Vieuville, dit-il, prenez ma place, il faut que je parle à M. de Tréville pour affaire d'importance. Ah! . . . j'avais quatre-vingts louis devant moi ; mettez la même somme, afin que ceux qui ont perdu n'aient point à se plaindre. La justice avant tout. Puis, se retournant vers M. de Tréville et marchant avec lui vers l'embrasure d'une fenêtre :

— Eh bien, Monsieur, continua-t-il, vous dites que ce sont les gardes de l'Éminentissime[3] qui ont été chercher querelle à vos mousquetaires ?

— Oui, sire, comme toujours.

— Et comment la chose est-elle venue, voyons ? car, vous le savez, mon cher capitaine, il faut qu'un juge écoute les deux parties.

— Ah! mon Dieu! de la façon la plus simple et la plus naturelle. Trois de mes meilleurs soldats, que Votre Majesté connaît de nom, et dont elle a plus d'une fois apprécié le dévouement, et qui ont, je puis l'affirmer au roi, son service fort à cœur ; trois de mes meilleurs soldats, dis-je, MM. Athos, Porthos et Aramis, avaient fait une partie de plaisir avec un jeune cadet de Gascogne que je leur avais recommandé le matin même. La partie allait avoir lieu à Saint-Germain, je crois, et ils s'étaient donné rendez-vous aux Carmes-Deschaux, lorsqu'elle fut troublée par M. de Jussac et MM. Cahusac, Bicarat, et deux autres gardes qui ne venaient certes pas là en si nombreuse compagnie sans mauvaise intention contre les édits.

— Ah ! ah ! vous m'y faites penser, dit le roi : sans doute ils venaient pour se battre eux-mêmes.

— Je ne les accuse pas, sire, mais je laisse Votre Majesté apprécier ce que peuvent aller faire cinq hommes armés dans un lieu aussi désert que le sont les environs du couvent des Carmes.

— Oui, vous avez raison, Tréville, vous avez raison.

— Alors quand ils ont vu mes mousquetaires, ils ont changé d'idée et ils ont oublié leur haine particulière pour la haine de corps ; car Votre Majesté n'ignore pas que les mousquetaires, qui sont au roi, et rien qu'au roi, sont les ennemis naturels des gardes, qui sont à M. le cardinal.

— Oui, Tréville, oui, dit le roi mélancoliquement, et c'est bien triste, croyez-moi, de voir ainsi deux partis en France, deux têtes à la royauté ; mais tout cela finira, Tréville, tout cela finira. Vous dites donc que les gardes ont cherché querelle aux mousquetaires.

— Je dis qu'il est probable que les choses se sont passées ainsi, mais je n'en jure pas, sire. Vous savez combien la vérité est difficile à connaître, et à moins d'être doué de cet instinct admirable qui a fait nommer Louis XIII le Juste. . . .

— Et vous avez raison, Tréville ; mais ils n'étaient pas seuls, vos mousquetaires, il y avait avec eux un enfant.

— Oui, sire, et un homme blessé, de sorte que trois mousquetaires du roi, dont un blessé, et un enfant, non-seulement ont tenu tête à cinq des plus terribles gardes de M. le cardinal, mais encore en ont porté quatre à terre.

— Mais c'est une victoire, cela! s'écria le roi tout rayonnant; une victoire complète!

— Oui, sire, aussi complète que celle du pont de Cé.

— Quatre hommes, dont un blessé, et un enfant, dites-vous?

— Un jeune homme à peine; lequel s'est même si parfaitement conduit en cette occasion, que je prendrai la liberté de le recommander à Votre Majesté.

— Comment s'appelle-t-il?

— D'Artagnan, sire.   C'est le fils d'un de mes plus anciens amis; le fils d'un homme qui a fait avec le roi votre père, de glorieuse mémoire, la guerre de partisan.[4]

— Et vous dites qu'il s'est bien conduit, ce jeune homme? Racontez-moi cela, Tréville; vous savez que j'aime les récits de guerre et de combat.

Et le roi Louis XIII releva fièrement sa moustache en se posant sur la hanche.

— Sire, reprit Tréville, comme je vous l'ai dit, M. d'Artagnan est presque un enfant, et, comme il n'a pas l'honneur d'être mousquetaire, il était en habit bourgeois; les gardes de M. le cardinal, reconnaissant sa grande jeunesse, et de plus qu'il était étranger au corps, l'invitèrent donc à se retirer avant qu'ils attaquassent.

— Alors, vous voyez bien, Tréville, interrompit le roi, que ce sont eux qui ont attaqué.

— C'est juste, sire: ainsi plus de doute; ils le sommèrent donc de se retirer; mais il répondit qu'il était mousquetaire de cœur et tout à Sa Majesté, qu'ainsi donc il resterait avec messieurs les mousquetaires.

— Brave jeune homme! murmura le roi.

— En effet, il demeura avec eux ; et Votre Majesté a là un si ferme champion, que ce fut lui qui donna à Jussac ce terrible coup d'épée qui met si fort en colère M. le cardinal.

— C'est lui qui a blessé Jussac ? s'écria le roi ; lui, un enfant ! Ceci, Tréville, c'est impossible.

— C'est comme j'ai l'honneur de le dire à Votre Majesté.

— Jussac, une des premières lames du royaume !

— Eh bien, sire ! il a trouvé son maître.

— Je veux voir ce jeune homme, Tréville, je veux le voir, et si l'on peut faire quelque chose, eh bien ! nous nous en occuperons.

— Quand Votre Majesté daignera-t-elle le recevoir ?

— Demain à midi, Tréville.

— L'amènerai-je seul ?

— Non, amenez-les moi tous les quatre ensemble. Je veux les remercier tous à la fois ; les hommes dévoués sont rares, Tréville, et il faut récompenser le dévouement.

— A midi, sire, nous serons au Louvre.

— Ah ! par le petit escalier,[5] Tréville, par le petit escalier.   Il est inutile que le cardinal sache.

— Oui, sire.

— Vous comprenez, Tréville, un édit est toujours un édit ; il est défendu de se battre, au bout du compte.

— Mais cette rencontre, sire, sort tout à fait des conditions ordinaires d'un duel, c'est une rixe, et la preuve, c'est qu'ils étaient cinq gardes du cardinal contre mes trois mousquetaires et M. d'Artagnan.

— C'est juste, dit le roi ; mais n'importe, Tréville, venez toujours par le petit escalier.

Tréville sourit. Mais comme c'était déjà beaucoup pour lui d'avoir obtenu de cet enfant qu'il se révoltât contre son maître, il salua respectueusement le roi, et, avec son agrément, prit congé de lui.

Dès le soir même les trois mousquetaires furent prévenus

de l'honneur qui leur était accordé.   Comme ils connaissaient
depuis longtemps le roi, ils n'en furent pas trop échauffés ;
mais d'Artagnan, avec son imagination gasconne, y vit sa
fortune à venir, et passa la nuit à faire des rêves d'or.
Aussi, dès huit heures du matin, était-il chez Athos.

D'Artagnan trouva le mousquetaire tout habillé et prêt à
sortir.   Comme on n'avait rendez-vous chez le roi qu'à midi,
il avait formé le projet, avec Porthos et Aramis, d'aller
faire une partie de paume dans un tripot situé tout près
des écuries du Luxembourg.   Athos invita d'Artagnan à les
suivre, et, malgré son ignorance de ce jeu, auquel il n'avait
jamais joué, celui-ci accepta, ne sachant que faire de son
temps, depuis neuf heures du matin qu'il était à peine,
jusqu'à midi.

Les deux mousquetaires étaient déjà arrivés et pelotaient [6]
ensemble.   Athos, qui était très-fort à tous les exercices du
corps, passa avec d'Artagnan du côté opposé, et leur fit défi.
Mais au premier mouvement qu'il essaya, quoiqu'il jouât de
la main gauche, il comprit que sa blessure était encore trop
récente pour lui permettre un pareil exercice.   D'Artagnan
resta donc seul, et comme il déclara qu'il était trop mala-
droit pour soutenir une partie en règle, on continua seulement à s'envoyer des balles sans compter le jeu.   Mais une
de ces balles, lancée par le poignet herculéen de Porthos,
passa si près du visage de d'Artagnan, qu'il pensa que si,
au lieu de passer à côté, elle eût donné dedans, son audience
était probablement perdue, attendu qu'il lui eût été de toute
impossibilité de se présenter chez le roi.   Or, comme de
cette audience, dans son imagination gasconne, dépendait
tout son avenir, il salua poliment Porthos et Aramis, dé-
clarant qu'il ne reprendrait la partie que lorsqu'il serait en
état de leur tenir tête, et il s'en revint prendre place près
de la corde et dans la galerie.[7]

Malheureusement pour d'Artagnan, parmi les spectateurs

se trouvait un garde de Son Éminence, lequel, tout échauffé encore de la défaite de ses compagnons, arrivée la veille seulement, s'était promis de saisir la première occasion de la venger. Il crut donc que cette occasion était venue, et, s'adressant à son voisin :

— Il n'est pas étonnant, dit-il, que ce jeune homme ait eu peur d'une balle, c'est sans doute un apprenti mousquetaire.

D'Artagnan se retourna comme si un serpent l'eût mordu, et regarda fixement le garde qui venait de tenir cet insolent propos.

— Pardieu ! reprit celui-ci en frisant insolemment sa moustache, regardez-moi tant que vous voudrez, mon petit Monsieur, j'ai dit ce que j'ai dit.

— Et comme ce que vous avez dit est trop clair pour que vos paroles aient besoin d'explication, répondit d'Artagnan à voix basse, je vous prierai de me suivre.

— Et quand cela ? demanda le garde avec le même air railleur.

— Tout de suite, s'il vous plaît.

— Et vous savez qui je suis, sans doute ?

— Moi, je l'ignore complétement, et je ne m'en inquiète guère.

— Et vous avez tort, car, si vous saviez mon nom, peut-être seriez-vous moins pressé.

— Comment vous appelez-vous ?

— Bernajoux, pour vous servir.

— Eh bien ! monsieur Bernajoux, dit tranquillement d'Artagnan, je vais vous attendre sur la porte.

— Allez, Monsieur, je vous suis.

— Ne vous pressez pas trop, Monsieur, qu'on ne voie pas que nous sortons ensemble ; vous comprenez que, pour ce que nous allons faire, trop de monde nous gênerait.

— C'est bien, répondit le garde, étonné que son nom n'eût pas produit plus d'effet sur le jeune homme.

En effet, le nom de Bernajoux était connu de tout le monde, de d'Artagnan seul excepté, peut-être ; car c'était un de ceux qui figuraient le plus souvent dans les rixes journalières que tous les édits du roi et du cardinal n'avaient pu réprimer.

Porthos et Aramis étaient si occupés de leur partie, et Athos les regardait avec tant d'attention, qu'ils ne virent pas même sortir leur jeune compagnon, lequel, ainsi qu'il l'avait dit au garde de Son Éminence, s'arrêta sur la porte ; un instant après celui-ci descendit à son tour. Comme d'Artagnan n'avait pas de temps à perdre, vu l'audience du roi, qui était fixée à midi, il jeta les yeux autour de lui, et voyant que la rue était déserte :

— Ma foi, dit-il à son adversaire, il est bien heureux pour vous, quoique vous vous appeliez Bernajoux, de n'avoir affaire qu'à un apprenti mousquetaire ; cependant, soyez tranquille, je ferai de mon mieux. En garde !

— Mais, dit celui que d'Artagnan provoquait ainsi, il me semble que le lieu est assez mal choisi, et que nous serions mieux derrière l'abbaye de Saint-Germain ou dans le Pré-aux-Clercs.

— Ce que vous dites est plein de sens, répondit d'Artagnan ; malheureusement j'ai peu de temps à moi, ayant un rendez-vous à midi juste. En garde donc, Monsieur, en garde !

Bernajoux n'était pas homme à se faire répéter deux fois un pareil compliment. Au même instant son épée brilla à sa main et il fondit sur son adversaire, que grâce à sa grande jeunesse il espérait intimider.

Mais d'Artagnan avait fait la veille son apprentissage, et, tout frais émoulu de sa victoire, tout gonflé de sa future faveur, il était résolu à ne pas reculer d'un pas : aussi les deux fers se trouvèrent-ils engagés jusqu'à la garde, et comme d'Artagnan tenait ferme à sa place, ce fut son adver-

saire qui fit un pas de retraite. Mais d'Artagnan saisit le
moment où, dans ce mouvement, le fer de Bernajoux déviait
de la ligne, il dégagea, se fendit et toucha son adversaire
à l'épaule. Aussitôt d'Artagnan, à son tour, fit un pas de
retraite et releva son épée; mais Bernajoux lui cria que ce
n'était rien, et se fendant aveuglément sur lui, il s'enferra
de lui-même. Cependant, comme il ne tombait pas, comme
il ne se déclarait pas vaincu, mais que seulement il rompait
du côté de l'hôtel de M. de la Trémouille, au service duquel
il avait un parent, d'Artagnan, ignorant lui-même la gravité
de la dernière blessure que son adversaire avait reçue, le
pressait vivement, et sans doute allait l'achever d'un troisième coup, lorsque la rumeur qui s'élevait de la rue s'étant
étendue jusqu'au jeu de paume, deux des amis du garde, qui
l'avaient entendu échanger quelques paroles avec d'Artagnan, et qui l'avaient vu sortir à la suite de ces paroles, se
précipitèrent l'épée à la main hors du tripot et tombèrent
sur le vainqueur. Mais aussitôt Athos, Porthos et Aramis
parurent à leur tour, et, au moment où les deux gardes atta-
quaient leur jeune camarade, les forcèrent à se retourner.
En ce moment, Bernajoux tomba; et comme les gardes
étaient seulement deux contre quatre, ils se mirent à crier:
"A nous, l'hôtel de la Trémouille!" A ces cris, tout ce
qui était dans l'hôtel sortit, se ruant sur les quatre compagnons, qui de leur côté se mirent à crier: "A nous, mousquetaires!"

Ce cri était ordinairement entendu; car on savait les
mousquetaires ennemis de Son Éminence, et on les aimait
pour la haine qu'ils portaient au cardinal. Aussi les gardes
des autres compagnies que celles appartenant au duc Rouge,
comme l'avait appelé Aramis, prenaient-ils en général parti
dans ces sortes de querelles pour les mousquetaires du roi.
De trois gardes de la compagnie de M. Desessarts, qui passaient, deux vinrent donc en aide aux quatre compagnons,

tandis que l'autre courait à l'hôtel de M. de Tréville, criant :
"A nous, mousquetaires, à nous!" Comme d'habitude,
l'hôtel de M. de Tréville était plein de soldats de cette arme,
qui accoururent au secours de leurs camarades ; la mêlée
devint générale, mais la force était aux mousquetaires : les
gardes du cardinal et les gens de M. de la Trémouille se
retirèrent dans l'hôtel, dont ils fermèrent les portes assez à
temps pour empêcher que leurs ennemis n'y fissent irrup-
tion en même temps qu'eux. Quant au blessé, il y avait été
tout d'abord transporté et, comme nous l'avons dit, en fort
mauvais état.

L'agitation était à son comble parmi les mousquetaires et
leurs alliés, et l'on délibérait déjà si, pour punir l'insolence
qu'avaient eu les domestiques de M. de la Trémouille, de
faire une sortie sur les mousquetaires du roi, on ne mettrait
pas le feu à son hôtel. La proposition en avait été faite et
accueillie avec enthousiasme, lorsque heureusement onze
heures sonnèrent ; d'Artagnan et ses compagnons se souvin-
rent de leur audience, et, comme ils eussent regretté que
l'on fît un si beau coup sans eux, ils parvinrent à calmer les
têtes. On se contenta donc de jeter quelques pavés dans
les portes, mais les portes résistèrent : alors on se lassa ;
d'ailleurs ceux qui devaient être regardés comme les chefs
de l'entreprise avaient depuis un instant quitté le groupe
et s'acheminaient vers l'hôtel de M. de Tréville, qui les
attendait, déjà au courant de cette algarade.[8]

— Vite, au Louvre, dit-il, au Louvre sans perdre un instant, et tâchons de voir le roi avant qu'il soit prévenu par
le cardinal ; nous lui raconterons la chose comme une suite
de l'affaire d'hier, et les deux passeront ensemble.

M. de Tréville, accompagné des quatre jeunes gens,
s'achemina donc vers le Louvre ; mais, au grand étonnement
du capitaine des mousquetaires, on lui annonça que le roi
était allé courre le cerf[9] dans la forêt de Saint-Germain.

M. de Tréville se fit répéter deux fois cette nouvelle, et à chaque fois ses compagnons virent son visage se rembrunir.

— Est-ce que Sa Majesté, demanda-t-il, avait dès hier le projet de faire cette chasse ?

— Non, Votre Excellence, répondit le valet de chambre, c'est le grand veneur qui est venu lui annoncer ce matin qu'on avait détourné cette nuit un cerf [10] à son intention. Il a d'abord répondu qu'il n'irait pas, puis il n'a pas su résister au plaisir que lui promettait cette chasse, et après le dîner il est parti.

— Et le roi a-t-il vu le cardinal ? demanda M. de Tréville.

— Selon toute probabilité, répondit le valet de chambre, car j'ai vu ce matin les chevaux au carrosse de Son Éminence, j'ai demandé où elle allait, et l'on m'a répondu : A Saint-Germain.

— Nous sommes prévenus, dit M. de Tréville. Messieurs, je verrai le roi ce soir ; mais, quant à vous, je ne vous conseille pas de vous y hasarder.

L'avis était trop raisonnable et surtout venait d'un homme qui connaissait trop bien le roi pour que les quatre jeunes gens essayassent de le combattre. M. de Tréville les invita donc à rentrer chacun chez eux et à attendre de ses nouvelles.

En entrant à son hôtel, de M. de Tréville songea qu'il fallait prendre date [11] en portant plainte le premier. Il envoya un de ses domestiques chez M. de la Trémouille avec une lettre dans laquelle il le priait de mettre hors de chez lui le garde de M. le cardinal, et de réprimander ses gens de l'audace qu'ils avaient eu de faire leur sortie contre les mousquetaires. Mais M. de la Trémouille, déjà prévenu par son écuyer, dont, comme on le sait, Bernajoux était le parent, lui fit répondre que ce n'était ni à M. de Tréville ni à ses mousquetaires de se plaindre, mais bien au contraire à lui, dont les mousquetaires avaient chargé les

gens et avaient voulu brûler l'hôtel. Or, comme le débat
entre ces deux seigneurs eût pu durer longtemps, chacun
devant naturellement s'entêter dans son opinion, M. de
Tréville avisa un expédient qui avait pour but de tout terminer : c'était d'aller trouver lui-même M. de la Trémouille.

Il se rendit donc aussitôt à son hôtel et se fit annoncer.

Les deux seigneurs se saluèrent poliment, car s'il n'y avait
pas amitié entre eux, il y avait du moins estime. Tous
deux étaient gens de cœur et d'honneur ; et comme M. de
la Trémouille, protestant, et voyant rarement le roi, n'était
d'aucun parti, il n'apportait en général dans ses relations
sociales aucune prévention. Cette fois, néanmoins, son
accueil, quoique poli, fut plus froid que d'habitude.

— Monsieur, dit M. de Tréville, nous croyons avoir à nous
plaindre chacun l'un de l'autre, et je suis venu moi-même
pour que nous tirions de compagnie cette affaire au clair.

— Volontiers, répondit M. de la Trémouille ; mais je vous
préviens que je suis bien renseigné, et tout le tort est à vos
mousquetaires.

— Vous êtes un homme trop juste et trop raisonnable,
Monsieur, dit M. de Tréville, pour ne pas accepter la proposition que je vais vous faire.

— Faites, Monsieur, j'écoute.

— Comment se trouve M. Bernajoux, le parent de votre
écuyer ?

— Mais, Monsieur, fort mal. Outre le coup d'épée qu'il a
reçu dans le bras, et qui n'est pas autrement dangereux, il
en a encore ramassé un autre qui lui a traversé le poumon,
de sorte que le médecin en dit pauvres choses.[12]

— Mais le blessé a-t-il conservé sa connaissance ?

— Parfaitement.

— Parle-t-il ?

— Avec difficulté, mais il parle.

— Eh bien, Monsieur ! rendons-nous près de lui ; adjurons-le, au nom du Dieu devant lequel il va être appelé peut-être, de dire la vérité, je le prends pour juge dans sa propre cause, Monsieur ; et ce qu'il dira je le croirai.

M. de la Trémouille réfléchit un instant, puis, comme il était difficile de faire une proposition plus raisonnable, il accepta.

Tous deux descendirent dans la chambre où était le blessé. Celui-ci, en voyant entrer ces deux nobles seigneurs qui venaient lui faire visite, essaya de se relever sur son lit, mais il était trop faible, et, épuisé par l'effort qu'il avait fait, il retomba presque sans connaissance.

M. de la Trémouille s'approcha de lui et lui fit respirer des sels qui le rappelèrent à la vie. Alors M. de Tréville, ne voulant pas qu'on pût l'accuser d'avoir influencé le malade, invita M. de la Trémouille à l'interroger lui-même.

Ce qu'avait prévu M. de Tréville arriva. Placé entre la vie et la mort comme l'était Bernajoux, il n'eut pas même l'idée de taire un instant la vérité ; et il raconta aux deux seigneurs les choses exactement, telles qu'elles s'étaient passées.

C'était tout ce que voulait M. de Tréville ; il souhaita à Bernajoux une prompte convalescence, prit congé de M. de la Trémouille, rentra à son hôtel et fit aussitôt prévenir les quatre amis qu'il les attendait à dîner.

M. de Tréville recevait fort bonne compagnie, toute anti-cardinaliste d'ailleurs. On comprend donc que la conversation roula pendant tout le dîner sur les deux échecs que venaient d'éprouver les gardes de Son Éminence. Or, comme d'Artagnan avait été le héros de ces deux journées, ce fut sur lui que tombèrent toutes les félicitations, qu'Athos, Porthos et Aramis lui abandonnèrent, non-seulement en bons camarades, mais en hommes qui avaient eu assez souvent leur tour pour qu'ils lui laissassent le sien.

Vers six heures, M. de Tréville annonça qu'il était tenu

d'aller au Louvre ; mais comme l'heure de l'audience accordée par Sa Majesté était passée, au lieu de réclamer l'entrée par le petit escalier, il se plaça avec les quatre jeunes gens dans l'antichambre.   Le roi n'était pas encore revenu de la chasse.   Nos jeunes gens attendaient depuis une demi-heure à peine, mêlés à la foule des courtisans, lorsque toutes les portes s'ouvrirent et qu'on annonça Sa Majesté.

A cette annonce, d'Artagnan se sentit frémir jusqu'à la moelle des os.   L'instant qui allait suivre devait, selon toute probabilité, décider du reste de sa vie.   Aussi ses yeux se fixèrent-ils avec angoisse sur la porte par laquelle devait entrer le roi.

Louis XIII parut, marchant le premier ; il était en costume de chasse, encore tout poudreux, ayant de grandes bottes et tenant un fouet à la main.   Au premier coup d'œil, d'Artagnan jugea que l'esprit du roi était à l'orage.

Cette disposition, toute visible qu'elle était chez Sa Majesté, n'empêcha pas les courtisans de se ranger sur son passage : dans les antichambres royales, mieux vaut encore être vu d'un œil irrité que de ne pas être vu du tout.   Les trois mousquetaires n'hésitèrent donc pas et firent un pas en avant, tandis que d'Artagnan au contraire restait caché derrière eux ; mais quoique le roi connût personnellement Athos, Porthos et Aramis, il passa devant eux sans les regarder, sans leur parler et comme s'il ne les avait jamais vus.   Quant à M. de Tréville, lorsque les yeux du roi s'arrêtèrent un instant sur lui, il soutint ce regard avec tant de fermeté, que ce fut le roi qui détourna la vue ; après quoi, tout en grommelant, Sa Majesté rentra dans son appartement.

— Les affaires vont mal, dit Athos en souriant, et nous ne serons pas encore faits chevaliers de l'ordre [13] cette fois-ci.

— Attendez ici dix minutes, dit M. de Tréville ; et si au bout de dix minutes vous ne me voyez pas sortir, retournez à mon hôtel : car il sera inutile que vous m'attendiez plus longtemps.

Les quatre jeunes gens attendirent dix minutes, un quart d'heure, vingt minutes ; et, voyant que M. de Tréville ne reparaissait point, ils sortirent fort inquiets de ce qui allait arriver.

M. de Tréville était entré hardiment dans le cabinet du roi, et avait trouvé Sa Majesté de très-méchante humeur, assise sur un fauteuil et battant ses bottes du manche de son fouet, ce qui ne l'avait pas empêché de lui demander avec le plus grand flegme des nouvelles de sa santé.

— Mauvaise, Monsieur, mauvaise, répondit le roi, je m'ennuie.

C'était en effet la pire maladie de Louis XIII, qui souvent prenait un de ses courtisans, l'attirait à une fenêtre et lui disait : Monsieur un tel, ennuyons-nous ensemble.

— Comment ! Votre Majesté s'ennuie ! dit M. de Tréville. N'a-t-elle donc pas pris aujourd'hui le plaisir de la chasse ?

— Beau plaisir, Monsieur ! Tout dégénère, sur mon âme, et je ne sais si c'est le gibier qui n'a plus de voie [14] ou les chiens qui n'ont plus de nez. Nous lançons un cerf dix-cors,[15] nous le courons six heures, et quand il est prêt à tenir,[16] quand Saint-Simon met déjà le cor à sa bouche pour sonner l'halali,[17] crac, toute la meute prend le change [18] et s'emporte sur un daguet. Vous verrez que je serai obligé de renoncer à la chasse à courre comme j'ai renoncé à la chasse au vol. Ah ! je suis un roi bien malheureux, monsieur de Tréville ! je n'avais plus qu'un gerfaut,[19] et il est mort avant-hier.

— En effet, sire, je comprends votre désespoir, et le malheur est grand ; mais il vous reste encore, ce me semble, bon nombre de faucons, d'éperviers et de tiercelets.

— Et pas un homme pour les instruire ; les fauconniers

s'en vont, il n'y a plus que moi qui connaisse l'art de la vénerie.[20]   Après moi tout sera dit, et l'on chassera avec des traquenards, des piéges, des trappes.   Si j'avais le temps encore de former des élèves! mais oui, M. le cardinal est là qui ne me laisse pas un instant de repos, qui me parle de l'Espagne, qui me parle de l'Autriche, qui me parle de l'Angleterre!   Ah! à propos de M. le cardinal, monsieur de Tréville, je suis pas content de vous.

M. de Tréville attendait le roi à cette chute.[21]   Il connaissait le roi de longue main; il avait compris que toutes ses plaintes n'étaient qu'une préface, une espèce d'excitation pour s'encourager lui-même, et que c'était où il était arrivé enfin qu'il en voulait venir.

— Et en quoi ai-je été assez malheureux pour déplaire à Votre Majesté? demanda M. de Tréville en feignant le plus profond étonnement.

— Est-ce ainsi que vous faites votre charge, Monsieur? continua le roi sans répondre directement à la question de M. de Tréville; est-ce pour cela que je vous ai nommé capitaine de mes mousquetaires, que ceux-ci assassinent un homme, émeuvent tout un quartier et veulent brûler Paris sans que vous en disiez un mot?   Mais au reste, continua le roi, sans doute que je me hâte de vóus accuser, sans doute que les perturbateurs sont en prison et que vous venez m'annoncer que justice est faite.

— Sire, répondit tranquillement M. de Tréville, je viens vous la demander au contraire.

— Et contre qui? s'écria le roi.

— Contre les calomniateurs, dit M. de Tréville.

— Ah! voilà qui est nouveau, reprit le roi.   N'allez-vous pas me dire que vos trois mousquetaires damnés, Athos, Porthos et Aramis et votre cadet de Béarn, ne se sont pas jetés comme des furieux sur le pauvre Bernajoux, et ne l'ont pas maltraité de telle façon qu'il est probable qu'il est en train de trépasser à cette heure! N'allez-vous pas dire qu'ensuite ils n'ont pas fait le siége de l'hôtel du duc de La Trémouille, et qu'ils n'ont point voulu le brûler! Ce qui n'aurait peut-être pas été un très-grand malheur en temps de guerre, vu que c'est un nid de huguenots; [22] mais ce qui, en temps de paix, est un fâcheux exemple. Dites, n'allez vous pas nier tout cela?

—Et qui vous a fait ce beau récit, sire? demanda tranquillement M. de Tréville.

—Qui m'a fait ce beau récit, Monsieur! et qui voulez-vous que ce soit, si ce n'est celui qui veille quand je dors, qui travaille quand je m'amuse, qui mène tout au dedans et au dehors du royaume, en France comme en Europe?

—Sa Majesté veut parler de Dieu, sans doute, dit M. de Tréville, car je ne connais que Dieu qui soit si fort au-dessus de Sa Majesté.

—Non, Monsieur; je veux parler du soutien de l'État, de mon seul serviteur, de mon seul ami, de M. le cardinal.

—Son Éminence n'est pas Sa Sainteté, sire.

—Qu'entendez-vous par là, Monsieur?

—Qu'il n'y a que le pape qui soit infaillible, et que cette infaillibilité ne s'étend pas aux cardinaux.

—Vous voulez dire qu'il me trompe, vous voulez dire qu'il me trahit. Vous l'accusez alors. Voyons, dites, avouez franchement que vous l'accusez.

—Non, sire; mais je dis qu'il se trompe lui-même; je dis qu'il a été mal renseigné; je dis qu'il a eu hâte d'accuser les mousquetaires de Votre Majesté, pour lesquels il est injuste, et qu'il n'a pas été puiser ses renseignements aux bonnes sources.

—L'accusation vient de M. de la Trémouille, du duc lui-même. Que répondrez-vous à cela?

—Je pourrais répondre, sire, qu'il est trop intéressé dans la question pour être un témoin bien impartial; mais loin de là, sire, je connais le duc pour un loyal gentilhomme, et je m'en rapporterai à lui, mais à une condition, sire.

— Laquelle ?

— C'est que Votre Majesté le fera venir, l'interrogera, mais elle-même, en tête-à-tête, sans témoins, et que je reverrai Votre Majesté aussitôt qu'elle aura reçu le duc.

— Oui-da ! fit le roi, et vous vous en rapporterez à ce que dira M. de la Trémouille.

— Oui, sire.

— Vous accepterez son jugement ?

— Sans doute.

— Et vous vous soumettrez aux réparations qu'il exigera ?

— Parfaitement.

— La Chesnaye ! fit le roi. La Chesnaye !

Le valet de chambre de confiance de Louis XIII, qui se tenait toujours à la porte, entra.

— La Chesnaye, dit le roi, qu'on aille à l'instant même me quérir M. de la Trémouille ; je veux lui parler ce soir.

— Votre Majesté me donne sa parole qu'elle ne verra personne entre M. de la Trémouille et moi

— Personne, foi de gentilhomme.

— A demain, sire, alors.

— A demain, Monsieur.

— A quelle heure, s'il plaît à Votre Majesté ?

— A l'heure que vous voudrez.

— Mais en venant par trop matin, je crains de réveiller Votre Majesté.

— Me réveiller ? Est-ce que je dors ? Je ne dors plus, Monsieur ; je rêve quelquefois, voilà tout. Venez donc d'aussi bon matin que vous voudrez, à sept heures ; mais gare à vous si vos mousquetaires sont coupables.

— Si mes mousquetaires sont coupables, sire, les coupables seront remis aux mains de Votre Majesté, qui ordonnera d'eux selon son bon plaisir. Votre Majesté exige-t-elle quelque chose de plus ? qu'elle parle, je suis prêt à lui obéir.

— Non, Monsieur, non, et ce n'est pas sans raison qu'on m'a appelé Louis le Juste. À demain donc, Monsieur, à demain.

— Dieu garde jusque-là Votre Majesté !

Si peu que dormit le roi, M. de Tréville dormit plus mal encore ; il avait fait prévenir dès le soir même ses trois mousquetaires et leur compagnon de se trouver chez lui à six heures et demie du matin. Il les emmena avec lui, sans leur rien affirmer, sans leur rien promettre, et ne leur cachant pas que leur faveur et même la sienne tenaient à un coup de dés.

Arrivé au bas du petit escalier, il les fit attendre. Si le roi était toujours irrité contre eux, ils s'éloigneraient sans être vus ; si le roi consentait à les recevoir, on n'aurait qu'à les faire appeler.

En arrivant dans l'antichambre particulière du roi, M. de Tréville trouva La Chesnaye, qui lui apprit qu'on n'avait pas rencontré le duc de la Trémouille la veille au soir à son hôtel, qu'il était rentré trop tard pour se présenter au Louvre, qu'il venait seulement d'arriver, et qu'il était à cette heure chez le roi.

Cette circonstance plut beaucoup à M. de Tréville, qui, de cette façon, fut certain qu'aucune suggestion étrangère ne se glisserait entre la déposition de M. de la Trémouille et lui.

En effet, dix minutes s'étaient à peine écoulées, que la porte du cabinet du roi s'ouvrit, et que M. de Tréville en vit sortir le duc de la Trémouille, lequel vint à lui et dit :

— Monsieur de Tréville, Sa Majesté vient de m'envoyer quérir pour savoir comment les choses s'étaient passées hier matin à mon hôtel. Je lui ai dit la vérité, c'est-à-dire que la faute était à mes gens, et que j'étais prêt à vous en

faire mes excuses.   Puisque je vous rencontre, veuillez les
recevoir, et me tenir toujours pour un de vos amis.

—Monsieur le duc, dit M. de Tréville, j'étais si plein de
confiance dans votre loyauté, que je n'avais pas voulu, près
de Sa Majesté, d'autre défenseur que vous-même.   Je vois
que je ne m'étais pas abusé, et je vous remercie de ce qu'il
y a encore en France un homme de qui on puisse dire sans
se tromper ce que j'ai dit de vous.

—C'est bien, c'est bien! dit le roi, qui avait écouté tous
ces compliments entre les deux portes; seulement, dites-
lui, Tréville, puisqu'il se prétend un de vos amis, que moi
aussi je voudrais être des siens, mais qu'il me néglige;
qu'il y a tantôt trois ans que je ne l'ai vu, et que je ne
le vois que quand je l'envoie chercher.   Dites-lui tout cela
de ma part; car ce sont de ces choses qu'un roi ne peut dire
lui-même.

—Merci, sire, merci, dit le duc; mais que Votre Majesté
croie bien que ce ne sont pas ceux, je ne dis point cela pour
M. de Tréville, que ce ne sont point ceux qu'elle voit à toute
heure du jour qui lui sont le plus dévoués.

—Ah! vous avez entendu ce que j'ai dit; tant mieux,
duc, tant mieux, dit le roi en s'avançant jusque sur la porte.
Ah! c'est vous, Tréville! où sont vos mousquetaires?   Je
vous avais dit avant-hier de mes les amener, pourquoi ne
l'avez-vous pas fait?

—Ils sont en bas, sire, et avec votre congé La Chesnaye
va leur dire de monter.

—Oui, oui, qu'ils viennent tout de suite; il va être huit
heures, et à neuf heures j'attends une visite.   Allez, monsieur le duc, et revenez surtout.   Entrez, Tréville.

Le duc salua et sortit.   Au moment où il ouvrait la porte,
les trois mousquetaires et d'Artagnan, conduits par La Chesnaye, apparaissaient au haut de l'escalier.

—Venez, mes braves, dit le roi, venez; j'ai à vous gronder.

Les mousquetaires s'approchèrent en s'inclinant ; d'Artagnan les suivait par derrière.

— Comment diable ! continua le roi, à vous quatre, sept gardes de Son Éminence mis hors de combat en deux jours. C'est trop, Messieurs, c'est trop. À ce compte-là, Son Éminence serait forcée de renouveler sa compagnie dans trois semaines, et moi de faire appliquer les édits dans toute leur rigueur. Un, par hasard,[23] je ne dis pas ; mais sept en deux jours, je le répète, c'est trop, c'est beaucoup trop.

— Aussi, sire, Votre Majesté voit qu'ils viennent tout contrits et tout repentants lui faire leurs excuses.

— Tout contrits et tout repentants ! Hum ! fit le roi, je ne me fie point à leurs faces hypocrites ; il y a surtout là-bas une figure de Gascon. Venez ici, Monsieur.

D'Artagnan, qui comprit que c'était à lui que le compliment s'adressait, s'approcha en prenant son air le plus désespéré.

— Eh bien ! que me disiez-vous donc, que c'était un jeune homme ? c'est un enfant, monsieur de Tréville, un véritable enfant ! Et c'est celui-là qui a donné ce rude coup d'épée à Jussac ?

— Et ces deux beaux coups d'épée à Bernajoux.

— Véritablement !

— Sans compter, dit Athos, que s'il ne m'avait pas tiré des mains de Bicarat, je n'aurais très-certainement pas l'honneur de faire en ce moment-ci ma très-humble révérence à Votre Majesté.

— Mais c'est donc un véritable démon, que ce Béarnais, ventre saint-gris ![24] monsieur de Tréville ? comme eût dit le roi mon père. À ce métier-là, on doit trouer force pourpoints et briser force épées. Or les Gascons sont toujours pauvres, n'est-ce pas ?

— Sire, je dois dire qu'on n'a pas encore trouvé des mines

d'or dans leurs montagnes, quoique le Seigneur leur dût bien ce miracle en récompense de la manière dont ils ont soutenu les prétentions du roi votre père.

— Ce qui veut dire que ce sont les Gascons qui m'ont fait roi moi-même, n'est-ce pas, Tréville, puisque je suis le fils de mon père ? Eh bien! à la bonne heure, je ne dis pas non. La Chesnaye, allez voir si, en fouillant dans toutes mes poches, vous trouverez quarante pistoles ; et si vous les trouvez, apportez-les-moi. Et maintenant, voyons, jeune homme, la main sur la conscience, comment cela s'est-il passé ?

D'Artagnan raconta l'aventure de la veille dans tous ses détails : comment, n'ayant pas pu dormir de la joie qu'il éprouvait à voir Sa Majesté, il était arrivé chez ses amis trois heures avant l'heure de l'audience ; comment ils étaient allés ensemble au tripot, et comment, sur la crainte qu'il avait manifestée de recevoir une balle au visage, il avait été raillé par Bernajoux, lequel avait failli payer cette raillerie de la perte de la vie, et M. de la Trémouille, qui n'y était pour rien, de la perte de son hôtel.

— C'est bien cela, murmurait le roi ; oui, c'est ainsi que le duc m'a raconté la chose. Pauvre cardinal! sept hommes en deux jours, et de ses plus chers ; mais c'est assez comme cela, Messieurs, entendez-vous ! c'est assez : vous avez pris votre revanche de la rue Férou, et au delà ; vous devez être satisfaits.

— Si Votre Majesté l'est, dit Tréville, nous le sommes.

— Oui, je le suis, ajouta le roi en prenant une poignée d'or de la main de La Chesnaye, et la mettant dans celle de d'Artagnan. Voici, dit-il, une preuve de ma satisfaction.

À cette époque, les idées de fierté qui sont de mise de nos jours n'étaient point encore de mode. Un gentilhomme recevait de la main à la main de l'argent du roi, et n'en était pas le moins du monde humilié. D'Artagnan mit donc les quarante pistoles dans sa poche sans faire aucune façon, et en remerciant tout au contraire grandement Sa Majesté.

— Là, dit le roi en regardant sa pendule, là, et maintenant qu'il est huit heures et demie, retirez-vous ; car je vous l'ai dit, j'attends quelqu'un à neuf heures. Merci de votre dévouement, Messieurs. J'y puis compter, n'est-ce pas ?

— Oh ! sire ! s'écrièrent d'une même voix les quatre compagnons, nous nous ferions couper en morceaux pour Votre Majesté.

— Bien, bien ; mais restez entiers : cela vaut mieux, et vous me serez plus utiles. Tréville, ajouta le roi à demi voix pendant que les autres se retiraient, comme vous n'avez pas de place dans les mousquetaires et que d'ailleurs pour entrer dans ce corps nous avons décidé qu'il fallait faire un noviciat, placez ce jeune homme dans la compagnie des gardes de M. Desessarts, votre beau-frère. Ah, pardieu ! Tréville, je me réjouis de la grimace que va faire le cardinal : il sera furieux, mais cela m'est égal ; je suis dans mon droit.

Et le roi salua de la main Tréville, qui sortit et s'en vint rejoindre ses mousquetaires, qu'il trouva partageant avec d'Artagnan les quarante pistoles.

Et le cardinal, comme l'avait dit Sa Majesté, fut effectivement furieux, si furieux que pendant huit jours il abandonna le jeu du roi, ce qui n'empêchait pas le roi de lui faire la plus charmante mine du monde, et toutes les fois qu'il le rencontrait de lui demander de sa voix la plus caressante :

— Eh bien, monsieur le cardinal, comment vont ce pauvre Bernajoux et ce pauvre Jussac, qui sont à vous ?

VII.

L'INTÉRIEUR DES MOUSQUETAIRES.

Lorsque d'Artagnan fut hors du Louvre, et qu'il consulta ses amis sur l'emploi qu'il devait faire de sa part des quarante pistoles, Athos lui conseilla de commander un bon repas à la Pomme-de-Pin, Porthos de prendre un laquais.

Le repas fut exécuté le jour même, et le laquais y servit à table. Le repas avait été commandé par Athos, et le laquais fourni par Porthos. C'était un Picard que le glorieux mousquetaire avait embauché le jour même et à cette occasion sur le pont de la Tournelle, pendant qu'il faisait des ronds en crachant dans l'eau.[1]

Porthos avait prétendu que cette occupation était la preuve d'une organisation réfléchie et contemplative, et il l'avait emmené sans autre recommandation. La grande mine de ce gentilhomme, pour le compte duquel il se crut engagé avait séduit Planchet, — c'était le nom du Picard; — il y eut chez lui un léger désappointement lorsqu'il vit que la place était déjà prise par un confrère nommé Mousqueton, et lorsque Porthos lui eut signifié que son état de maison, quoique grand, ne comportait pas deux domestiques, et qu'il lui fallait entrer au service d'Artagnan. Cependant, lorsqu'il assista au dîner que donnait son maître et qu'il vit celui-ci tirer en payant une poignée d'or de sa poche, il crut sa fortune faite et remercia le ciel d'être tombé en la possession d'un pareil Crésus; il persévéra dans cette opinion jusqu'après le festin, des reliefs duquel il répara de longues abstinences. Mais en faisant le soir le lit de son maître, les chimères de Planchet s'évanouirent. Le lit était le seul de l'appartement, qui se composait d'une antichambre et d'une chambre à coucher. Planchet coucha dans l'antichambre sur une couverture tirée du lit de d'Artagnan, et dont d'Artagnan se passa depuis.

Athos de son côté avait un valet qu'il avait dressé à son service d'une façon toute particulière et que l'on appelait Grimaud. Il était fort silencieux, ce digne seigneur. Nous parlons d'Athos, bien entendu. Depuis cinq ou six ans qu'il vivait dans la plus profonde intimité avec ses compagnons Porthos et Aramis, ceux-ci se rappelaient l'avoir vu sourire souvent; mais jamais ils ne l'avaient entendu rire. Ses paroles étaient brèves et expressives, disant toujours ce qu'elles voulaient dire, rien de plus : pas d'enjolivements, pas de broderies, pas d'arabesques. Sa conversation était un fait sans aucun épisode.

Quoique Athos eût à peine trente ans et fût d'une grande beauté de corps et d'esprit, jamais il ne parlait de femmes. Seulement il n'empêchait pas qu'on en parlât devant lui, quoiqu'il fût facile de voir que ce genre de conversation, auquel il ne se mêlait que par des mots amers et des aperçus misanthropiques, lui était parfaitement désagréable. Sa réserve, sa sauvagerie et son mutisme en faisaient presque un vieillard; il avait donc, pour ne point déroger à ses habitudes, habitué Grimaud à lui obéir sur un simple geste ou sur un simple mouvement des lèvres. Il ne lui parlait que dans des circonstances suprêmes.

Quelquefois Grimaud, qui craignait son maître comme le feu,[2] tout en ayant pour sa personne un grand attachement et pour son génie une grande vénération, croyait avoir parfaitement compris ce qu'il désirait, s'élançait pour exécuter l'ordre reçu et faisait précisément le contraire. Alors Athos haussait les épaules, et, sans se mettre en colère, rossait Grimaud. Ces jours-là il parlait un peu.

Porthos, comme on a pu le voir, avait un caractère tout opposé à celui d'Athos: non-seulement il parlait beaucoup, mais il parlait haut; peu lui importait au reste, il faut lui rendre cette justice, qu'on l'écoutât ou non; il parlait pour le plaisir de parler et pour le plaisir de s'entendre; il parlait de toutes choses excepté de sciences, excipant à cet endroit de la haine [3] invétérée que depuis son enfance il portait, disait-il, aux savants. Il avait moins grand air qu'Athos, et le sentiment de son infériorité à ce sujet l'avait, dans le commencement de leur liaison, rendu souvent injuste pour ce gentilhomme, qu'il s'était alors efforcé de dépasser par ses splendides toilettes. Mais, avec sa simple casaque de mousquetaire et rien que par la façon dont il rejetait la tête en arrière et avançait le pied, Athos prenait à l'instant même la place qui lui était due et reléguait le fastueux Porthos au second rang.

Un vieux proverbe dit: "Tel maître tel valet." Passons donc du valet d'Athos au valet de Porthos, de Grimaud à Mousqueton.

Mousqueton était un Normand dont son maître avait changé le nom pacifique de Boniface en celui infiniment plus sonore de Mousqueton. Il était entré au service de Porthos à la condition qu'il serait habillé et logé seulement, mais d'une façon magnifique; il ne réclamait que deux heures par jour pour les consacrer à une industrie qui devait pourvoir à ses autres besoins. Porthos avait accepté le marché; la chose lui allait à merveille. Il faisait tailler à Mousqueton des pourpoints dans ses vieux habits et dans ses manteaux de rechange, et, grâce à un tailleur fort intelligent qui lui remettait ses hardes à neuf en les retournant, Mousqueton faisait à la suite de son maître fort bonne figure.

Quant à Aramis, dont nous croyons avoir suffisamment exposé le caractère, caractère du reste que, comme celui de

ses compagnons, nous pourrons suivre dans son développe-
ment, son laquais s'appelait Bazin. Grâce à l'espérance
qu'avait son maître d'entrer un jour dans les ordres, il était
toujours vêtu de noir, comme doit l'être le serviteur d'un
homme d'Église. C'était un Berrichon de trente-cinq à
quarante ans, doux, paisible, grassouillet, occupant à lire de
pieux ouvrages les loisirs que lui laissait son maître, faisant
à la rigueur pour deux un dîner de peu de plats, mais excellent. Au reste, muet, aveugle, sourd, et d'une fidélité à
toute épreuve.

La vie des quatre jeunes gens était devenue commune ;
d'Artagnan, qui n'avait aucune habitude, puisqu'il arrivait
de sa province et tombait au milieu d'un monde tout nouveau pour lui, prit aussitôt les habitudes de ses amis.

On se levait vers huit heures en hiver, vers six heures en
été, et l'on allait prendre le mot d'ordre et l'air des affaires [4]
chez M. de Tréville. D'Artagnan, bien qu'il ne fût pas
mousquetaire, en faisait le service avec une ponctualité
touchante : il était toujours de garde parce qu'il tenait toujours compagnie à celui de ses trois amis qui montait la
sienne. On le connaissait à l'hôtel des mousquetaires et
chacun le tenait pour un bon camarade ; M. de Tréville, qui
l'avait apprécié du premier coup d'œil, et qui lui portait une
véritable affection, ne cessait de le recommander au roi.

De leur côté, les trois mousquetaires aimaient fort leur
jeune camarade. L'amitié qui unissait ces quatre hommes,
et le besoin de se voir trois ou quatre fois par jour, soit
pour duel, soit pour affaires, soit pour plaisir, les faisait
sans cesse courir l'un après l'autre comme des ombres, et
l'on rencontrait toujours les inséparables se cherchant du
Luxembourg à la place Saint-Sulpice ou de la rue du Vieux-
Colombier au Luxembourg.

En attendant, les promesses de M. de Tréville allaient
leur train.[5] Un beau jour le roi commanda à M. le chevalier

Desessarts de prendre d'Artagnan comme cadet dans sa compagnie des gardes. D'Artagnan endossa en soupirant cet habit, qu'il eût voulu, au prix de dix années de son existence, troquer contre la casaque de mousquetaire. Mais M. de Tréville promit cette faveur après un noviciat de deux ans, noviciat qui pouvait être abrégé, au reste, si l'occasion se présentait pour d'Artagnan de rendre quelque service au roi ou de faire quelque action d'éclat. D'Artagnan se retira sur cette promesse et dès le lendemain commença son service.

Alors ce fut le tour d'Athos, de Porthos et d'Aramis de monter la garde avec d'Artagnan quand il était de garde. La compagnie de M. le chevalier Desessarts prit ainsi quatre hommes au lieu d'un le jour où elle prit d'Artagnan.

VIII.

UNE INTRIGUE DE COUR.

Cependant les quarante pistoles du roi Louis XIII, ainsi que toutes les choses de ce monde, après avoir eu un commencement avaient eu une fin, et depuis cette fin nos quatre compagnons étaient tombés dans la gêne. D'abord Athos avait soutenu pendant quelque temps l'association de ses propres deniers. Porthos lui avait succédé, et il avait pendant près de quinze jours encore subvenu aux besoins de tout le monde; enfin était arrivé le tour d'Aramis, qui s'était exécuté de bonne grâce, et qui était parvenu à se procurer quelques pistoles.

On eut alors, comme d'habitude, recours à M. de Tréville, qui fit quelques avances sur la solde; mais ces avances ne pouvaient conduire bien loin trois mousquetaires qui avaient déjà force comptes arriérés, et un garde qui n'en avait pas encore.

Enfin quand on vit qu'on allait manquer tout à fait, on rassembla par un dernier effort huit ou dix pistoles que Porthos joua. Malheureusement il était dans une mauvaise veine : il perdit tout, plus vingt-cinq pistoles sur parole.

Alors la gêne devint de la détresse; on vit les affamés suivis de leurs laquais courir les quais et les corps de garde, ramassant chez leurs amis du dehors tous les dîners qu'ils purent trouver; car suivant l'avis d'Aramis, on devait dans la prospérité semer des repas à droite et à gauche pour en récolter quelques-uns dans la disgrâce.

Athos fut invité quatre fois et mena chaque fois ses amis

avec leurs laquais. Porthos eut six occasions et en fit
également jouir ses camarades : Aramis en eut huit. C'était
un homme, comme on a déjà pu s'en apercevoir, qui faisait
peu de bruit et beaucoup de besogne.

Quand à d'Artagnan, qui ne connaissait encore personne
dans la capitale, il ne trouva qu'un déjeuner de chocolat
chez un prêtre de son pays, et un dîner chez un cornette [1]
des gardes. Il mena son armée chez le prêtre, auquel on
dévora sa provision de deux mois, et chez le cornette, qui fit
des merveilles ; mais, comme le disait Planchet, on ne mange
toujours qu'une fois, même quand on mange beaucoup.

D'Artagnan se trouva donc assez humilié de n'avoir eu
qu'un repas et demi, car le déjeuner chez le prêtre ne pouvait compter que pour un demi-repas, à offrir à ses compagnons, en échange des festins que s'étaient procurés Athos,
Porthos et Aramis. Il se croyait à charge à la société,
oubliant dans sa bonne foi toute juvénile qu'il avait nourri
cette société pendant un mois, et son esprit préoccupé se
mit à travailler activement. Il réfléchit que cette coalition
de quatre hommes jeunes, braves, entreprenants et actifs,
devait avoir un autre but que des promenades déhanchées,
des leçons d'escrime et des lazzi plus ou moins spirituels.

En effet, quatre hommes comme eux, quatre hommes dévoués les uns aux autres depuis la bourse jusqu'à la vie,
quatre hommes se soutenant toujours, ne reculant jamais,
exécutant isolément ou ensemble les résolutions prises en
commun ; quatre bras menaçant les quatre points cardinaux
ou se tournant vers un seul point, devaient inévitablement,
soit souterrainement, soit au jour, soit par la mine, soit par
la tranchée, soit par la ruse, soit par la force, s'ouvrir un
chemin vers le but qu'ils voulaient atteindre, si bien défendu
ou si éloigné qu'il fût. La seule chose qui étonna d'Artagnan, c'est que ses compagnons n'eussent point songé à
cela.

Il y songeait, lui, et sérieusement même, se creusant la cervelle pour trouver une direction à cette force unique quatre fois multipliée avec laquelle il ne doutait pas que, comme avec le levier que cherchait Archimède, on ne parvînt à soulever le monde, lorsque l'on frappa doucement à la porte. D'Artagnan réveilla Planchet et lui ordonna d'ouvrir.

Que de cette phrase, d'Artagnan réveilla Planchet, le lecteur n'aille pas augurer[2] qu'il faisait nuit ou que le jour n'était point encore venu. Non! quatre heures venaient de sonner. Planchet, deux heures auparavant, était venu demander à dîner à son maître, lequel lui avait répondu par le proverbe : "Qui dort dîne." Et Planchet dînait en dormant.

Un homme fut introduit, de mine assez simple et qui avait l'air d'un bourgeois.

Planchet, pour son dessert, eût bien voulu entendre la conversation, mais le bourgeois déclara à d'Artagnan que ce qu'il avait à lui dire étant important et confidentiel, il désirait demeurer en tête-à-tête avec lui.

D'Artagnan congédia Planchet et fit asseoir son visiteur.

Il y eut un moment de silence pendant lequel les deux hommes se regardèrent comme pour faire une connaissance préalable, après quoi d'Artagnan s'inclina en signe qu'il écoutait.

—J'ai entendu parler de M. d'Artagnan comme d'un jeune homme fort brave, dit le bourgeois, et cette réputation dont il jouit à juste titre m'a décidé à lui confier un secret.

—Parlez, Monsieur, parlez, dit d'Artagnan, qui, d'instinct, flaira quelque chose d'avantageux.

Le bourgeois fit une nouvelle pause et continua :

—J'ai ma femme qui est lingère[3] chez la reine, Monsieur, et qui ne manque ni de sagesse ni de beauté. On me l'a fait épouser, voilà bientôt trois ans, quoiqu'elle n'eût qu'un

petit avoir, parce que M. de La Porte, le portemanteau [4] de
la reine, est son parrain et la protége. . . .

— Eh bien ! Monsieur ? demanda d'Artagnan.

— Eh bien ! reprit le bourgeois, eh bien ! Monsieur, ma
femme a été enlevée hier au matin, comme elle sortait de
sa chambre de travail.

— Et par qui votre femme a-t-elle été enlevée ?

— Je n'en sais rien sûrement, Monsieur, mais je soupçonne quelqu'un.

— Et quelle est cette personne que vous soupçonnez ?

— Un homme qui la poursuivait depuis longtemps.

— Diable !

— Mais voulez-vous que je vous dise, Monsieur, continua
le bourgeois, je suis convaincu qu'il y a moins d'amour que
de politique dans tout cela.

— Moins d'amour que de politique, reprit d'Artagnan
d'un air fort réfléchi, et que soupçonnez-vous ?

— Je ne sais pas si je devrais vous dire ce que je soupçonne. . . .

— Monsieur, je vous ferai observer que je ne vous
demande absolument rien, moi. C'est vous qui êtes venu.
C'est vous qui m'avez dit que vous aviez un secret à me
confier. Faites donc à votre guise, il est encore temps de
vous retirer.

— Non, Monsieur, non, vous m'avez l'air d'un honnête
jeune homme, et j'aurai confiance en vous. Je suis votre
propriétaire.

— Ah ! ah ! fit d'Artagnan en se soulevant à demi et en
saluant, vous êtes mon propriétaire ?

— Oui, Monsieur, oui. Et comme depuis trois mois que
vous êtes chez moi, et que distrait sans doute par vos
grandes occupations vous avez oublié de me payer mon
loyer ; comme, dis-je, je ne vous ai pas tourmenté un seul
instant, j'ai pensé que vous auriez égard à ma délicatesse. [5]

— Comment donc, mon cher monsieur Bonacieux, reprit d'Artagnan, croyez que je suis plein de reconnaissance pour un pareil procédé, et que, comme je vous l'ai dit, si je puis vous être bon à quelque chose. . . .

— Je vous crois, Monsieur, je vous crois, et comme j'allais vous le dire, foi de Bonacieux ! j'ai confiance en vous.

— Achevez donc ce que vous avez commencé à me dire.

Bonacieux apprend à d'Artagnan que sa femme a été enlevée par un individu que le mousquetaire reconnaît de suite — c'est " l'homme de Meung." Bonacieux le prie de l'aider à recouvrer sa femme.

IX.

Bonacieux est arrêté ; il se réfugie chez d'Artagnan qui, au lieu de le délivrer, le laisse emmener, afin que l'on ne soupçonne pas ses motifs.

X.

UNE SOURICIÈRE AU DIX-SEPTIÈME SIÈCLE.

L'invention de la souricière ne date pas de nos jours; dès que les sociétés, en se formant, eurent inventé une police quelconque, cette police inventa les souricières.

Comme peut-être nos lecteurs ne sont pas familiarisés encore avec l'argot de la rue de Jérusalem,[1] et que c'est, depuis que nous écrivons, et il y a quelques quinze ans de cela, la première fois que nous employons ce mot appliqué à cette chose, expliquons-leur ce que c'est qu'une souricière.

Quand dans une maison, quelle qu'elle soit, on a arrêté un individu soupçonné d'un crime quelconque, on tient secrète l'arrestation; on place quatre ou cinq hommes en embuscade dans la première pièce, on ouvre la porte à tous ceux qui frappent, on la referme sur eux et on les arrête; de cette façon, au bout de deux ou trois jours, on tient à peu près tous les familiers de l'établissement.

Voilà ce que c'est qu'une souricière.

On fit donc une souricière de l'appartement de maître Bonacieux, et quiconque y apparut fut pris et interrogé par les gens de M. le cardinal. Il va sans dire que, comme une allée particulière conduisait au premier étage qu'habitait d'Artagnan, ceux qui venaient chez lui étaient exemptés de toutes visites.

D'ailleurs les trois mousquetaires y venaient seuls; ils s'étaient mis en quête, chacun de son côté, et n'avaient rien trouvé, rien découvert. Athos avait été même jusqu'à questionner M. de Tréville, chose qui, vu le mutisme habituel

du digne mousquetaire, avait fort étonné son capitaine. Mais
M. de Tréville ne savait rien, sinon que, la dernière fois
qu'il avait vu le cardinal, le roi et la reine, le cardinal avait
l'air fort soucieux, que le roi était inquiet, et que les yeux
rouges de la reine indiquaient qu'elle avait veillé ou pleuré.
Mais cette dernière circonstance l'avait peu frappé, la reine,
depuis son mariage, veillant et pleurant beaucoup.

M. de Tréville recommanda en tous cas à Athos le service
du roi et surtout celui de la reine, le priant de faire la
même recommandation à ses camarades.

Quant à d'Artagnan, il ne bougeait pas de chez lui. Il
avait converti sa chambre en observatoire. Des fenêtres il
voyait arriver ceux qui venaient se faire prendre; puis,
comme il avait ôté les carreaux du plancher, qu'il avait
creusé le parquet et qu'un simple plafond le séparait de la
chambre au-dessous, où se faisaient les interrogatoires, il
entendait tout ce qui se passait entre les inquisiteurs et les
accusés.

Les interrogatoires, précédés d'une perquisition minu-
tieuse opérée sur la personne arrêtée, étaient presque toujours ainsi conçus :

— Madame Bonacieux vous a-t-elle remis quelque chose
pour son mari ou pour quelque autre personne ?

— M. Bonacieux vous a-t-il remis quelque chose pour sa
femme ou pour quelque autre personne ?

— L'un et l'autre vous ont-ils fait quelque confidence de
vive voix ?

— S'ils savaient quelque chose ils ne questionneraient pas
ainsi, se dit à lui-même d'Artagnan. Maintenant, que cher-
chent-ils à savoir ? Si le duc de Buckingham ne se trouve
point à Paris et s'il n'a pas eu ou s'il ne doit point avoir
quelque entrevue avec la reine.

D'Artagnan s'arrêta à cette idée, qui, d'après tout ce qu'il
avait entendu, ne manquait pas de probabilité.

En attendant, la souricière était en permanence, et la vigilance de d'Artagnan aussi.

Le soir du lendemain de l'arrestation du pauvre Bonacieux, comme Athos venait de quitter d'Artagnan pour se rendre chez M. de Tréville, comme neuf heures venaient de sonner, et comme Planchet, qui n'avait pas encore fait le lit, commençait sa besogne, on entendit frapper à la porte de la rue ; aussitôt cette porte s'ouvrit et se referma : quelqu'un venait de se prendre à la souricière.

D'Artagnan s'élança vers l'endroit décarrelé, se coucha à terre et écouta.

Des cris retentirent bientôt, puis des gémissements qu'on cherchait à étouffer. D'interrogatoire, il n'en était pas question.

— Diable ! se dit d'Artagnan, il me semble que c'est une femme : on la fouille, elle résiste, — les misérables !

Et d'Artagnan, malgré sa prudence, se tenait à quatre pour ne pas se mêler à la scène qui se passait au-dessous de lui.

— Mais je vous dis que je suis la maîtresse de la maison, Messieurs ; je vous dis que je suis madame Bonacieux ; je vous dis que j'appartiens à la reine ! s'écriait la malheureuse femme.

— Madame Bonacieux ! murmura d'Artagnan ; serais-je assez heureux pour avoir trouvé ce que tout le monde cherche ?

— C'est justement vous que nous attendions, reprirent les interrogateurs.

La voix devint de plus en plus étouffée : un mouvement tumultueux fit retentir les boiseries. La victime résistait autant qu'une femme peut résister à quatre hommes.

— Pardon, Messieurs, par . . . murmura la voix, qui ne fit plus entendre que des sons inarticulés.

— Ils la bâillonnent, ils vont l'entraîner, s'écria d'Artagnan en se redressant comme par un ressort. Mon épée; bon, elle est à mon côté. Planchet!

— Monsieur?

— Cours chercher Athos, Porthos et Aramis. L'un des trois sera sûrement chez lui, peut-être tous les trois seront-ils rentrés. Qu'ils prennent des armes, qu'ils viennent, qu'ils accourent. Ah! je me souviens, Athos est chez M. de Tréville.

— Mais où allez-vous, Monsieur, où allez-vous?

— Je descends par la fenêtre, s'écria d'Artagnan, afin d'être plus tôt arrivé; toi, remets les carreaux, balaie le plancher, sors par la porte et cours où je te dis.

— Oh! Monsieur, Monsieur, vous allez vous tuer, s'écria Planchet.

— Tais-toi, imbécile, dit d'Artagnan. Et s'accrochant de la main au rebord de sa fenêtre, il se laissa tomber du premier étage, qui heureusement n'était pas élevé, sans se faire une écorchure.

Puis il alla aussitôt frapper à la porte en murmurant:

— Je vais me faire prendre à mon tour dans la souricière; malheur aux chats qui se frotteront à pareille souris.

À peine le marteau eut-il résonné sous la main du jeune homme, que le tumulte cessa, que des pas s'approchèrent, que la porte s'ouvrit et que d'Artagnan, l'épée nue, s'élança dans l'appartement de maître Bonacieux, dont la porte, sans doute mue par un ressort, se referma d'elle-même sur lui.

Alors ceux qui habitaient encore la malheureuse maison de Bonacieux, et les voisins les plus proches, entendirent de grands cris, des trépignements, un cliquetis d'épées, et un bris [2] prolongé de meubles. Puis un moment après, ceux qui, surpris par ce bruit, s'étaient mis aux fenêtres pour en connaître la cause, purent voir la porte se rouvrir et quatre hommes vêtus de noir, non pas en sortir, mais s'envoler comme des corbeaux effarouchés, laissant par terre et aux

angles des tables des plumes de leurs ailes, c'est-à-dire des
loques de leurs habits et des bribes de leurs manteaux.

D'Artagnan était vainqueur sans beaucoup de peine, il
faut le dire, car un seul des alguazils [3] était armé, encore se
défendit-il pour la forme.   Il est vrai que les trois autres
avaient essayé d'assommer le jeune homme avec les chaises,
les tabourets et les poteries ; mais deux ou trois égratignures
faites par la flamberge [4] du Gascon les avaient épouvantés.
Dix minutes avaient suffi à leur défaite, et d'Artagnan était
resté maître du champ de bataille.

Les voisins, qui avaient ouvert leurs fenêtres avec le sang-
froid particulier aux habitants de Paris dans ces temps d'é-
meutes et de rixes perpétuelles, les refermèrent dès qu'ils
eurent vu s'enfuir les quatre hommes noirs : leur instinct
leur disait que pour le moment tout était fini.

D'ailleurs il se faisait tard, et alors comme aujourd'hui
on se couchait de bonne heure dans le quartier du Luxembourg.

D'Artagnan, resté seul avec madame Bonacieux, se retourna vers elle : la pauvre femme était renversée sur un
fauteuil et à demi évanouie.   D'Artagnan l'examina d'un
coup d'œil rapide.

C'était une charmante femme de vingt-cinq à vingt-six
ans, brune avec des yeux bleus, ayant un nez légèrement
retroussé, des dents admirables, un teint marbré de rose et
d'opale.   Là cependant s'arrêtaient les signes qui pouvaient
la faire confondre avec une grande dame.   Les mains étaient
blanches, mais sans finesse : [5] les pieds n'annonçaient pas
la femme de qualité.   Heureusement d'Artagnan n'en était
pas encore à se préoccuper de ces détails.

Tandis que d'Artagnan examinait madame Bonacieux, et
en était aux pieds, comme nous l'avons dit, il vit à terre un
fin mouchoir de batiste, qu'il ramassa, selon son habitude,
et au coin duquel il reconnut le même chiffre qu'il avait vu

au mouchoir qui avait failli lui faire couper la gorge avec Aramis.

Depuis ce temps d'Artagnan se méfiait des mouchoirs armoriés, il remit donc sans rien dire celui qu'il avait ramassé dans la poche de madame Bonacieux.

En ce moment madame Bonacieux reprenait ses sens. Elle ouvrit les yeux, regarda avec terreur autour d'elle, vit que l'appartement était vide, et qu'elle était seule avec son libérateur. Elle lui tendit aussitôt les mains en souriant. Madame Bonacieux avait le plus charmant sourire du monde.

— Ah, Monsieur! dit-elle, c'est vous qui m'avez sauvée: permettez-moi que je vous remercie.

— Madame, dit d'Artagnan, je n'ai fait que ce que tout gentilhomme eût fait à ma place, vous ne me devez donc aucun remerciement.

— Si fait, Monsieur, si fait, et j'espère vous prouver que vous n'avez pas rendu service à une ingrate. Mais que me voulaient donc ces hommes, que j'ai pris d'abord pour des voleurs, et pourquoi M. Bonacieux n'est-il point ici!

— Madame, ces hommes étaient bien autrement dangereux que ne pourraient être des voleurs, car ce sont des agents de M. le cardinal; et quant à votre mari, M. Bonacieux, il n'est point ici, parce qu'hier on est venu le prendre pour le conduire à la Bastille.

— Mon mari à la Bastille! s'écria madame Bonacieux; oh! mon Dieu! qu'a-t-il donc fait? pauvre cher homme! lui l'innocence même!

Et quelque chose comme un sourire perçait sur la figure encore tout effrayée de la jeune femme.

— Ce qu'il a fait, Madame? dit d'Artagnan. Je crois que son seul crime est d'avoir à la fois le bonheur et le malheur d'être votre mari.

— Mais, Monsieur, vous savez donc . . .

— Je sais que vous avez été enlevée, Madame.

— Et par qui ? Le savez-vous ? Oh ! si vous le savez, dites-le moi.

— Par un homme de quarante à quarante-cinq ans, aux cheveux noirs, au teint basané, avec une cicatrice à la tempe gauche.

— C'est cela, c'est cela ; mais son nom ?

— Ah ! son nom ? c'est ce que j'ignore.

— Et mon mari savait-il que j'avais été enlevée ?

— Il en avait été prévenu par une lettre que lui avait écrite le ravisseur lui-même.

— Et soupçonne-t-il, demanda madame Bonacieux avec embarras, la cause de cet événement ?

— Il l'attribuait, je crois, à une cause politique.

— J'en ai douté d'abord, et maintenant je le pense comme lui.

— Mais, continua d'Artagnan, comment vous êtes-vous enfuie ?

— J'ai profité d'un moment où l'on m'a laissée seule, et, comme je savais depuis ce matin à quoi m'en tenir sur mon enlèvement, à l'aide de mes draps je suis descendue par la fenêtre ; alors, comme je croyais mon mari ici, je suis accourue.

— Pour vous mettre sous sa protection ?

— Oh ! non, pauvre cher homme, je savais bien qu'il était incapable de me défendre ; mais comme il pouvait nous servir à autre chose, je voulais le prévenir.

— De quoi ?

— Oh ! ceci n'est pas mon secret, je ne puis donc pas vous le dire.

— D'ailleurs, dit d'Artagnan (pardon, Madame, si, tout garde que je suis, je vous rappelle à la prudence), d'ailleurs, je crois que nous ne sommes pas ici en lieu opportun pour faire des confidences. Les hommes que j'ai mis en fuite vont revenir avec main-forte ;[6] s'ils nous retrouvent ici, nous sommes perdus. J'ai bien fait prévenir trois de mes amis, mais qui sait si on les aura trouvés chez eux !

— Oui, oui, vous avez raison, s'écria madame Bonacieux effrayée ; fuyons, sauvons-nous.

À ces mots elle passa son bras sous celui de d'Artagnan et l'entraîna vivement.

— Mais où fuir ? dit d'Artagnan, où nous sauver.

— Éloignons-nous d'abord de cette maison, puis après nous verrons.

Et la jeune femme et le jeune homme, sans se donner la peine de refermer la porte, descendirent rapidement la rue des Fossoyeurs, s'engagèrent dans la rue des Fossés-Monsieur-le-Prince et ne s'arrêtèrent qu'à la place Saint-Sulpice.

— Et maintenant qu'allons-nous faire, demanda d'Artagnan, et où voulez-vous que je vous conduise ?

— Je suis fort embarrassée de vous répondre, je vous l'avoue, dit madame Bonacieux ; mon intention était de faire prévenir M. La Porte par mon mari, afin que M. La Porte pût nous dire précisément ce qui s'était passé au Louvre depuis trois jours, et s'il n'y avait pas danger pour moi de m'y présenter.

— Mais moi, dit d'Artagnan, je puis aller prévenir M. La Porte.

— Sans doute ; seulement il n'y a qu'un malheur : c'est qu'on connaît M. Bonacieux au Louvre et qu'on le laisserait passer, lui, tandis qu'on ne vous connaît pas, vous, et que l'on vous fermera la porte.

— Ah bah ! dit d'Artagnan, vous avez bien à quelque guichet du Louvre un concierge qui vous est dévoué, et qui grâce à un mot d'ordre. . . .

Madame Bonacieux regarda fixement le jeune homme.

— Et si je vous donnais ce mot d'ordre, dit-elle, l'oublieriez-vous aussitôt que vous vous en seriez servi ?

— Parole d'honneur, foi de gentilhomme ! dit d'Artagnan

avec un accent à la vérité duquel il n'y avait pas à se tromper.

—Tenez, je vous crois; vous avez l'air d'un brave jeune homme, d'ailleurs votre fortune est peut-être au bout de[7] votre dévouement.

—Je ferai sans promesse et de conscience tout ce que je pourrai pour servir le roi et être agréable à la reine, dit d'Artagnan; disposez donc de moi comme d'un ami.

—C'est bien, dit madame Bonacieux, maintenant à mon tour de vous donner mes instructions.

—J'écoute.

—Présentez-vous au guichet du Louvre, du côté de la rue de l'Échelle, et demandez Germain.

—C'est bien. Après?

—Il vous demandera ce que vous voulez et alors vous lui répondrez par ces deux mots: Tours et Bruxelles. Aussitôt il se mettra à vos ordres.

—Et que lui ordonnerai-je?

—D'aller chercher M. La Porte, le valet de chambre de la reine.

—Et quand il l'aura été chercher et que M. La Porte sera venu?

—Vous me l'enverrez.

—C'est bien, mais où et comment vous reverrai-je?

—Y tenez-vous beaucoup, à me revoir?

—Certainement.

—Eh bien! reposez-vous sur moi de ce soin, et soyez tranquille.

—Je compte sur votre parole.

—Comptez-y.

D'Artagnan salua madame Bonacieux. En deux bonds il fut au Louvre: comme il entrait au guichet de l'Échelle, dix heures sonnaient. Tous les événements que nous venons de raconter s'étaient succédé en une demi-heure.

Tout s'exécuta comme l'avait annoncé madame Bonacieux. Au mot d'ordre convenu, Germain s'inclina; dix minutes après, La Porte était dans la loge; en deux mots d'Artagnan le mit au fait et lui indiqua où était madame Bonacieux. La Porte s'assura par deux fois de l'exactitude de l'adresse et partit tout en courant. Cependant, à peine eut-il fait dix pas qu'il revint.

— Jeune homme, dit-il à d'Artagnan, un conseil.

— Lequel ?

— Vous pourriez être inquiété pour ce qui vient de se passer.

— Vous croyez ?

— Oui.

— Avez-vous quelque ami dont la pendule retarde ?

— Eh bien ?

— Allez le voir pour qu'il puisse témoigner que vous étiez chez lui à neuf heures et demie. En justice cela s'appelle un alibi.

D'Artagnan trouva le conseil prudent; il prit ses jambes à son cou,[8] il arriva chez M. de Tréville; mais au lieu de passer au salon avec tout le monde, il demanda à entrer dans son cabinet. Comme d'Artagnan était un des habitués de l'hôtel, on ne fit aucune difficulté d'accéder à sa demande; et l'on alla prévenir M. de Tréville que son jeune compatriote, ayant quelque chose d'important à lui dire, sollicitait une audience particulière. Cinq minutes après, M. de Tréville demandait à d'Artagnan ce qu'il pouvait faire pour son service et ce qui lui valait sa visite à une heure si avancée.

— Pardon, monsieur ! dit d'Artagnan, qui avait profité du moment où il était resté seul pour retarder l'horloge de trois quarts d'heure; j'ai pensé que, comme il n'était que neuf heures vingt-cinq minutes, il était encore temps de me présenter chez vous.

— Neuf heures vingt-cinq minutes ! s'écria M. de Tréville en regardant sa pendule ; mais c'est impossible !

— Voyez plutôt, Monsieur, dit d'Artagnan, voilà qui fait foi.

— C'est juste, dit M. de Tréville, j'aurais cru qu'il était plus tard. Mais voyons, que me voulez-vous ?

Alors d'Artagnan fit à M. de Tréville une longue histoire sur la reine. Il lui exposa les craintes qu'il avait conçues à l'égard de Sa Majesté ; il lui raconta ce qu'il avait entendu dire des projets du cardinal à l'endroit de Buckingham, et tout cela avec une tranquillité et un aplomb dont M. de Tréville fut d'autant mieux la dupe, que lui-même, comme nous l'avons dit, avait remarqué quelque chose de nouveau entre le cardinal, le roi et la reine.

À dix heures sonnant, d'Artagnan quitta M. de Tréville qui le remercia de ses renseignements, lui recommanda d'avoir toujours à cœur le service du roi et de la reine, et qui rentra dans le salon. Mais, au bas de l'escalier, d'Artagnan se souvint qu'il avait oublié sa canne : en conséquence, il remonta précipitamment, rentra dans le cabinet, d'un tour de doigt remit la pendule à son heure, pour qu'on ne pût pas s'apercevoir, le lendemain, qu'elle avait été dérangée, et sûr, désormais, qu'il y avait un témoin pour prouver son alibi, il descendit l'escalier et se trouva bientôt dans la rue.

XI et XII.

D'Artagnan, après avoir quitté M. de Tréville, aperçoit madame Bonacieux avec un mousquetaire qu'il provoque immédiatement. C'est le duc de Buckingham qui se rend secrètement au Louvre où l'attend la reine Anne qu'il aime. D'Artagnan l'escorte jusqu'au palais. Dans le courant de l'entrevue, la reine donne au noble anglais douze ferrets en diamants qui lui viennent du roi.

XIII.

Bonacieux, après son arrestation, est conduit à la Bastille, où il est confronté avec Athos que les émissaires du cardinal ont arrêté, le prenant pour d'Artagnan. Bonacieux est mis en voiture, et se croit condamné à mort.

XIV.

L'HOMME DE MEUNG.

La voiture, arrêtée un instant, reprit donc sa marche, traversa la foule, continua son chemin, enfila la rue Saint-Honoré, tourna la rue des Bons-Enfants et s'arrêta devant une porte basse.

La porte s'ouvrit, deux gardes reçurent dans leurs bras Bonacieux, soutenu par l'exempt;[1] on le poussa dans une allée, on lui fit monter un escalier, et on le déposa dans une antichambre.

Tout ces mouvements s'étaient opérés pour lui d'une façon machinale.

Il avait marché comme on marche en rêve; il avait entrevu les objets à travers un brouillard; ses oreilles avaient perçu les sons sans les comprendre; on eût pu l'exécuter dans ce moment qu'il n'eût pas fait un geste pour entreprendre sa défense, qu'il n'eût pas poussé un cri pour implorer la pitié.

Il resta donc ainsi sur la banquette, le dos appuyé au mur et les bras pendants, à l'endroit même où les gardes l'avaient déposé.

Cependant, comme, en regardant autour de lui, il ne voyait aucun objet menaçant, comme rien n'indiquait qu'il courût un danger réel, comme la banquette était convenablement rembourrée, comme la muraille était recouverte d'un beau cuir de Cordoue, comme de grands rideaux de damas rouge flottaient devant la fenêtre, retenus par des embrasses d'or, il comprit peu à peu que sa frayeur était exagérée, et il commença de remuer la tête à droite et à gauche et de bas en haut.

À ce mouvement, auquel personne ne s'opposa, il reprit un peu de courage et se risqua à ramener une jambe, puis l'autre; enfin, en s'aidant de ses deux mains, il se souleva sur sa banquette et se trouva sur ses pieds.

En ce moment, un officier de bonne mine ouvrit une portière, continua d'échanger encore quelques paroles avec une personne qui se trouvait dans la pièce voisine, et se retournant vers le prisonnier:

— C'est vous qui vous nommez Bonacieux? dit-il.

— Oui, monsieur l'officier, balbutia le mercier, plus mort que vif, pour vous servir.

— Entrez, dit l'officier.

Et il s'effaça² pour que le mercier pût passer. Celui-ci obéit sans réplique, et entra dans la chambre où il paraissait être attendu.

C'était un grand cabinet, aux murailles garnies d'armes offensives et défensives, clos et étouffé, et dans lequel il y avait déjà du feu, quoique l'on fût à peine à la fin du mois de septembre. Une table carrée, couverte de livres et de papiers sur lesquels était déroulée un plan immense de la ville de La Rochelle, tenait le milieu de l'appartement.

Debout devant la cheminée était un homme de moyenne taille, à la mine haute et fière, aux yeux perçants, au front large, à la figure amaigrie qu'allongeait encore une royale³ surmontée d'une paire de moustaches. Quoique cet homme eût trente-six à trente-sept ans à peine, cheveux, moustache et royale s'en allaient grisonnants. Cet homme, moins l'épée, avait toute la mine d'un homme de guerre, et ses bottes de buffle encore légèrement couvertes de poussière indiquaient qu'il avait monté à cheval dans la journée.

Cet homme, c'était Armand-Jean Duplessis, cardinal de Richelieu, non point tel qu'on nous le représente, cassé comme un vieillard, souffrant comme un martyr, le corps brisé, la voix éteinte, enterré dans un grand fauteuil comme dans une tombe anticipée, ne vivant plus que par la force de son génie, et ne soutenant plus la lutte avec l'Europe que par l'éternelle application de sa pensée; mais tel qu'il était réellement à cette époque, c'est-à-dire adroit et galant cavalier, faible de corps déjà, mais soutenu par cette puissance morale qui a fait de lui un des hommes les plus extraordinaires qui aient existé; se préparant enfin, après avoir soutenu le duc de Nevers dans son duché de Mantoue, après avoir pris Nîmes, Castres et Uzès, à chasser les Anglais de l'île de Ré et à faire le siége de La Rochelle.[4]

À la première vue, rien ne dénotait donc le cardinal, et il était impossible à ceux-là qui ne connaissaient point son visage de deviner devant qui ils se trouvaient.

Le pauvre mercier demeura debout à la porte, tandis que les yeux du personnage que nous venons de décrire se fixaient sur lui et semblaient vouloir pénétrer jusqu'au fond du passé.

— C'est là ce Bonacieux? demanda-t-il après un moment de silence.

— Oui, Monseigneur, reprit l'officier.

— C'est bien, donnez-moi ces papiers et laissez-nous.

L'officier prit sur la table les papiers désignés, les remit à celui qui les demandait, s'inclina jusqu'à terre, et sortit.

Bonacieux reconnut dans ces papiers ses interrogatoires de la Bastille. De temps en temps, l'homme de la cheminée levait les yeux de dessus les écritures, et les plongeait comme deux poignards jusqu'au fond du cœur du pauvre mercier.

Au bout de dix minutes de lecture et de dix secondes d'examen, le cardinal était fixé.

— Cette tête-là n'a jamais conspiré, murmura-t-il; mais n'importe, voyons toujours.

— Vous êtes accusé de haute trahison, dit lentement le cardinal.

— C'est ce qu'on m'a déjà appris, Monseigneur, s'écria Bonacieux, donnant à son interrogateur le titre qu'il avait entendu l'officier lui donner, mais je vous jure que je n'en savais rien.

Le cardinal réprima un sourire.

— Vous avez conspiré avec votre femme, avec madame de Chevreuse et avec milord duc de Buckingham.

— En effet, Monseigneur, répondit le mercier, je l'ai entendue prononcer tous ces noms-là.

— Et à quelle occasion ?

— Elle disait que le cardinal de Richelieu avait attiré le duc du Buckingham à Paris pour le perdre.

— Elle disait cela, s'écria le cardinal avec violence.

— Oui, Monseigneur ; mais moi je lui ai dit qu'elle avait tort de tenir de pareils propos, et que Son Éminence était incapable. . . .

— Taisez-vous, vous êtes un imbécile, reprit le cardinal.

— C'est justement ce que ma femme m'a répondu, Monseigneur.

— Savez-vous qui a enlevé votre femme ?

— Non, Monseigneur.

— Vous avez des soupçons, cependant ?

— Oui, Monseigneur ; mais ces soupçons ont paru contrarier monsieur le commissaire, et je ne les ai plus.

— Votre femme s'est échappée, le saviez-vous ?

— Non, Monseigneur, je l'ai appris depuis que je suis en prison, et toujours par l'entremise de monsieur le commissaire, un homme bien aimable !

Le cardinal réprima un second sourire.

— Alors vous ignorez ce que votre femme est devenue depuis sa fuite ?

— Absolument, Monseigneur ; mais elle a dû rentrer au Louvre.

— À une heure du matin elle n'y était pas rentrée encore.

— Ah! mon Dieu! mais qu'est-elle devenue alors?

— On le saura, soyez tranquille; on ne cache rien au cardinal : le cardinal sait tout.

— En ce cas, Monseigneur, est-ce que vous croyez que le cardinal consentira à me dire ce qu'est devenue ma femme?

— Peut-être; mais il faut d'abord que vous avouiez tout ce que vous savez relativement aux relations de votre femme avec madame de Chevreuse.

— Mais, Monseigneur, je n'en sais rien; je ne l'ai jamais vue.

— Quand vous alliez chercher votre femme au Louvre, revenait-elle directement chez vous?

— Presque jamais : elle avait affaire à des marchands de toile, chez lesquels je la conduisais.

— Et combien y en avait-il de marchands de toile?

— Deux, Monseigneur.

— Où demeurent-ils?

— Un, rue de Vaugirard; l'autre, rue de La Harpe.

— Entriez-vous chez eux avec elle?

— Jamais, Monseigneur; je l'attendais à la porte.

— Et quel prétexte vous donnait-elle pour entrer ainsi toute seule?

— Elle ne m'en donnait pas; elle me disait d'attendre et j'attendais.

— Vous êtes un mari complaisant, mon cher monsieur Bonacieux! dit le cardinal.

— Il m'appelle son cher Monsieur! dit en lui-même le mercier. Peste! les affaires vont bien!

— Reconnaîtriez-vous ces portes?

— Oui.

— Savez-vous les numéros?

— Oui.

— Quels sont-ils?

— N° 25, dans la rue de Vaugirard; et l'autre, n° 75 rue de La Harpe.

— C'est bien, dit le cardinal.

À ces mots, il prit une sonnette d'argent, et sonna; l'officier rentra.

— Allez, dit-il à demi voix, me chercher Rochefort; et qu'il vienne à l'instant même, s'il est rentré.

— Le comte est là, dit l'officier, il demande instamment à parler à Votre Éminence!

— Qu'il vienne alors, qu'il vienne! dit vivement Richelieu.

L'officier s'élança hors de l'appartement, avec cette rapidité que mettaient d'ordinaire tous les serviteurs du cardinal à lui obéir.

— À Votre Éminence! murmurait Bonacieux en roulant des yeux égarés.

Cinq secondes ne s'étaient pas écoulées depuis la disparition de l'officier, que la porte s'ouvrit et qu'un nouveau personnage entra.

— C'est lui! s'écria Bonacieux.

— Qui lui? demanda le cardinal.

— Celui qui m'a enlevé ma femme.

Le cardinal sonna une seconde fois.   L'officier reparut.

— Remettez cet homme aux mains de ses deux gardes, et qu'il attende que je le rappelle devant moi.

— Non, Monseigneur! non, ce n'est pas lui! s'écria Bonacieux; non, je m'étais trompé: c'est un autre qui ne lui ressemble pas du tout!   Monsieur est un honnête homme.

— Emmenez cet imbécile! dit le cardinal.

L'officier prit Bonacieux sous le bras, et le reconduisit dans l'antichambre où il trouva ses deux gardes.

Rochefort entre et rapporte au cardinal que le duc de Buckingham a vu la reine, qui lui a donné les ferrets en diamants.

Le cardinal, resté seul, réfléchit un instant et sonna une troisième fois.

Le même officier reparut.

— Faites entrer le prisonnier, dit le cardinal.

Maître Bonacieux fut introduit de nouveau, et sur un signe du cardinal l'officier se retira.

— Vous m'avez trompé, dit sévèrement le cardinal.

— Moi, s'écria Bonacieux, moi, tromper Votre Éminence !

— Votre femme, en allant rue de Vaugirard et rue de La Harpe, n'allait pas chez des marchands de toile.

— Et où allait-elle ?

— Elle allait chez la duchesse de Chevreuse et chez le duc de Buckingham.

— Oui, dit Bonacieux rappelant tous ses souvenirs, oui, c'est cela, Votre Éminence a raison. J'ai dit plusieurs fois à ma femme qu'il était étonnant que des marchands de toile demeurassent dans des maisons pareilles, dans des maisons qui n'avaient pas d'enseignes, et chaque fois ma femme s'est mise à rire. Ah ! Monseigneur, continua Bonacieux en se jetant aux pieds de l'Éminence, ah ! que vous êtes bien le cardinal, le grand cardinal, l'homme de génie que tout le monde révère.

Le cardinal, tout médiocre qu'était le triomphe remporté sur un être aussi vulgaire que l'était Bonacieux, n'en jouit pas moins un instant ; puis, presque aussitôt, comme si une nouvelle pensée se présentait à son esprit, un sourire plissa ses lèvres, et tendant la main au mercier :

— Relevez-vous, mon ami, lui dit-il, vous êtes un brave homme.

— Le cardinal m'a touché la main ! j'ai touché la main du grand homme ! s'écria Bonacieux ; le grand homme m'a appelé son ami !

— Oui, mon ami ; oui ! dit le cardinal avec ce ton paternel qu'il savait prendre quelquefois, mais qui ne trompait que les gens qui ne le connaissaient pas ; et comme on vous a soupçonné injustement, eh bien ! il vous faut une indemnité : tenez ! prenez ce sac de cent pistoles, et pardonnez-moi.

— Que je vous pardonne, Monseigneur ! dit Bonacieux hésitant à prendre le sac, craignant, sans doute, que ce prétendu don ne fût qu'une plaisanterie. Mais vous étiez bien libre de me faire arrêter, vous êtes bien libre de me faire torturer, vous êtes bien libre de me faire pendre : vous êtes le maître, et je n'aurais pas eu le plus petit mot à dire. Vous pardonner, Monseigneur ! Allons donc, vous n'y pensez pas ?

— Ah ! mon cher monsieur Bonacieux ! vous y mettez de la générosité, je le vois et je vous en remercie. Ainsi donc, vous prenez ce sac et vous vous en allez sans être trop mécontent ?

— Je m'en vais enchanté, Monseigneur.

— Adieu donc, ou plutôt à revoir, car j'espère que nous nous reverrons.

— Tant que Monseigneur voudra, et je suis bien aux ordres de Son Éminence.

— Ce sera souvent, soyez tranquille, car j'ai trouvé un charme extrême dans votre conversation.

— Oh ! Monseigneur !

— Au revoir, monsieur Bonacieux, au revoir.

Et le cardinal lui fit un signe de la main, auquel Bonacieux répondit en s'inclinant jusqu'à terre ; puis il sortit à reculons, et quand il fut dans l'antichambre, le cardinal l'entendit qui, dans son enthousiasme, criait à tue-tête : "Vive Monseigneur ! vive Son Éminence ! vive le grand cardinal !" Le cardinal écouta en souriant cette brillante manifestation des sentiments enthousiastes de maître Bonacieux ; puis, quand les cris de Bonacieux se furent perdus dans l'éloignement,

— Bien, dit-il, voici désormais un homme qui se fera tuer pour moi.

Et le cardinal se mit à examiner avec la plus grande

attention la carte de La Rochelle, qui, ainsi que nous l'avons dit, était étendue sur son bureau, traçant avec un crayon la ligne où devait passer la fameuse digue[5] qui dix-huit mois plus tard fermait le port de la cité assiégée.

Comme il en était au plus profond de ses méditations stratégiques, la porte se rouvrit, et Rochefort rentra.

—Eh bien? dit vivement le cardinal en se levant avec une promptitude qui prouvait le degré d'importance qu'il attachait à la commission dont il avait chargé le comte.

—Eh bien! dit celui-ci, une jeune femme de vingt-six à vingt-huit et un homme de trente-cinq à quarante ans ont logé effectivement, l'un quatre jours et l'autre cinq, dans les maisons indiquées par Votre Éminence: mais la femme est partie cette nuit et l'homme ce matin.

—C'étaient eux! s'écria le cardinal, qui regardait à la pendule: et maintenant, continua-t-il, il est trop tard pour faire courir après: la duchesse est à Tours et le duc à Boulogne. C'est à Londres qu'il faut les rejoindre.

—Quels sont les ordres de Votre Éminence?

—Pas un mot de ce qui s'est passé; que la reine reste dans une sécurité parfaite; qu'elle ignore que nous savons son secret; qu'elle croie que nous sommes à la recherche d'une conspiration quelconque. Envoyez-moi le garde des sceaux Séguier.[6]

—Et cet homme, qu'en a fait Votre Éminence?

—Quel homme? demanda le cardinal.

—Ce Bonacieux?

—J'en ai fait tout ce qu'on pouvait en faire. J'en ai fait l'espion de sa femme.

Le comte de Rochefort s'inclina en homme qui reconnaît grande la supériorité du maître et se retira.

Resté seul, le cardinal s'assit de nouveau, écrivit une lettre qu'il cacheta de son sceau particulier, puis il sonna. L'officier entra pour la quatrième fois.

— Faites-moi venir Vitray, dit-il, et dites-lui de s'apprêter pour un voyage.

Un instant après, l'homme qu'il avait demandé était debout devant lui, tout botté et tout éperonné.

— Vitray, dit-il, vous allez partir tout courant pour Londres. Vous ne vous arrêterez pas un instant en route. Vous remettrez cette lettre à milady. Voici un bon de deux cents pistoles : passez chez mon trésorier et faites-vous payer. Il y en a autant à toucher[7] si vous êtes ici de retour dans six jours et si vous avez bien fait ma commission.

Le messager, sans répondre un seul mot, s'inclina, prit la lettre, le bon de deux cents pistoles et sortit.

Voici ce que contenait la lettre :

   « Milady,

« Trouvez-vous au premier bal où se trouvera le duc de Buckingham. Il aura à son pourpoint douze ferrets de diamants, approchez-vous de lui et coupez-en deux.

« Aussitôt que ces ferrets seront en votre possession, prévenez-moi. »

XV.

GENS DE ROBE ET GENS D'ÉPÉE.[1]

Le lendemain du jour où ces événements étaient arrivés, Athos n'ayant point reparu, M. de Tréville avait été prévenu par d'Artagnan et par Porthos de sa disparition.

Quant à Aramis, il avait demandé un congé de cinq jours, et il était à Rouen, disait-on, pour affaires de famille.

M. de Tréville était le père de ses soldats. Le moindre et le plus inconnu d'entre eux, dès qu'il portait l'uniforme de la compagnie, était aussi certain de son aide et de son appui qu'aurait pu l'être son frère lui-même.

Il se rendit donc à l'instant chez le lieutenant criminel.[2] On fit venir l'officier qui commandait le poste de la Croix-Rouge, et les renseignements successifs apprirent qu'Athos était momentanément logé au For-l'Évêque.

Athos avait passé par toutes les épreuves que nous avons vu Bonacieux subir.

Nous avons assisté à la scène de confrontation entre les deux captifs. Athos qui n'avait rien dit jusque-là de peur que d'Artagnan, inquiété à son tour, n'eût point le temps qu'il lui fallait, Athos déclara, à partir de ce moment, qu'il se nommait Athos et non d'Artagnan.

Il ajouta qu'il ne connaissait ni monsieur ni madame Bonacieux; qu'il n'avait jamais parlé ni à l'un ni à l'autre; qu'il était venu vers les dix heures du soir pour faire visite à M. d'Artagnan, son ami, mais que jusqu'à cette heure il était resté chez M. de Tréville, où il avait dîné; vingt témoins, ajouta-t-il, pouvaient attester le fait, et il nomma plusieurs gentilshommes distingués, entre autres M. le duc de La Trémouille.

Le second commissaire fut aussi étourdi que le premier de la déclaration simple et ferme de ce mousquetaire, sur lequel il aurait bien voulu prendre la revanche que les gens de robe aiment tant à gagner sur les gens d'épée ; mais le nom de M. de Tréville et celui de M. le duc de La Trémouille méritaient réflexion.[3]

Athos fut aussi envoyé au cardinal, mais malheureusement le cardinal était au Louvre chez le roi.

C'était précisément le moment où M. de Tréville, sortant de chez le lieutenant criminel et de chez le gouverneur du For-l'Évêque, sans avoir pu trouver Athos, arriva chez Sa Majesté.

Comme capitaine des mousquetaires, M. de Tréville avait à toute heure ses entrées[4] chez le roi.

On sait quelles étaient les préventions du roi contre la reine, préventions habilement entretenues par le cardinal, qui, en fait d'intrigues, se défiait infiniment plus des femmes que des hommes. Une des grandes causes surtout de cette prévention était l'amitié d'Anne d'Autriche pour madame de Chevreuse. Ces deux femmes l'inquiétaient plus que les guerres avec l'Espagne, les démêlés avec l'Angleterre et l'embarras des finances.

Au premier mot de ce qu'avait dit M. le cardinal, que madame de Chevreuse, exilée à Tours, et qu'on croyait dans cette ville, était venue à Paris, et pendant cinq jours qu'elle y était restée avait dépisté la police, le roi était entré dans une furieuse colère.

Mais lorsque le cardinal ajouta que non-seulement madame de Chevreuse était venue à Paris, mais encore que la reine avait renoué avec elle à l'aide d'une des ces correspondances mystérieuses qu'à cette époque on nommait une cabale, lorsqu'il affirma que lui, le cardinal, allait démêler les fils les plus obscurs de cette intrigue, quand, au moment d'arrêter sur le fait, en flagrant délit, nanti de toutes les preuves, l'émissaire de la reine près de l'exilée, un mousquetaire avait osé interrompre violemment le cours de la justice en tombant, l'épée à la main, sur d'honnêtes gens de loi chargés d'examiner avec impartialité toute l'affaire pour la mettre sous les yeux du roi, Louis XIII ne se contint plus, il fit un pas vers l'appartement de la reine avec cette pâle et muette indignation, qui, lorsqu'elle éclatait, conduisait ce prince jusqu'à la plus froide cruauté.

Et cependant dans tout cela le cardinal n'avait pas encore dit un mot du duc de Buckingham.

Ce fut alors que M. de Tréville entra, froid, poli et dans une tenue irréprochable.

Averti de ce qui venait de se passer par la présence du cardinal et par l'altération de la figure du roi, M. de Tréville se sentit fort comme Samson devant les Philistins.

Louis XIII mettait déjà la main sur le bouton de la porte, au bruit que fit M. de Tréville en entrant, il se retourna.

— Vous arrivez bien, Monsieur, dit le roi, qui, lorsque ses passions étaient montées à un certain point, ne savait pas dismuler, et j'en apprends de belles [5] sur le compte de vos mousquetaires.

— Et moi, dit froidement M. de Tréville, j'en ai de belles à apprendre à Votre Majesté sur ses gens de robe.

— Plaît-il ? dit le roi avec hauteur.

— J'ai l'honneur d'apprendre à Votre Majesté, continua M. de Tréville du même ton, qu'un parti de procureurs, de commissaires et de gens de police, gens fort estimables, mais fort acharnés, à ce qu'il paraît, contre l'uniforme, s'est permis d'arrêter dans une maison, d'emmener en pleine rue, et de jeter au For-l'Évêque, tout cela sur un ordre que l'on a refusé de me représenter, un de mes mousquetaires, ou plutôt des vôtres, sire, d'une conduite irréprochable, d'une réputation presque illustre, et que Votre Majesté connaît favorablement, M. Athos.

— Athos, dit le roi machinalement ; oui, au fait je connais ce nom-là.

— Que Votre Majesté se rappelle, dit M. de Tréville ; M. Athos est ce mousquetaire qui, dans le fâcheux duel que vous savez, a eu le malheur de blesser grièvement M. de Cahusac. — À propos, Monseigneur, continua Tréville en s'adressant au cardinal, M. de Cahusac est tout à fait rétabli, n'est-ce pas ?

— Merci ! dit le cardinal en se pinçant les lèvres de colère.

— M. Athos était donc allé rendre visite à l'un de ses amis alors absent, continua M. de Tréville, à un jeune Béarnais, cadet aux gardes de Sa Majesté, compagnie des Essarts : mais à peine venait-il de s'installer chez son ami et de prendre un livre en l'attendant, qu'une nuée de recors [6] et de soldats mêlés ensemble vint faire le siége de la maison, enfonça plusieurs portes. . . .

Le cardinal fit au roi un signe qui signifiait : "C'est pour l'affaire dont je vous ai parlé."

— Nous savons tout cela, répliqua le roi, car tout cela s'est fait pour notre service.

— Alors, dit Tréville, c'est aussi pour le service de Votre Majesté qu'on a saisi un de mes mousquetaires innocents, qu'on l'a placé entre deux gardes comme un malfaiteur, et qu'on a promené au milieu d'une populace insolente ce galant homme, qui a versé dix fois son sang pour le service de Votre Majesté et qui est prêt à le répandre encore.

— Bah ! dit le roi ébranlé, les choses se sont passées ainsi ?

— M. de Tréville ne dit pas, reprit le cardinal avec le plus grand flegme, que ce mousquetaire innocent, que ce galant homme venait, une heure auparavant, de frapper à coups d'épée quatre commissaires instructeurs [7] délégués par moi afin d'instruire une affaire de la plus haute importance.

— Je défie Votre Éminence de le prouver, s'écria M. de Tréville avec sa franchise toute gasconne et sa rudesse toute militaire, car, une heure auparavant, M. Athos, qui, je le confierai à Votre Majesté, est un homme de la plus haute qualité, me faisait l'honneur, après avoir dîné chez moi, de causer dans le salon de mon hôtel avec M. le duc de La Trémouille et M. le comte de Châlus, qui s'y trouvaient.

Le roi regarda le cardinal.

— Un procès-verbal fait foi, dit le cardinal, répondant tout haut à l'interrogation muette de Sa Majesté, et les gens maltraités ont dressé le suivant, que j'ai l'honneur de présenter à Votre Majesté.

— Procès-verbal de gens de robe vaut-il la parole d'honneur, répondit fièrement Tréville, d'hommes d'épée ?

— Allons, allons, Tréville, taisez-vous, dit le roi.

— Si Son Éminence a quelque soupçon contre un de mes mousquetaires, dit Tréville, la justice de M. le cardinal est assez connue pour que je demande moi-même une enquête.

— Dans la maison où cette descente de justice [8] a été faite, continua le cardinal impassible, loge, je crois, un Béarnais ami du mousquetaire.

— Votre Éminence veut parler de M. d'Artagnan.

— Je veux parler d'un jeune homme que vous protégez, monsieur de Tréville.

— Oui, Votre Éminence, c'est cela même.

— Ne soupçonnez-vous pas ce jeune homme d'avoir donné de mauvais conseils . . .

— À M. Athos, à un homme qui a le double de son âge ? interrompit M. de Tréville ; non, monseigneur. D'ailleurs, M. d'Artagnan a passé la soirée chez moi.

— Ah çà! dit le cardinal, tout le monde a donc passé la soirée chez vous ?

— Son Éminence douterait-elle de ma parole ? dit Tréville le rouge de la colère au front.

— Non, dit le cardinal ; mais seulement, à quelle heure était-il chez vous ?

— Oh ! cela, je puis le dire sciemment à Votre Éminence ; car, comme il entrait, je remarquai qu'il était neuf heures et demie à la pendule, quoique j'eusse cru qu'il était plus tard.

— Et à quelle heure est-il sorti de votre hôtel ?

— À dix heures et demie : une heure après l'événement.

— Mais, enfin, répondit le cardinal, qui ne soupçonnait pas un instant la loyauté de Tréville, et qui sentait que la victoire lui échappait ; mais, enfin, Athos a été pris dans cette maison de la rue des Fossoyeurs.

— Est-il défendu à un ami de visiter son ami ? à un mousquetaire de ma compagnie de fraterniser avec un garde de la compagnie de M. des Essarts ?

— Oui, quand la maison où il fraternise avec cet ami est suspecte.

— C'est que cette maison est suspecte, Tréville, dit le roi ; peut-être ne le saviez-vous pas ?

— En effet, sire, je l'ignorais. En tous cas, elle peut être suspecte partout ; mais je nie qu'elle le soit dans la partie qu'habite M. d'Artagnan ; car je puis vous affirmer, sire, que, si j'en crois ce qu'il a dit, il n'existe pas un plus dévoué serviteur de Sa Majesté, un admirateur plus profond de M. le cardinal.

— N'est-ce pas ce d'Artagnan qui a blessé un jour Jussac, dans cette malheureuse rencontre qui a eu lieu près du couvent des Carmes-Déchaussés ? demanda le roi en regardant le cardinal, qui rougit de dépit.

— Et le lendemain, Bernajoux. Oui, sire, oui, c'est bien cela, et Votre Majesté a bonne mémoire.

— Allons, que résolvons-nous ? dit le roi.

— Cela regarde Votre Majesté plus que moi, dit le cardinal. J'affirmerais la culpabilité.

— Et moi je la nie, dit Tréville.　Mais Sa Majesté a des juges, et ses juges décideront.

— C'est cela, dit le roi, renvoyons la cause devant les juges : c'est leur affaire de juger, et ils jugeront.

— Seulement, reprit Tréville, il est bien triste qu'en ce temps malheureux où nous sommes, la vie la plus pure, la vertu la plus incontestable, n'exemptent pas un homme de l'infamie et de la persécution.　Aussi l'armée sera-t-elle peu contente, je puis en répondre, d'être en butte à des traitements rigoureux à propos d'affaires de police.

Le mot était imprudent; mais M. de Tréville l'avait lancé avec connaissance de cause.[9]　Il voulait une explosion, parce qu'en cela la mine fait du feu, et que le feu éclaire.

— Affaires de police ! s'écria le roi, relevant les paroles de M. de Tréville : affaires de police ! et qu'en savez-vous, Monsieur ?　Mêlez-vous de vos mousquetaires, et ne me rompez pas la tête.　Il semble, à vous entendre, que, si par malheur on arrête un mousquetaire, la France est en danger. Eh! que de bruit pour un mousquetaire !　J'en ferai arrêter dix, ventrebleu ! cent, même; toute la compagnie ! et je ne veux pas que l'on souffle le mot.[10]

— Du moment où ils sont suspects à Votre Majesté, dit Tréville, les mousquetaires sont coupables; aussi, me voyez-vous, sire, prêt à vous rendre mon épée; car, après avoir accusé mes soldats, M. le cardinal, je n'en doute pas, finira par m'accuser moi-même; ainsi mieux vaut que je me constitue prisonnier [11] avec M. Athos, qui est arrêté déjà, et M. d'Artagnan, qu'on va arrêter sans doute.

— Tête gasconne, en finirez-vous ? dit le roi.

— Sire, répondit Tréville sans baisser le moindrement [12] la voix, ordonnez qu'on me rende mon mousquetaire, ou qu'il soit jugé.

— On le jugera, dit le cardinal.

— Eh bien ! tant mieux ; car, dans ce cas, je demanderai à Sa Majesté la permission de plaider pour lui.

Le roi craignit un éclat.

— Si Son Éminence, dit-il, n'avait pas personnellement des motifs.

Le cardinal vit venir le roi et alla au-devant de lui :

— Pardon, dit-il ; mais, du moment où Votre Majesté voit en moi un juge prévenu, je me retire.

— Voyons, dit le roi, me jurez-vous, par mon père, que M. Athos était chez vous pendant l'événement, et qu'il n'y a point pris part ?

— Par votre glorieux père et par vous-même, qui êtes ce que j'aime et ce que je vénère le plus au monde, je le jure !

— Veuillez réfléchir, sire, dit le cardinal. Si nous relâchons ainsi le prisonnier, on ne pourra plus connaître la vérité.

— M. Athos sera toujours là, reprit M. de Tréville, prêt à répondre quand il plaira aux gens de robe de l'interroger. Il ne désertera pas, monsieur le cardinal ; soyez tranquille, je réponds de lui, moi.

— Au fait, il ne désertera pas, dit le roi ; on le retrouvera toujours, comme dit M. de Tréville. D'ailleurs, ajouta-t-il en baissant la voix et en regardant d'un air suppliant Son Éminence, donnons-leur de la sécurité : cela est politique.

Cette politique de Louis XIII fit sourire Richelieu.

— Ordonnez, sire, dit-il, vous avez le droit de grâce.

— Le droit de grâce ne s'applique qu'aux coupables, dit Tréville, qui voulait avoir le dernier mot, et mon mousquetaire est innocent. Ce n'est donc pas grâce que vous allez faire, sire, c'est justice.

— Et il est au For-l'Évêque ? dit le roi.

— Oui, sire, et au secret,[13] dans un cachot, comme le dernier des criminels.

— Diable ! diable ! murmura le roi, que faut-il faire ?

— Signer l'ordre de mise en liberté, et tout sera dit, reprit le cardinal; je crois, comme Votre Majesté, que la garantie de M. de Tréville est plus que suffisante.

Tréville s'inclina respectueusement avec une joie qui n'était pas sans mélange de crainte; il eût préféré une résistance opiniâtre du cardinal à cette soudaine facilité.

Le roi signa l'ordre d'élargissement, et Tréville l'emporta sans retard.

Au moment où il allait sortir, le cardinal lui fit un sourire amical, et dit au roi:

— Une bonne harmonie règne entre les chefs et les soldats, dans vos mousquetaires, sire; voilà qui est bien profitable au service et bien honorable pour tous.

— Il me jouera quelque mauvais tour incessamment, disait Tréville; on n'a jamais le dernier mot avec un pareil homme. Mais hâtons-nous, car le roi peut changer d'avis tout à l'heure et au bout du compte, il est plus difficile de remettre à la Bastille ou au For-l'Évêque un homme qui en est sorti, que d'y garder un prisonnier qu'on y tient.

M. de Tréville fit triomphalement son entrée au For-l'Évêque, où il délivra le mousquetaire, que sa paisible indifférence n'avait pas abandonné.

Puis, la première fois qu'il revit d'Artagnan: — Vous l'échappez belle, lui dit-il; voilà votre coup d'épée à Jussac payé. Reste bien encore celui de Bernajoux, mais il ne faudrait pas vous y fier.

Au reste, M. de Tréville avait raison de se défier du cardinal et de penser que tout n'était pas fini, car à peine le capitaine des mousquetaires eut-il fermé la porte derrière lui, que Son Éminence dit au roi:

— Maintenant que nous ne sommes plus que nous deux, nous allons causer sérieusement, s'il plaît à Votre Majesté. Sire, M. de Buckingham était à Paris depuis cinq jours et n'en est parti que ce matin.

XVI.–XVIII.

Le roi envoie le chancelier Séguier faire une perquisition chez la reine, comptant saisir sa correspondance avec Buckingham. La lettre obtenue se trouve être un plan d'attaque contre le cardinal; mais d'amour pas un seul mot. Le cardinal pousse le roi à demander qu'Anne d'Autriche porte ses ferrets en diamants à la fête que la ville doit donner.

Le roi suit l'avis du cardinal; la reine est éperdue, mais madame Bonacieux lui assure que si elle veut confier une lettre à Bonacieux, celui-ci ira trouver le duc en Angleterre et rapportera les joyaux. Malheureusement quand la lingère parle de l'affaire à son mari elle découvre qu'il s'est vendu au cardinal.

D'Artagnan qui, au moyen de son plancher défoncé, a entendu la conversation entre Bonacieux et sa femme, se présente à celle-ci pendant que Bonacieux est allé secrètement faire son rapport au cardinal, et se charge de faire parvenir la lettre d'Anne d'Autriche au duc et de rapporter les ferrets.

XIX.

PLAN DE CAMPAGNE.

D'Artagnan se rendit droit chez M. de Tréville. Il avait réfléchi que dans quelques minutes le cardinal serait averti et il pensait avec raison qu'il n'y avait pas un instant à perdre.

Le cœur du jeune homme débordait de joie. Une occasion où il y avait à la fois gloire à acquérir et argent à gagner se présentait à lui. Ce hasard faisait donc presque du premier coup, pour lui, plus qu'il n'eût osé demander à la Providence.

M. de Tréville était dans son salon avec sa cour habituelle de gentilshommes. D'Artagnan, que l'on connaissait comme un familier de la maison, alla droit à son cabinet et le fit prévenir qu'il l'attendait pour chose d'importance.

D'Artagnan était là depuis cinq minutes à peine, lorsque M. de Tréville entra. Au premier coup d'œil et à la joie qui se peignait sur son visage, le digne capitaine comprit qu'il se passait effectivement quelque chose de nouveau.

Tout le long de la route, d'Artagnan s'était demandé s'il se confierait à M. de Tréville, ou si seulement il lui demanderait de lui accorder carte blanche pour une affaire secrète. Mais M. de Tréville avait toujours été si parfait pour lui, il était si fort dévoué au roi et à la reine, il haïssait si cordialement le cardinal, que le jeune homme résolut de tout lui dire.

— Vous m'avez fait demander, mon jeune ami ? dit M. de Tréville.

— Oui, Monsieur, dit d'Artagnan, et vous me pardonne-
rez, je l'espère, de vous avoir dérangé, quand vous saurez
de quelle chose importante il est question.

— Dites alors, je vous écoute.

— Il ne s'agit de rien moins, dit d'Artagnan, en baissant
la voix, que de l'honneur et peut-être de la vie de la reine.

— Que dites-vous là ? demanda M. de Tréville en regardant tout autour de lui s'ils étaient bien seuls, et en ra-
menant son regard interrogateur sur d'Artagnan.

— Je dis, Monsieur, que le hasard m'a rendu maître d'un
secret. . . .

— Que vous garderez, j'espère, jeune homme, sur votre
vie.

— Mais que je dois vous confier, à vous, Monsieur, car
vous seul pouvez m'aider dans la mission que je viens de
recevoir de Sa Majesté.

— Ce secret est-il à vous ?

— Non, Monsieur, c'est celui de la reine.

— Êtes-vous autorisé par Sa Majesté à me le confier ?

— Non, Monsieur, car au contraire le plus profond mystère
m'est recommandé.

— Et pourquoi donc allez-vous le trahir vis-à-vis de moi ?

— Parce que, je vous le dis, sans vous je ne puis rien, et
que j'ai peur que vous ne me refusiez la grâce que je viens
vous demander, si vous ne savez pas dans quel but je vous
la demande.

— Gardez votre secret, jeune homme, et dites-moi ce que
vous désirez.

— Je désire que vous obteniez pour moi, de M. des
Essarts, un congé de quinze jours.

— Quand cela ?

— Cette nuit même.

— Vous quittez Paris ?

— Je vais en mission.

— Pouvez-vous me dire où ?

— À Londres.

— Quelqu'un a-t-il intérêt à ce que vous n'arriviez pas à votre but ?

— Le cardinal, je le crois, donnerait tout au monde pour m'empêcher de réussir.

— Et vous partez seul ?

— Je pars seul.

— En ce cas, vous ne passerez pas Bondy ; c'est moi qui vous le dis, foi de Tréville.

— Comment cela ?

— On vous fera assassiner.

— Je serai mort en faisant mon devoir.

— Mais votre mission ne sera pas remplie.

— C'est vrai, dit d'Artagnan.

— Croyez-moi, continua Tréville, dans les entreprises de ce genre, il faut être quatre pour arriver un.[1]

— Ah ! vous avez raison, Monsieur, dit d'Artagnan ; mais vous connaissez Athos, Porthos et Aramis, et vous savez si je puis disposer d'eux.

— Sans leur confier le secret que je n'ai pas voulu savoir ?

— Nous nous sommes juré, une fois pour toutes, confiance aveugle et dévouement à toute épreuve ; d'ailleurs, vous pouvez leur dire que vous avez toute confiance en moi, et ils ne seront pas plus incrédules que vous.

— Je puis leur envoyer à chacun un congé de quinze jours, voilà tout : à Athos, que sa blessure fait toujours souffrir, pour aller aux eaux de Forges ; à Porthos et à Aramis, pour suivre leur ami, qu'ils ne veulent pas abandonner dans une si douloureuse position. L'envoi de leur congé sera la preuve que j'autorise leur voyage.

— Merci, Monsieur, et vous êtes cent fois bon.

— Allez donc les trouver à l'instant même, et que tout s'exécute cette nuit. Ah ! et d'abord écrivez-moi votre requête à M. des Essarts. Peut-être aviez-vous un espion à vos trousses, et votre visite, qui dans ce cas est déjà connue du cardinal, sera légitimée ainsi.

D'Artagnan formula cette demande, et M. de Tréville, en la recevant de ses mains, assura qu'avant deux heures du matin les quatre congés seraient au domicile respectif des voyageurs.

— Ayez la bonté d'envoyer le mien chez Athos, dit d'Artagnan. Je craindrais, en rentrant chez moi, d'y faire quelque mauvaise rencontre.

— Soyez tranquille. Adieu et bon voyage! A propos! dit M. de Tréville en le rappelant.

D'Artagnan revint sur ses pas.

— Avez-vous de l'argent?

D'Artagnan fit sonner le sac qu'il avait dans sa poche.

— Assez? demanda M. de Tréville.

— Trois cents pistoles.

— C'est bien, on va au bout du monde avec cela; allez donc.

D'Artagnan salua M. de Tréville, qui lui tendit la main; d'Artagnan la lui serra avec un respect mêlé de reconnaissance. Depuis qu'il était arrivé à Paris, il n'avait eu qu'à se louer de cet excellent homme, qu'il avait toujours trouvé digne, loyal et grand.

Sa première visite fut pour Aramis.

Comme les deux amis causaient depuis quelques instants, un serviteur de M. de Tréville entra porteur d'un paquet cacheté.

— Qu'est-ce là? demanda Aramis.

— Le congé que Monsieur a demandé, répondit le laquais.

— Moi, je n'ai pas demandé de congé.

— Taisez-vous et prenez, dit d'Artagnan. Et vous, mon ami, voici une demi-pistole pour votre peine; vous direz à M. de Tréville que M. Aramis le remercie bien sincèrement. Allez.

Le laquais salua jusqu'à terre et sortit.

—Que signifie cela ? demanda Aramis.

—Prenez ce qu'il vous faut pour un voyage de quinze jours, et suivez-moi.

—Je suis prêt à vous suivre. Vous dites que nous allons ? . . .

—Chez Athos, pour le moment, et si vous voulez venir ; je vous invite même à vous hâter, car nous avons déjà perdu beaucoup de temps. À propos, prévenez Bazin.

—Bazin vient avec nous ? demanda Aramis.

—Peut-être. En tous cas, il est bon qu'il nous suive pour le moment chez Athos.

Aramis appela Bazin, et après lui avoir ordonné de le venir joindre chez Athos : —Partons donc, dit-il en prenant son manteau, son épée et ses trois pistolets, et en ouvrant inutilement trois ou quatre tiroirs pour voir s'il n'y trouverait pas quelque pistole égarée. Puis quand il se fut bien assuré que cette recherche était superflue, il suivit d'Artagnan et tous deux arrivèrent bientôt chez Athos.

Ils le trouvèrent tenant son congé d'une main et la lettre de M. de Tréville de l'autre.

—Pouvez-vous m'expliquer ce que signifient ce congé et cette lettre que je viens de recevoir ? dit Athos étonné.

"Mon cher Athos, je veux bien, puisque votre santé l'exige absolument, que vous vous reposiez quinze jours. Allez donc prendre les eaux de Forges ou telles autres qui vous conviendront, et rétablissez-vous promptement.

"Votre affectionné,

"TRÉVILLE."

—Eh bien, ce congé et cette lettre signifient qu'il faut me suivre, Athos.

—Aux eaux de Forges ?

—Là ou ailleurs.

— Pour le service du roi ?

— Du roi ou de la reine : ne sommes-nous pas serviteurs de Leurs Majestés ?

En ce moment Porthos entra.

— Pardieu, dit-il, voici une chose étrange : depuis quand, dans les mousquetaires, accorde-t-on aux gens des congés sans qu'ils les demandent ?

— Depuis, dit d'Artagnan, qu'ils ont des amis qui les demandent pour eux.

— Ah ! ah ! dit Porthos, il paraît qu'il y a du nouveau ici !

— Oui, nous partons, dit Aramis.

— Pour quel pays ? demanda Porthos.

— Ma foi, je n'en sais trop rien, dit Athos : demande cela à d'Artagnan.

— Pour Londres, Messieurs, dit d'Artagnan.

— Pour Londres ! s'écria Porthos ; et qu'allons-nous faire à Londres ?

— Voilà ce que je ne puis vous dire, Messieurs, et il faut vous fier à moi.

— Mais pour aller à Londres, ajouta Porthos, il faut de l'argent, et je n'en ai pas.

— Ni moi, dit Aramis.

— Ni moi, dit Athos.

— J'en ai, moi, reprit d'Artagnan en tirant son trésor de sa poche et en le posant sur la table. Il y a dans ce sac trois cents pistoles ; prenons-en chacun soixante-quinze ; c'est autant qu'il en faut pour aller à Londres et pour en revenir. D'ailleurs, soyez tranquilles, nous n'y arriverons pas tous, à Londres.

— Et pourquoi cela ?

— Parce que, selon toute probabilité, il y en aura quelques-uns d'entre nous qui resteront en route.

— Mais est-ce donc une campagne que nous entreprenons ?

— Et des plus dangereuses, je vous en avertis.

— Ah çà! mais, puisque nous risquons de nous faire tuer, dit Porthos, je voudrais bien savoir pourquoi, au moins?

— Tu en seras bien plus avancé! dit Athos.

— Cependant, dit Aramis, je suis de l'avis de Porthos.

— Le roi a-t-il l'habitude de vous rendre des comptes? Non; il vous dit tout bonnement: Messieurs, on se bat en Gascogne ou dans les Flandres; allez vous battre, et vous y allez. Pourquoi? vous ne vous en inquiétez même pas.

— D'Artagnan a raison, dit Athos, voilà nos trois congés qui viennent de M. de Tréville, et voilà trois cents pistoles qui viennent je ne sais d'où. Allons nous faire tuer où l'on nous dit d'aller. La vie vaut-elle la peine de faire autant de questions? D'Artagnan, je suis prêt à te suivre.

— Et moi aussi, dit Porthos.

— Et moi aussi, dit Aramis. Aussi bien je ne suis pas fâché de quitter Paris. J'ai besoin de distractions.

— Eh bien! vous en aurez, des distractions, Messieurs, soyez tranquilles! dit d'Artagnan.

— Et maintenant, quand partons-nous? dit Athos.

— Tout de suite, répondit d'Artagnan; il n'y a pas une minute à perdre.

— Holà! Grimaud, Planchet, Mousqueton, Bazin! crièrent les quatre jeunes gens appelant leurs laquais, graissez nos bottes et ramenez les chevaux de l'hôtel.

En effet, chaque mousquetaire laissait à l'hôtel général comme à une caserne son cheval et celui de son laquais.

Planchet, Grimaud, Mousqueton et Bazin partirent en toute hâte.

— Maintenant dressons le plan de campagne, dit Porthos. Où allons-nous d'abord?

— À Calais, dit d'Artagnan; c'est la ligne la plus directe pour arriver à Londres.

— Eh bien! dit Porthos, voici mon avis.

— Parle.

— Quatre hommes voyageant ensemble seraient suspects : d'Artagnan nous donnera à chacun ses instructions ; je partirai en avant par la route de Boulogne pour éclairer le chemin ;[2] Athos partira deux heures après par celle d'Amiens ; Aramis nous suivra par celle de Noyon ; quant à d'Artagnan, il partira par celle qu'il voudra, avec les habits de Planchet, tandis que Planchet nous suivra en d'Artagnan et avec l'uniforme des gardes.[3]

— Messieurs, dit Athos, mon avis est qu'il ne convient pas de mettre en rien des laquais dans une pareille affaire : un secret peut par hasard être trahi par des gentilshommes, mais il est presque toujours vendu par des laquais.

— Le plan de Porthos me semble impraticable, dit d'Artagnan, en ce que j'ignore moi-même quelles instructions je puis vous donner. Je suis porteur d'une lettre, voilà tout. Je n'ai pas et ne puis faire trois copies de cette lettre, puisqu'elle est scellée ; il faut donc, à mon avis, voyager de compagnie. Cette lettre est là, dans cette poche. Et il montra la poche où était la lettre. Si je suis tué, l'un de vous la prendra et vous continuerez la route ; s'il est tué, ce sera le tour d'un autre, et ainsi de suite ; pourvu qu'un seul arrive, c'est tout ce qu'il faut.

— Bravo, d'Artagnan ! ton avis est le mien, dit Athos. Il faut être conséquent d'ailleurs ; je vais prendre les eaux, vous m'accompagnerez ; au lieu des eaux de Forges, je vais prendre les eaux de mer ; je suis libre. On veut nous arrêter, je montre la lettre de M. de Tréville, et vous montrez vos congés ; on nous attaque, nous nous défendons ; on nous juge, nous soutenons mordicus[4] que nous n'avions d'autre intention que de nous tremper un certain nombre de fois dans la mer : on aurait trop bon marché de quatre hommes isolés, tandis que quatre hommes réunis font une troupe. Nous armerons les quatre laquais de pistolets et de mousquetons ; si l'on envoie une armée contre nous, nous livrerons bataille, et le survivant, comme l'a dit d'Artagnan, portera la lettre.

— Bien dit, s'écria Aramis ; tu ne parles pas souvent, Athos, mais quand tu parles, c'est comme saint Jean Bouche-d'Or. J'adopte le plan d'Athos. Et toi, Porthos.

— Moi aussi, dit Porthos, s'il convient à d'Artagnan. D'Artagnan, porteur de la lettre, est naturellement le chef de l'entreprise ; qu'il décide, et nous exécuterons.

— Eh bien ! dit d'Artagnan, je décide que nous adoptions le plan d'Athos et que nous partions dans une demi-heure.

— Adopté ! reprirent en chœur les trois mousquetaires.

Et chacun, allongeant la main vers le sac, prit soixante-quinze pistoles et fit ses préparatifs pour partir à l'heure convenue.

XX.

VOYAGE.

À deux heures du matin nos quatre aventuriers sortirent
de Paris par la barrière Saint-Denis; tant qu'il fit nuit ils
restèrent muets; malgré eux ils subissaient l'influence de
l'obscurité et voyaient des embûches partout.

Aux premiers rayons du jour leurs langues se délièrent;
avec le soleil la gaieté revint: c'était comme à la veille d'un
combat, le cœur battait, les yeux riaient, on sentait que la
vie qu'on allait peut-être quitter était au bout du compte
une bonne chose.

L'aspect de la caravane, au reste, était des plus formi-
dables; les chevaux noirs des mousquetaires, leur tournure
martiale, cette habitude de l'escadron qui fait marcher régu-
lièrement ces nobles compagnons du soldat eussent trahi le
plus strict incognito.

Les valets suivaient, armés jusqu'aux dents.

Tout alla bien jusqu'à Chantilly, où l'on arriva vers les
huit heures du matin. Il fallait déjeuner. On descendit
devant une auberge que recommandait une enseigne représentant saint Martin donnant la moitié de son manteau à un
pauvre. On enjoignit aux laquais de ne pas desseller les
chevaux et de se tenir prêts à repartir immédiatement.

On entra dans la salle commune et l'on se mit à table.

Un gentilhomme, qui venait d'arriver par la route de
Dammartin, était assis à cette même table et déjeunait. Il
entama la conversation sur la pluie et le beau temps; les
voyageurs répondirent: il but à leur santé; les voyageurs
lui rendirent sa politesse.

Mais au moment où Mousqueton venait annoncer que les chevaux était prêts et où l'on se levait de table, l'étranger proposa à Porthos la santé du cardinal, Porthos répondit qu'il ne demandait pas mieux, si l'étranger à son tour voulait boire à la santé du roi. L'étranger s'écria qu'il ne connaissait d'autre roi que Son Éminence. Porthos l'appela ivrogne ; l'étranger tira son épée.

— Vous avez fait une sottise, dit Athos, n'importe, il n'y a pas à reculer maintenant, tuez cet homme et venez nous rejoindre le plus vite que vous pourrez.

Et tous trois remontèrent à cheval et repartirent à toute bride, tandis que Porthos promettait à son adversaire de le perforer de tous les coups connus dans l'escrime.

— Et d'un ! dit Athos au bout de cinq cents pas.

— Mais pourquoi cet homme s'est-il attaqué à Porthos plutôt qu'à tout autre ? demanda Aramis.

— Parce que Porthos parlant plus haut que nous tous, il l'a pris pour le chef, dit d'Artagnan.

— J'ai toujours dit que ce cadet de Gascogne était un puits de sagesse, murmura Athos.

Et les voyageurs continuèrent leur route.

À Beauvais on s'arrêta deux heures, tant pour faire souffler les chevaux que pour attendre Porthos. Au bout de deux heures, comme Porthos n'arrivait pas, ni aucune nouvelle de lui, on se remit en chemin.

À une lieue de Beauvais, à un endroit où le chemin se trouvait resserré entre deux talus, on rencontra huit ou dix hommes qui, profitant de ce que la route était dépavée en cet endroit, avaient l'air d'y travailler en y creusant des trous et en pratiquant des ornières boueuses.

Aramis craignant de salir ses bottes dans ce mortier artificiel, les apostropha durement. Athos voulut le retenir, il était trop tard. Les ouvriers se mirent à railler les voyageurs, et firent perdre par leur insolence la tête

même au froid Athos qui poussa son cheval contre l'un
d'eux.

Alors chacun de ces hommes recula jusqu'au fossé et y
prit un mousquet caché; il en résulta que nos sept voyageurs furent littéralement passés par les armes. Aramis
reçut une balle qui lui traversa l'épaule, et Mousqueton une
autre. Cependant Mousqueton seul tomba de cheval, non
pas qu'il fût grièvement blessé; mais comme il ne pouvait
voir sa blessure, sans doute il crut être plus dangereuse-
ment blessé qu'il ne l'était.

—C'est une embuscade, dit d'Artagnan, ne brûlons pas
une amorce,[1] et en route.

Aramis, tout blessé qu'il était, saisit la crinière de son
cheval, qui l'emporta avec les autres. Celui de Mousqueton
les avait rejoints, et galopait tout seul à son rang.

—Cela nous fera un cheval de rechange, dit Athos.

—J'aimerais mieux un chapeau, dit d'Artagnan; le mien
a été emporté par une balle. C'est bien heureux, ma foi,
que la lettre que je porte n'ait pas été dedans.

—Ah çà! mais ils vont tuer le pauvre Porthos quand il
passera, dit Aramis.

—Si Porthos était sur ses jambes, il nous aurait rejoints
maintenant, dit Athos. M'est avis[2] que sur le terrain
l'ivrogne se sera dégrisé.

Et l'on galopa encore pendant deux heures, quoique les
chevaux fussent si fatigués, qu'il était à craindre qu'il ne
refusassent bientôt le service.

Les voyageurs avaient pris la traverse, espérant de cette
façon être moins inquiétés; mais à Crèvecœur, Aramis
déclara qu'il ne pouvait aller plus loin. Et en effet, il avait
fallu tout le courage qu'il cachait sous sa forme élégante et
sous ses façons polies pour arriver jusque-là. À tout moment, il pâlissait et l'on était obligé de le soutenir sur son
cheval; on le descendit à la porte du cabaret, on lui laissa

Bazin qui, au reste, dans une escarmouche, était plus embarrassant qu'utile, et l'on repartit dans l'espérance d'aller coucher à Amiens.

— Morbleu ! dit Athos, quand ils se retrouvèrent en route, réduit à deux maîtres et à Grimaud et Planchet ; morbleu ! je ne serai plus leur dupe, et je vous réponds qu'ils ne me feront pas ouvrir la bouche ni tirer l'épée d'ici à Calais. J'en jure. . . .

— Ne jurons pas, dit d'Artagnan, galopons, si toutefois nos chevaux y consentent.

Et les voyageurs enfoncèrent leurs éperons dans le ventre de leurs chevaux, qui, vigoureusement stimulés, retrouvèrent des forces.   On arriva à Amiens à minuit, et l'on descendit à l'auberge du Lis-d'Or.

L'hôtelier avait l'air du plus honnête homme de la terre ; il reçut les voyageurs son bougeoir d'une main et son bonnet de coton de l'autre : il voulut loger les deux voyageurs chacun dans une charmante chambre : malheureusement chacune de ces chambres était à l'extrémité de l'hôtel. D'Artagnan et Athos refusèrent ; l'hôte répondit qu'il n'y en avait cependant pas d'autres dignes de Leurs Excellences ; mais les voyageurs déclarèrent qu'ils coucheraient dans la chambre commune chacun sur un matelas qu'on leur jetterait à terre.   L'hôte insista, les voyageurs tinrent bon ; il fallut faire ce qu'ils voulurent.

Ils venaient de disposer leur lit et de barricader leur porte en dedans lorsqu'on frappa au volet de la cour ; ils demandèrent qui était là, reconnurent la voix de leurs valets et ouvrirent.

En effet, c'étaient Planchet et Grimaud.

— Grimaud suffira pour garder les chevaux, dit Planchet ; si ces Messieurs veulent, je coucherai en travers de leur porte ; de cette façon-là, ils seront sûrs qu'on n'arrivera pas jusqu'à eux.

— Et sur quoi coucheras-tu ? dit d'Artagnan.

— Voici mon lit, répondit Planchet.

Et il montra une botte de paille.

— Viens donc, dit d'Artagnan, tu as raison : la figure de l'hôte ne me convient pas, elle est trop gracieuse.

— Ni à moi non plus, dit Athos.

Planchet monta par la fenêtre, s'installa en travers de la porte, tandis que Grimaud allait s'enfermer dans l'écurie, répondant qu'à cinq heures du matin lui et les quatre chevaux seraient prêts.

La nuit fut assez tranquille, on essaya bien vers les deux heures du matin d'ouvrir la porte ; mais comme Planchet se réveilla en sursaut et cria *qui va là ?* on répondit qu'on se trompait, et on s'éloigna.

À quatre heures du matin on entendit un grand bruit dans les écuries. Grimaud avait voulu réveiller les garçons d'écurie, et les garçons d'écurie le battaient. Quand on ouvrit la fenêtre, on vit le pauvre garçon sans connaissance, la tête fendue d'un coup de manche à fourche.

Planchet descendit dans la cour et voulut seller les chevaux ; les chevaux étaient fourbus. Celui de Mousqueton seul qui avait voyagé sans maître pendant cinq ou six heures, la veille, aurait pu continuer la route, mais, par une erreur inconcevable, le chirurgien vétérinaire qu'on avait envoyé chercher, à ce qu'il paraît, pour saigner le cheval de l'hôte, avait saigné celui de Mousqueton.

Cela commençait à devenir inquiétant : tous ces accidents successifs étaient peut-être le résultat du hasard, mais ils pouvaient tout aussi bien être le fruit d'un complot. Athos et d'Artagnan sortirent, tandis que Planchet allait s'informer s'il n'y avait pas trois chevaux à vendre dans les environs. À la porte étaient deux chevaux tout équipés, frais et vigoureux. Cela faisait bien l'affaire. Il demanda où étaient les maîtres : on lui dit que les maîtres avaient passé la nuit dans l'auberge et réglaient leur compte à cette heure avec le maître.

Athos descendit pour payer la dépense, tandis que d'Artagnan et Planchet se tenaient sur la porte de la rue; l'hôtelier était dans une chambre basse et reculée, on pria Athos d'y passer.

Athos entra sans défiance et tira deux pistoles pour payer: l'hôte était seul et assis devant son bureau, dont un des tiroirs était entr'ouvert. Il prit l'argent que lui présenta Athos, le tourna et le retourna dans ses mains, et tout à coup, s'écriant que la pièce était fausse, il déclara qu'il allait le faire arrêter, lui et son compagnon, comme faux monnayeurs.

— Drôle, dit Athos, en marchant sur lui, je vais te couper les oreilles.

Au même instant quatre hommes armés jusqu'aux dents entrèrent par les portes latérales et se jetèrent sur Athos.

— Je suis pris, cria Athos de toutes les forces de ses poumons; au large, d'Artagnan, pique, pique![3] et il lâcha deux coups de pistolet.

D'Artagnan et Planchet ne se le firent pas répéter à deux fois, ils détachèrent les deux chevaux qui attendaient à la porte, sautèrent dessus, leur enfoncèrent leurs éperons dans le ventre et partirent au triple galop.

— Sais-tu ce qu'est devenu Athos? demanda d'Artagnan à Planchet en courant.

— Ah! Monsieur, dit Planchet, j'en ai vu tomber deux à ses deux coups, et il m'a semblé, à travers la porte vitrée, qu'il ferraillait avec les autres.

— Brave Athos! murmura d'Artagnan. Et quand on pense qu'il faut l'abandonner! Au reste, autant nous attend peut-être à deux pas d'ici. En avant, Planchet, en avant! tu es un brave homme.

—Je vous l'ai dit, Monsieur, répondit Planchet, les

Picards ça se reconnaît à l'user;[4] d'ailleurs, je suis ci[5] dans mon pays, ça m'excite.

Et tous deux, piquant de plus belle, arrivèrent à Saint-Omer d'une seule traite. À Saint-Omer ils firent souffler les chevaux la bride passée à leurs bras, de peur d'accident, et mangèrent un morceau sur le pouce tout debout dans la rue, après quoi ils repartirent.

À cent pas des portes de Calais, le cheval de d'Artagnan s'abattit, et il n'y eut pas moyen de le faire se relever, le sang lui sortait par le nez et par les yeux : restait celui de Planchet; mais celui-là s'était arrêté, et il n'y eut plus moyen de le faire repartir.

Heureusement, comme nous l'avons dit, ils étaient à cent pas de la ville : ils laissèrent les deux montures sur le grand chemin et coururent au port. Planchet fit remarquer à son maître un gentilhomme qui arrivait avec son valet et qui ne les précédait que d'une cinquantaine de pas.

Ils s'approchèrent vivement de ce gentilhomme, qui paraissait fort affairé. Il avait ses bottes couvertes de poussière, et s'informait s'il ne pourrait point passer à l'instant même en Angleterre.

— Rien ne serait plus facile, répondit le patron d'un bâtiment prêt à mettre à la voile ; mais ce matin est arrivé l'ordre de ne laisser partir personne sans une permission expresse de M. le cardinal.

— J'ai cette permission, dit le gentilhomme en tirant le papier de sa poche, la voici.

— Faites-la viser[6] par le gouverneur du port, dit le patron, et donnez-moi la préférence.

— Où trouverai-je le gouverneur ?

— À sa campagne.

— Et cette campagne est située ?

— À un quart de lieue de la ville ; tenez, vous la voyez d'ici, au pied de cette petite éminence, ce toit en ardoises.

— Très-bien ! dit le gentilhomme.

Et, suivi de son laquais, il prit le chemin de la maison de campagne du gouverneur.

D'Artagnan et Planchet suivirent le gentilhomme à cinq cents pas de distance.

Une fois hors de la ville, d'Artagnan pressa le pas et rejoignit le gentilhomme comme il entrait dans un petit bois.

— Monsieur, lui dit d'Artagnan, vous me paraissez fort pressé ?

— On ne peut plus pressé, Monsieur.

— J'en suis désespéré, dit d'Artagnan, car comme je suis très-pressé aussi, je voulais vous prier de me rendre un service.

— Lequel ?

— De me laisser passer le premier.

— Impossible, dit le gentilhomme, j'ai fait soixante lieues en quarante-quatre heures, et il faut que demain à midi je sois à Londres.

— J'ai fait le même chemin en quarante heures, et il faut que demain à dix heures du matin je sois à Londres.

— Désespéré, Monsieur ; mais je suis arrivé le premier, et je ne passerai pas le second.

— Désespéré, Monsieur ; mais je suis arrivé le second, et je passerai le premier.

— Service du roi ! dit le gentilhomme.

— Service de moi ![7] dit d'Artagnan.

— Mais c'est une mauvaise querelle que vous me cherchez là, ce me semble.

— Parbleu ! que voulez-vous que ce soit ?

— Que désirez-vous ?

— Vous voulez le savoir ?

— Certainement.

— Eh bien ! je veux l'ordre dont vous êtes porteur, attendu que je n'en ai pas, moi, et qu'il m'en faut un.

— Vous plaisantez, je présume.

— Je ne plaisante jamais.

— Laissez-moi passer !

— Vous ne passerez pas.

— Mon brave jeune homme, je vais vous casser la tête. Holà, Lubin ! mes pistolets.

— Planchet, dit d'Artagnan, charge-toi du valet, je me charge du maître.

Planchet, enhardi par le premier exploit, sauta sur Lubin, et comme il était fort et vigoureux, il le renversa les reins contre terre et lui mit le genou sur la poitrine.

— Faites votre affaire, Monsieur, dit Planchet, moi, j'ai fait la mienne.

Voyant cela, le gentilhomme tira son épée et fondit sur d'Artagnan ; mais il avait affaire à forte partie.

En trois secondes d'Artagnan lui fournit trois coups d'épée [8] en disant à chaque coup :

— Un pour Athos, un pour Porthos, un pour Aramis.

Au troisième coup le gentilhomme tomba comme une masse.

D'Artagnan le crut mort, ou tout au moins évanoui, et s'approcha pour lui prendre l'ordre ; mais au moment où il étendait le bras afin de le fouiller, le blessé, qui n'avait pas lâché son épée, lui porta un coup de pointe dans la poitrine en disant :

— Un pour vous.

— Et un pour moi ! au dernier les bons ! s'écria d'Artagnan furieux, en le clouant par terre d'un quatrième coup d'épée.

Cette fois le gentilhomme ferma les yeux et s'évanouit.

D'Artagnan fouilla dans la poche où il l'avait vu remettre l'ordre de passage, et le prit. Il était au nom du comte de Wardes.

Puis, jetant un dernier coup d'œil sur le beau jeune

homme, qui avait vingt-cinq ans à peine, et qu'il laissait là
gisant, privé de sentiment et peut-être mort, il poussa un
soupir sur cette étrange destinée qui porte les hommes à se
détruire les uns les autres pour les intérêts de gens qui leur
sont étrangers et qui souvent ne savent pas même qu'ils
existent.

Mais il fut bientôt tiré de ces réflexions par Lubin, qui
poussait des hurlements et criait de toutes ses forces au
secours.

Planchet lui appliqua la main sur la gorge et serra de
toutes ses forces.

— Monsieur, dit-il, tant que je le tiendrai ainsi, il ne
criera pas, j'en suis bien sûr; mais aussitôt que je le
lâcherai, il va se remettre à crier. Je le reconnais pour un
Normand, et les Normands sont entêtés.

En effet, tout comprimé qu'il était, Lubin essayait encore
de filer des sons.

— Attends! dit d'Artagnan; et prenant son mouchoir, il
le bâillonna.

— Maintenant, dit Planchet, lions-le à un arbre.

La chose fut faite en conscience, puis on tira le comte de
Wardes près de son domestique; et comme la nuit commençait à tomber et que le garrotté et le blessé étaient tous
deux à quelques pas dans le bois, il était évident qu'ils
devaient rester là jusqu'au lendemain.

— Et maintenant, dit d'Artagnan, chez le gouverneur!

— Mais vous êtes blessé, ce me semble? dit Planchet.

— Ce n'est rien, occupons-nous du plus pressé; puis nous
reviendrons à ma blessure, qui, au reste, ne me paraît pas
très-dangereuse.

Et tous deux s'acheminèrent à grands pas vers la campagne du digne fonctionnaire.

On annonça M. le comte de Wardes.

D'Artagnan fut introduit.

— Vous avez un ordre signé du cardinal ? dit le gouverneur.

— Oui, Monsieur, répondit d'Artagnan, le voici.

— Ah, ah ! il est en règle et bien recommandé, dit le gouverneur.

— C'est tout simple, répondit d'Artagnan, je suis de ses plus fidèles.

— Il paraît que Son Éminence veut empêcher quelqu'un de parvenir en Angleterre.

— Oui, un certain d'Artagnan, un gentilhomme béarnais qui est parti de Paris avec trois de ses amis dans l'intention de gagner Londres.

— Le connaissez-vous personnellement ? demanda le gouverneur.

— Qui cela ?

— Ce d'Artagnan.

— À merveille.

— Donnez-moi son signalement alors.

— Rien de plus facile.

Et d'Artagnan donna trait pour trait le signalement du comte de Wardes.

— Est-il accompagné ? demanda le gouverneur.

— Oui, d'un valet nommé Lubin.

— On veillera sur eux, et si on leur met la main dessus, Son Éminence peut-être tranquille, ils seront reconduits à Paris sous bonne escorte.

— Et ce faisant,[9] monsieur le gouverneur, dit d'Artagnan, vous aurez bien mérité du cardinal.

— Vous le reverrez à votre retour, monsieur le comte ?

— Sans aucun doute.

— Dites-lui, je vous prie, que je suis bien son serviteur.

— Je n'y manquerai pas.

Et joyeux de cette assurance, le gouverneur visa le laisser-passer et le remit à d'Artagnan.

D'Artagnan ne perdit pas son temps en compliments inutiles, il salua le gouverneur, le remercia et partit.

Une fois dehors, lui et Planchet prirent leur course, et, faisant un long détour, ils évitèrent le bois et rentrèrent par une autre porte.

Le bâtiment était toujours prêt à partir, le patron attendait sur le port.

— Eh bien ? dit-il en apercevant d'Artagnan.

— Voici ma passe visée, dit celui-ci.

— Et cet autre gentilhomme ?

— Il ne partira pas aujourd'hui, dit d'Artagnan, mais soyez tranquille, je payerai le passage pour nous deux.

En ce cas, partons, dit le patron.

— Partons ! répéta d'Artagnan.

Et il sauta avec Planchet dans le canot; cinq minutes après ils étaient à bord.

Il était temps, à une demi-lieue en mer d'Artagnan vit briller une lumière et entendit une détonation.

C'était le coup de canon qui annonçait la fermeture du port.

Il était temps de s'occuper de sa blessure ; heureusement, comme l'avait pensé d'Artagnan, elle n'était pas des plus dangereuses : la pointe de l'épée avait rencontré une côte et avait glissé le long de l'os ; de plus, la chemise s'était collée aussitôt à la plaie, et à peine avait-elle répandu quelques gouttes de sang.

D'Artagnan était brisé de fatigue : on lui étendit un matelas sur le pont, il se jeta dessus et s'endormit.

Le lendemain, au point du jour, il se trouva à trois ou quatre lieues seulement des côtes d'Angleterre ; la brise avait été faible toute la nuit et l'on avait peu marché.

À dix heures le bâtiment jetait l'ancre dans le port de Douvres.

À dix heures et demie, d'Artagnan mettait le pied sur la terre d'Angleterre en s'écriant :

— Enfin m'y voilà !

Mais ce n'était pas tout : il fallait gagner Londres. En Angleterre, la poste était assez bien servie. D'Artagnan et Planchet prirent chacun un bidet, un postillon courut devant eux ; en quatre heures ils arrivèrent aux portes de la capitale.

D'Artagnan ne connaissait pas Londres, d'Artagnan ne savait pas un mot d'anglais ; mais il écrivit le nom de Buckingham sur un papier, et chacun lui indiqua l'hôtel du duc.

Le duc était à la chasse à Windsor, avec le roi.

D'Artagnan demanda le valet de chambre de confiance du duc, qui, l'ayant accompagné dans tous ses voyages, parlait parfaitement français ; il lui dit qu'il arrivait de Paris pour affaire de vie et de mort et qu'il fallait qu'il parlât à son maître à l'instant même.

La confiance avec laquelle parlait d'Artagnan convainquit Patrice, c'était le nom de ce ministre du ministre. Il fit seller deux chevaux et se chargea de conduire le jeune garde. Quant à Planchet, on l'avait descendu de sa monture, roide comme un jonc : [10] le pauvre garçon était au bout de ses forces ; d'Artagnan semblait de fer.

On arriva au château, là on se renseigna ; le roi et Buckingham chassaient à l'oiseau [11] dans des marais situés à deux ou trois lieues de là.

En vingt minutes on fut au lieu indiqué. Bientôt Patrice entendit la voix de son maître, qui appelait son faucon.

— Qui faut-il que j'annonce à milord duc ? demanda Patrice.

— Le jeune homme qui un soir lui a cherché une querelle sur le Pont-Neuf, en face de la Samaritaine.

— Singulière recommandation !

— Vous verrez qu'elle en vaut bien une autre.

Patrice mit son cheval au galop, atteignit le duc et lui annonça dans les termes que nous avons dits qu'un messager l'attendait.

Buckingham reconnut d'Artagnan à l'instant même, et, se doutant que quelque chose se passait en France dont on lui faisait parvenir la nouvelle, il ne prit que le temps de demander où était celui qui la lui apportait; et ayant reconnu de loin l'uniforme des gardes, il mit son cheval au galop et vint droit à d'Artagnan. Patrice, par discrétion, se tint à l'écart.

— Il n'est point arrivé malheur à la reine? s'écria Buckingham répandant toute sa pensée et tout son amour dans cette interrogation.

— Je ne crois pas; cependant je crois qu'elle court quelque grand péril dont Votre Grâce seule peut la tirer.

— Moi? s'écria Buckingham. Et quoi! je serais assez heureux pour lui être bon à quelque chose! Parlez! parlez!

— Prenez cette lettre, dit d'Artagnan.

— Cette lettre! de qui vient cette lettre.

— De Sa Majesté, à ce que je pense.

— De Sa Majesté! dit Buckingham pâlissant si fort que d'Artagnan crut qu'il allait se trouver mal.

Et il brisa le cachet.

— Quelle est cette déchirure? dit-il en montrant à d'Artagnan un endroit où elle était percée à jour.

— Ah! ah! dit d'Artagnan, je n'avais pas vu cela; c'est l'épée du comte de Wardes qui aura fait ce beau coup en me trouant la poitrine.

— Vous êtes blessé? demanda Buckingham en rompant le cachet.

— Oh! rien! dit d'Artagnan, une égratignure.

— Juste ciel! qu'ai-je lu! s'écria le duc. Patrice, reste ici, ou plutôt rejoins le roi partout où il sera, et dis à Sa Majesté que je la supplie humblement de m'excuser, mais qu'une affaire de la plus haute importance me rappelle à Londres. Venez, Monsieur, venez.

Et tous deux reprirent au galop le chemin de la capitale.

XXI.

LA COMTESSE DE WINTER.

Tout le long de la route, le duc se fit mettre au courant par d'Artagnan, non pas de tout ce qui s'était passé, mais de ce que d'Artagnan savait. En rapprochant ce qu'il avait entendu sortir de la bouche du jeune homme de ses souvenirs à lui, il put donc se faire une idée assez exacte d'une position de la gravité de laquelle, au reste, la lettre de la reine, si courte et si peu explicite qu'elle fût, lui donnait la mesure. Mais ce qui l'étonnait surtout, c'est que le cardinal, intéressé comme il l'était à ce que ce jeune homme ne mît pas le pied en Angleterre, ne fût point parvenu à l'arrêter en route. Ce fut alors, et sur la manifestation de cet étonnement, que d'Artagnan lui raconta les précautions prises, et comment, grâce au dévouement de ses trois amis, qu'il avait éparpillés tout sanglants sur la route, il était arrivé à en être quitte pour le coup d'épée qui avait traversé le billet de la reine, et qu'il avait rendu à M. de Wardes en si terrible monnaie.[1] Tout en écoutant ce récit, fait avec la plus grande simplicité, le duc regardait de temps en temps le jeune homme d'un air étonné, comme s'il n'eût pas pu comprendre que tant de prudence, de courage et de dévouement s'alliât avec un visage qui n'indiquait pas encore vingt ans.

Les chevaux allaient comme le vent, et en quelques minutes ils furent aux portes de Londres. D'Artagnan avait cru qu'en arrivant dans la ville le duc allait ralentir l'allure du sien, mais il n'en fut pas ainsi: il continua sa route à fond de train, s'inquiétant peu de renverser ceux qui étaient sur son chemin. En effet, en traversant la Cité, deux ou trois accidents de ce genre arrivèrent; mais Buckingham ne détourna pas même la tête pour regarder ce qu'étaient devenus ceux qu'il avait culbutés. D'Artagnan le suivait au milieu de cris qui ressemblaient fort à des malédictions.

En entrant dans la cour de l'hôtel, Buckingham sauta à bas de son cheval, et, sans s'inquiéter de ce qu'il deviendrait, il lui jeta la bride sur le cou, et s'élança vers le perron. D'Artagnan en fit autant, avec un peu plus d'inquiétude, cependant, pour ces nobles animaux dont il avait pu apprécier le mérite; mais il eut la consolation de voir que trois ou quatre valets s'étaient déjà élancés des cuisines et des écuries, et s'emparaient aussitôt de leurs montures.

Le duc marchait si rapidement, que d'Artagnan avait peine à le suivre. Il traversa successivement plusieurs salons d'une élégance dont les plus grands seigneurs de France n'avaient pas même l'idée, et il parvint enfin dans une chambre à coucher qui était à la fois un miracle de goût et de richesse. Dans l'alcôve de cette chambre était une porte, prise dans la tapisserie,[2] que le duc ouvrit avec une petite clé d'or qu'il portait suspendue à son cou par une chaîne du même métal. Par discrétion, d'Artagnan était resté en arrière; mais au moment où Buckingham franchissait le seuil de cette porte, il se retourna, et, voyant l'hésitation du jeune homme:

—Venez, lui dit-il, et si vous avez le bonheur d'être admis en la présence de Sa Majesté, dites-lui ce que vous avez vu.

Encouragé par cette invitation, d'Artagnan suivit le duc, qui referma la porte derrière lui.

Tous deux se trouvèrent alors dans une petite chapelle toute tapissée de soie de Perse et brochée d'or, ardemment [3] éclairée par un grand nombre de bougies. Au-dessus d'une espèce d'autel, et au-dessous d'un dais de velours bleu, surmonté de plumes blanches et rouges, était un portrait de grandeur naturelle représentant Anne d'Autriche, si parfaitement ressemblant, que d'Artagnan poussa un cri de surprise : on eût cru que la reine allait parler.

Sur l'autel, et au-dessous du portrait, était le coffret qui renfermait les ferrets de diamants.

Le duc s'approcha de l'autel, s'agenouilla comme eût pu faire un prêtre devant le Christ; [4] puis il ouvrit le coffret.

— Tenez, lui dit-il en tirant du coffret un gros nœud de ruban bleu tout étincelant de diamants; tenez, voici ces précieux ferrets avec lesquels j'avais fait le serment d'être enterré. La reine me les avait donnés, la reine me les reprend : sa volonté, comme celle de Dieu, soit faite en toutes choses.

Puis il se mit à baiser les uns après les autres ces ferrets dont il allait se séparer. Tout à coup il poussa un cri terrible.

— Qu'y a-t-il? demanda d'Artagnan avec inquiétude, et que vous arrive-t-il, milord?

— Il y a que tout est perdu, s'écria Buckingham en devenant pâle comme un trépassé; deux de ces ferrets manquent, il n'y en a plus que dix.

— Milord les a-t-il perdus, ou croit-il qu'on les lui ait volés?

— On me les a volés, reprit le duc, et c'est le cardinal qui a fait le coup. Tenez, voyez, les rubans qui les soutenaient ont été coupés avec des ciseaux.

— Si milord pouvait se douter qui a commis le vol . . . Peut-être la personne les a-t-elle encore entre les mains.

— Attendez, attendez! s'écria le duc. La seule fois que j'aie mis ces ferrets, c'était au bal du roi, il y a huit jours, à Windsor. La comtesse de Winter, avec laquelle j'étais

brouillé, s'est rapprochée de moi à ce bal. Ce raccommode-
ment, c'était une vengeance de femme jalouse. Depuis ce
jour, je ne l'ai pas revue. Cette femme est un agent du
cardinal.

— Mais il en a donc dans le monde entier! s'écria
d'Artagnan.

— Oh! oui, oui, dit Buckingham en serrant les dents de
colère; oui, c'est un terrible lutteur.[5] Mais cependant,
quand doit avoir lieu ce bal?

— Lundi prochain.

— Lundi prochain! Cinq jours encore, c'est plus de temps
qu'il ne nous en faut. Patrice! s'écria le duc en ouvrant la
porte de la chapelle, Patrice!

Son valet de chambre de confiance parut.

— Mon joaillier et mon secrétaire!

Le valet de chambre sortit avec une promptitude et un
mutisme qui prouvaient l'habitude qu'il avait contractée
d'obéir aveuglément et sans réplique.

Buckingham met un embargo sur tous les vaisseaux en partance
dans les ports d'Angleterre, enferme son joaillier chez lui et le fait
travailler à la confection des deux ferrets qui manquent.

Le surlendemain à onze heures, les deux ferrets en diamants étaient achevés, mais si exactement imités, mais si
parfaitement pareils, que Buckingham ne put reconnaître
les nouveaux des anciens, et que les plus exercés en pareille
matière y auraient été trompés comme lui.

Aussitôt il fit appeler d'Artagnan.

— Tenez, lui dit-il, voici les ferrets de diamants que vous
êtes venu chercher, et soyez mon témoin que tout ce que la
puissance humaine pouvait faire, je l'ai fait.

XXII.

LE BALLET DE LA MERLAISON.

Le lendemain il n'était bruit dans tout Paris que du bal que messieurs les échevins [1] de la ville donnaient au roi et à la reine, et dans lequel Leurs Majestés devaient danser le fameux ballet de la Merlaison,[2] qui était le ballet favori du roi.

Depuis huit jours on préparait en effet toutes choses à l'hôtel de ville pour cette solennelle soirée. Le menuisier de la ville avait dressé des échafauds sur lesquels devaient se tenir les dames invitées ; l'épicier de la ville avait garni les salles de deux cents flambeaux de cire blanche, ce qui était un luxe inouï pour cette époque ; enfin vingt violons avaient été prévenus, et le prix qu'on leur accordait avait été fixé au double du prix ordinaire, attendu, dit ce rapport, qu'ils devaient sonner [3] toute la nuit.

À dix heures du matin, le sieur de La Coste, enseigne des gardes du roi, suivi de deux exempts [4] et de plusieurs archers du corps,[5] vint demander au greffier de la ville, nommé Clément, toutes les clés des portes, des chambres et bureaux de l'hôtel. Ces clés lui furent remises à l'instant même ; chacune d'elles portait un billet qui devait servir à la faire reconnaître, et à partir de ce moment le sieur de La Coste fut chargé de la garde de toutes les portes et de toutes les avenues.

À onze heures, vint à son tour Duhallier, capitaine des gardes, amenant avec lui cinquante archers qui se répartirent aussitôt dans l'hôtel de ville, aux portes qui leur avaient été assignées.

A trois heures, arrivèrent deux compagnies des gardes, l'une française, l'autre suisse.[6] La compagnie des gardes-françaises était composée moitié des hommes de M. Duhallier, moitié des hommes de M. des Essarts.

A six heures du soir, les invités commencèrent à entrer. A mesure qu'ils entraient, ils étaient placés dans la grande salle, sur les échafauds préparés.

A neuf heures arriva madame la première présidente.[7] Comme c'était, après la reine, la personne la plus considérable de la fête, elle fut reçue par messieurs de la ville[8] et placée dans la loge en face de celle que devait occuper la reine.

A dix heures on dressa la collation des confitures[9] pour le roi, dans la petite salle du côté de l'église Saint-Jean, et cela en face du buffet d'argent de la ville,[10] qui était gardé par quatre archers.

A minuit on entendit de grands cris et de nombreuses acclamations : c'était le roi qui s'avançait à travers les rues qui conduisent du Louvre à l'hôtel de ville, et qui étaient toutes illuminées avec des lanternes de couleur.

Aussitôt messieurs les échevins, vêtus de leurs robes de drap et précédés de six sergents tenant chacun un flambeau à la main, allèrent au-devant du roi, qu'ils rencontrèrent sur les degrés, où le prévôt des marchands[11] lui fit compliment sur sa bienvenue ; compliment auquel Sa Majesté répondit en s'excusant d'être venue si tard, mais en rejetant la faute sur M. le cardinal, lequel l'avait retenu jusqu'à onze heures pour parler des affaires de l'État.

Sa Majesté, en habit de cérémonie, était accompagnée de S. A. R. Monsieur, du comte de Soissons, du grand prieur, du duc de Longueville, du duc d'Elbeuf, du comte d'Harcourt, du comte de La Roche-Guyon, de M. de Liancourt, de M. de Baradas, du comte de Cramail et du chevalier de Souveray.

Chacun remarqua que le roi avait l'air triste et préoccupé.

Un cabinet avait été préparé pour le roi et un autre pour Monsieur. Dans chacun de ces cabinets étaient déposés des habits de masques. Autant avait été fait pour la reine et pour madame la présidente. Les seigneurs et les dames de la suite de Leurs Majestés devaient s'habiller deux par deux dans des chambres préparées à cet effet.

Avant d'entrer dans le cabinet, le roi recommanda qu'on le vint prévenir aussitôt que paraîtrait le cardinal.

Une demi-heure après l'entrée du roi, de nouvelles acclamations retentirent : celles-là annonçaient l'arrivée de la reine : les échevins firent ainsi qu'ils avaient fait déjà, et, précédés des sergents, ils s'avancèrent au-devant de leur illustre convive.

La reine entra dans la salle : on remarqua que, comme le roi, elle avait l'air triste et surtout fatigué.

Au moment où elle entrait, le rideau d'une petite tribune qui jusque-là était resté fermé s'ouvrit, et l'on vit apparaître la tête pâle du cardinal vêtu en cavalier espagnol. Ses yeux se fixèrent sur ceux de la reine, et un sourire de joie terrible passa sur ses lèvres : la reine n'avait pas ses ferrets de diamants.[12]

La reine resta quelque temps à recevoir les compliments de messieurs de la ville et à répondre aux saluts des dames.

Tout à coup le roi apparut avec le cardinal à l'une des portes de la salle. Le cardinal lui parlait tout bas, et le roi était très-pâle.

Le roi fendit la foule et, sans masque, les rubans de son pourpoint à peine noués, il s'approcha de la reine, et d'une voix altérée :

— Madame, lui dit-il, pourquoi donc, s'il vous plaît, n'avez-vous point vos ferrets de diamants, quand vous savez qu'il m'eût été agréable de les voir ?

La reine étendit son regard autour d'elle, et vit derrière le cardinal qui souriait d'un sourire diabolique.

— Sire, répondit la reine d'une voix altérée, parce qu'au milieu de cette grande foule, j'ai craint qu'il ne leur arrivât malheur.

— Et vous avez eu tort, Madame! si je vous ai fait ce cadeau, c'était pour que vous vous en pariez. Je vous dis que vous avez eu tort.

Et la voix du roi était tremblante de colère; chacun regardait et écoutait avec étonnement, ne comprenant rien à ce qui se passait.

— Sire, dit la reine, je puis les envoyer chercher au Louvre, où ils sont, et ainsi les désirs de Votre Majesté seront accomplis.

— Faites, Madame, faites, et cela au plus tôt: car dans une heure le ballet va commencer.

La reine salua en signe de soumission et suivit les dames qui devaient la conduire à son cabinet.

De son côté le roi regagna le sien.

Il y eut dans la salle un moment de trouble et de confusion.

Tout le monde avait pu remarquer qu'il s'était passé quelque chose entre le roi et la reine; mais tous deux avaient parlé si bas, que chacun, par respect, s'étant éloigné de quelques pas, personne n'avait rien entendu. Les violons sonnaient de toutes leurs forces, mais on ne les écoutait pas.

Le roi sortit le premier de son cabinet; il était en costume de chasse des plus élégants, et Monsieur et les autres seigneurs étaient habillés comme lui. C'était le costume que le roi portait le mieux, et vêtu ainsi il semblait véritablement le premier gentilhomme de son royaume.

Le cardinal s'approcha du roi et lui remit une boîte. Le roi l'ouvrit et y trouva deux ferrets de diamants.

— Que veut dire cela? demanda-t-il au cardinal.

— Rien, répondit celui-ci ; seulement si la reine a les ferrets, ce dont je doute, comptez-les, sire, et si vous n'en
trouvez que dix, demandez à Sa Majesté qui peut lui avoir
dérobé les deux ferrets que voici.

Le roi regarda le cardinal comme pour l'interroger ; mais
il n'eut le temps de lui adresser aucune question : un cri
d'admiration sortit de toutes les bouches. Si le roi semblait
le premier gentilhomme de son royaume, la reine était à
coup sûr la plus belle femme de France.

Il est vrai que sa toilette de chasseresse lui allait à merveille ; elle avait un chapeau de feutre avec des plumes
bleues, un surtout en velours gris-perlé rattaché avec des
agrafes de diamants, et une jupe de satin bleu toute brodée
d'argent. Sur son épaule gauche étincelaient les ferrets
soutenus par un nœud de même couleur que les plumes et
la jupe.

Le roi tressaillit de joie et le cardinal de colère ; cependant, distants comme ils l'étaient de la reine, ils ne pouvaient
compter les ferrets ; la reine les avait ; seulement en avait-
elle dix ou en avait-elle douze ?

En ce moment les violons sonnèrent le signal du ballet.
Le roi s'avança vers madame la présidente, avec laquelle il
devait danser, et Son Altesse Monsieur avec la reine. On
se mit en place, et le ballet commença.

Le roi figurait en face de la reine, et chaque fois qu'il
passait près d'elle il dévorait du regard ses ferrets, dont il
ne pouvait savoir le compte. Une sueur froide couvrait le
front du cardinal.

Le ballet dura une heure ; il avait seize entrées.[13]

Le ballet fini, au milieu des applaudissements de toute la
salle, chacun reconduisit sa dame à sa place ; mais le roi
profita du privilége qu'il avait de laisser la sienne où il se
trouvait pour s'avancer vivement vers la reine.

— Je vous remercie, Madame, lui dit-il, de la déférence

que vous avez montrée pour mes désirs, mais je crois qu'il vous manque deux ferrets, et je vous les rapporte.

A ces mots, il tendit à la reine les deux ferrets que lui avait remis le cardinal.

— Comment, sire ! s'écria la jeune reine jouant la surprise, vous m'en donnez encore deux autres ; mais alors cela m'en fera donc quatorze ?

En effet le roi compta, et les douze ferrets se trouvèrent sur l'épaule de Sa Majesté.

Le roi appela le cardinal :

— Eh bien ! que signifie cela, monsieur le cardinal ? demanda le roi d'un ton sévère.

— Cela signifie, sire, répondit le cardinal, que je désirais faire accepter ces deux ferrets à Sa Majesté, et que n'osant les lui offrir moi-même j'ai adopté ce moyen.

— Et j'en suis d'autant plus reconnaissante à Votre Éminence, répondit Anne d'Autriche avec un sourire qui prouvait qu'elle n'était pas dupe de cette ingénieuse galanterie, que je suis certaine que ces deux ferrets vous coûtent aussi cher à eux seuls que les douze autres ont coûté à Sa Majesté.

Puis, ayant salué le roi et le cardinal, la reine reprit le chemin de la chambre où elle s'était habillée et où elle devait se dévêtir.

L'attention que nous avons été obligés de donner pendant le commencement de ce chapitre aux personnages illustres que nous y avons introduits, nous a écartés un instant de celui à qui Anne d'Autriche devait le triomphe inouï qu'elle venait de remporter sur le cardinal, et qui, confondu, ignoré perdu dans la foule entassée à l'une des portes, regardait de là cette scène compréhensible seulement pour quatre personnes, le roi, la reine, Son Éminence et lui.

D'Artagnan est appelé chez la reine, qui lui donne une magnifique bague en diamants.

XXIII.–XXVII.

M. de Tréville conseille à d'Artagnan d'aller retrouver ses trois amis éparpillés en route. Avant de partir le jeune garde apprend que Madame Bonacieux a été enlevée une seconde fois par les gens du cardinal. Il retrouve Porthos à Chantilly, et Aramis à Crèvecœur; de là il se rend à Amiens.

Vers onze heures du matin, on aperçut Amiens; à onze heures et demie, on était à la porte de l'auberge maudite.

D'Artagnan avait souvent médité contre l'hôte perfide une de ces bonnes vengeances qui consolent, rien qu'en espérance. Il entra donc dans l'hôtellerie le feutre sur les yeux, la main gauche sur le pommeau de l'épée et faisant siffler sa cravache de la main droite.

— Me reconnaissez-vous? dit-il à l'hôte, qui s'avançait pour le saluer.

— Je n'ai pas cet honneur, Monseigneur, répondit celui-ci, les yeux encore éblouis du brillant équipage avec lequel d'Artagnan se présentait.

— Ah! vous ne me connaissez pas!

— Non, Monseigneur.

— Eh bien! deux mots vont vous rendre la mémoire. Qu'avez-vous fait de ce gentilhomme à qui vous eûtes l'audace, voici quinze jours passés à peu près, d'intenter une accusation de fausse monnaie?

L'hôte pâlit, car d'Artagnan avait pris l'attitude la plus menaçante, et Planchet se modelait sur son maître.

— Ah! Monseigneur, ne m'en parlez pas, s'écria l'hôte de son ton de voix le plus larmoyant; ah! seigneur, combien j'ai payé cher cette faute. Ah! malheureux que je suis!

— Ce gentilhomme, vous dis-je, qu'est-il devenu ?

— Daignez m'écouter, Monseigneur. et soyez clément.
Voyons, asseyez-vous, par grâce !

D'Artagnan, muet de colère et d'inquiétude, s'assit menaçant comme un juge. Planchet s'adossa fièrement à son
fauteuil.

— Voici l'histoire, Monseigneur, reprit l'hôte tout trem-
blant, car je vous reconnais à cette heure : c'est vous qui
êtes parti quand j'eus ce malheureux démêlé avec ce gentilhomme dont vous parlez.

— Oui, c'est moi ; ainsi vous voyez bien que vous n'avez
pas de grâce à attendre si vous ne dites pas toute la vérité.

— Aussi veuillez m'écouter, et vous la saurez tout entière.

— J'écoute.

— J'avais été prévenu par les autorités qu'un faux monnayeur[1] célèbre arriverait à mon auberge avec plusieurs de
ses compagnons, tous déguisés sous le costume de gardes
ou de mousquetaires. Vos chevaux, vos laquais, votre
figure, Messeigneurs, tout m'avait été dépeint.

— Après, après ? dit d'Artagnan, qui reconnut bien vite
d'où venait le signalement si exactement donné.

— Je pris donc, d'après les ordres de l'autorité, qui m'envoya un renfort de six hommes, telles mesures que je crus
urgentes afin de m'assurer de la personne des prétendus
faux monnayeurs.

— Encore ! dit d'Artagnan, à qui ce mot de faux monnayeur échauffait terriblement les oreilles.[2]

— Pardonnez-moi, Monseigneur, de dire de telles choses,
mais elles sont justement mon excuse. L'autorité m'avait
fait peur, et vous savez qu'un aubergiste doit ménager
l'autorité.

— Mais encore une fois, ce gentilhomme, où est-il ? qu'est-
il devenu ?   Est-il mort ? est-il vivant ?

— Patience, Monseigneur, nous y voici.[3] Il arriva donc

ce que vous savez, et dont votre départ précipité, ajouta l'hôte avec une finesse qui n'échappa point à d'Artagnan, semblait autoriser l'issue. Ce gentilhomme, votre ami, se défendit en désespéré. Son valet, qui, par un malheur imprévu, avait cherché querelle aux gens de l'autorité, déguisés en garçons d'écurie. . . .

— Ah! misérable! s'écria d'Artagnan, vous étiez tous d'accord, et je ne sais à quoi tient que je ne vous extermine tous!

— Hélas! non, Monseigneur, nous n'étions pas tous d'accord, et vous l'allez bien voir. Monsieur votre ami (pardon de ne point l'appeler par le nom honorable qu'il porte sans doute, mais nous ignorons ce nom), monsieur votre ami, après avoir mis hors de combat deux hommes de ses deux coups de pistolet, battit en retraite en se défendant avec son épée dont il estropia encore un de mes hommes, et d'un coup du plat de laquelle il m'étourdit.

— Mais, bourreau, finiras-tu? dit d'Artagnan; Athos, que devint Athos?

— En battant en retraite, comme j'ai dit à Monseigneur, il trouva derrière lui l'escalier de la cave, et, comme la porte était ouverte, il tira la clé à lui et se barricada en dedans. Comme on était sûr de le retrouver là, on le laissa libre.

— Oui, dit d'Artagnan, on ne tenait pas tout à fait à le tuer, on ne cherchait qu'à l'emprisonner.

— À l'emprisonner, Monseigneur? il s'emprisonna bien lui-même, je vous le jure. D'abord il avait fait de rude besogne,⁴ un homme était tué sur le coup, et deux autres étaient blessés grièvement. Le mort et les deux blessés furent emportés par leurs camarades, et jamais je n'ai plus entendu parler ni des uns ni des autres. Moi-même, quand je repris mes sens, j'allai trouver M. le gouverneur, auquel je racontai tout ce qui s'était passé, et auquel je demandai ce que je devais faire du prisonnier. Mais M. le gouverneur

eut l'air de tomber des nues;[5] il me dit qu'il ignorait complétement ce que je voulais dire, que les ordres qui m'étaient
parvenus n'émanaient pas de lui, et que si j'avais le malheur de dire à qui que ce fût qu'il était pour quelque chose
dans toute cette échauffourée, il me ferait pendre. Il
paraît que je m'étais trompé, Monsieur, que j'avais arrêté
l'un pour l'autre, et que celui qu'on devait arrêter s'était
sauvé.

— Mais Athos ? s'écria d'Artagnan, dont l'impatience
doublait de l'abandon où l'autorité laissait la chose; Athos,
qu'est-il devenu ?

— Comme j'avais hâte de réparer mes torts envers le
prisonnier, reprit l'aubergiste, je m'acheminai vers la cave
afin de lui rendre sa liberté. Ah! Monsieur, ce n'était plus
un homme, c'était un diable. A cette proposition de liberté,
il déclara que c'était un piége qu'on lui tendait et qu'avant
de sortir il entendait imposer ses conditions. Je lui dis
bien humblement, car je ne me dissimulais pas la mauvaise
position où je m'étais mis en portant la main sur un mousquetaire de Sa Majesté, je lui dis que j'étais prêt à me sou-
mettre à ses conditions.

— D'abord, dit-il, je veux qu'on me rende mon valet tout
armé.

On s'empressa d'obéir à cet ordre; car vous comprenez
bien, Monsieur, que nous étions disposés à faire tout ce que
voudrait votre ami. M. Grimaud (il a dit son nom, celui-là,
quoiqu'il ne parle pas beaucoup); M. Grimaud fut donc descendu à la cave, tout blessé qu'il était; alors, son maître
l'ayant reçu, rebarricada la porte et nous ordonna de rester
dans notre boutique.

— Mais enfin, s'écria d'Artagnan, où est-il? où est Athos ?

— Dans la cave, Monsieur.

— Comment, malheureux, vous le retenez dans la cave
depuis ce temps-là ?

— Bonté divine! Non, Monsieur. Nous le retenir dans la cave! vous ne savez donc pas ce qu'il y fait, dans la cave? Ah! si vous pouviez l'en faire sortir, Monsieur, je vous en serais reconnaissant toute ma vie, je vous adorerais comme mon patron.

— Alors il est là? je le retrouverai là?

— Sans doute, Monsieur: il s'est obstiné à y rester. Tous les jours on lui passe par le soupirail du pain au bout d'une fourche, et de la viande quand il en demande; mais, hélas! ce n'est pas de pain et de viande qu'il fait la plus grande consommation. Une fois j'ai essayé de descendre avec deux de mes garçons, mais il est entré dans une terrible fureur. J'ai entendu le bruit de ses pistolets qu'il armait et de son mousqueton qu'armait son domestique. Puis, comme nous leur demandions quelles étaient leurs intentions, le maître a répondu qu'ils avaient quarante coups à tirer, lui et son laquais, et qu'ils les tireraient jusqu'au dernier plutôt que de permettre qu'un seul de nous mît le pied dans la cave. Alors, Monsieur, j'ai été me plaindre au gouverneur, lequel m'a répondu que je n'avais que ce que je méritais, et que cela m'apprendrait à insulter les honorables seigneurs qui prenaient gîte chez moi.

— De sorte que depuis ce temps?... reprit d'Artagnan ne pouvant s'empêcher de rire de la figure pitieuse de son hôte.

— De sorte que depuis ce temps, Monsieur, continua celui-ci, nous menons la vie la plus triste qui se puisse voir: car, Monsieur, il faut que vous sachiez que toutes nos provisions sont dans la cave: il y a notre vin en bouteilles et notre vin en pièces,[6] la bière, l'huile et les épices, le lard et les saucissons; et comme il nous est défendu d'y descendre, nous sommes forcés de refuser le boire et le manger aux voyageurs qui nous arrivent, de sorte que tous les jours notre hôtellerie se perd. Encore une semaine avec votre ami dans ma cave, et nous sommes ruinés.

— Et ce sera justice, drôle. Ne voyait-on pas bien, à notre mine, que nous étions gens de qualité et non faussaires, dites ?

— Oui, monsieur, oui, vous avez raison, dit l'hôte. Mais tenez, tenez, le voilà qui s'emporte.

— Sans doute qu'on l'aura troublé, dit d'Artagnan.

— Mais il faut bien qu'on le trouble, s'écria l'hôte ; il vient de nous arriver deux gentilshommes anglais.

— Eh bien ?

— Eh bien ! les Anglais aiment le bon vin, comme vous savez, Monsieur ; ceux-ci ont demandé du meilleur. Ma femme alors aura sollicité de M. Athos la permission d'entrer pour satisfaire ces messieurs ; et il aura refusé comme de coutume. Ah ! bonté divine ! voilà le sabbat qui redouble !

D'Artagnan, en effet, entendit mener un grand bruit du côté de la cave ; il se leva, et, précédé de l'hôte, qui se tordait les mains, et suivi de Planchet qui tenait son mousqueton tout armé, il s'approcha du lieu de la scène.

Les deux gentilshommes étaient exaspérés, ils avaient fait une longue course et mouraient de faim et de soif.

— Mais c'est une tyrannie, s'écriaient-ils en très-bon français quoique avec un accent étranger, que ce maître fou ne veuille pas laisser à ces bonnes gens l'usage de leur vin. Çà, nous allons enfoncer la porte, et s'il est trop enragé, eh bien ! nous le tuerons.

— Tout beau,[7] Messieurs ! dit d'Artagnan en tirant ses pistolets de sa ceinture ; vous ne tuerez personne, s'il vous plaît.

— Bon, bon, disait derrière la porte la voix calme d'Athos, qu'on les laisse un peu entrer, ces mangeurs de petits enfants, et nous allons voir.

Tout braves qu'ils paraissaient être, les deux gentilshommes anglais se regardèrent en hésitant ; on eut dit qu'il y avait dans cette cave un de ces ogres faméliques, gigantesques héros des légendes populaires, et dont nul ne force impunément la caverne.

Il y eut un moment de silence ; mais enfin les deux Anglais eurent honte de reculer, et le plus hargneux des deux descendit les cinq ou six marches dont se composait l'escalier et donna dans la porte un coup de pied à fendre une muraille.

— Planchet, dit d'Artagnan en armant ses pistolets, je me charge de celui qui est en haut, charge-toi de celui qui est en bas. Ah, Messieurs ! vous voulez de la bataille ! eh bien ! on va vous en donner !

— Mon Dieu, s'écria la voix creuse d'Athos, j'entends d'Artagnan, ce me semble.

— En effet, dit d'Artagnan en haussant la voix à son tour, c'est moi-même, mon ami.

— Ah, bon ! alors, dit Athos, nous allons les travailler, ces enfonceurs de portes.

Les gentilshommes avaient mis l'épée à la main, mais ils se trouvaient pris entre deux feux ; ils hésitèrent un instant encore ; mais, comme la première fois l'orgueil l'emporta, et un second coup de pied fit craquer la porte dans toute sa hauteur.

— Range-toi, d'Artagnan, range-toi, cria Athos ; range-toi, je vais tirer.

— Messieurs ! dit d'Artagnan, que la réflexion n'abandonnait jamais, Messieurs, songez-y ! De la patience, Athos. Vous vous engagez là dans une mauvaise affaire et vous allez être criblés. Voici mon valet et moi qui vous lâcherons trois coups de feu, autant vous arriveront de la cave ; puis nous aurons encore nos épées, dont, je vous assure, mon ami et moi nous jouons passablement. Laissez-moi faire vos affaires et les miennes. Tout à l'heure vous aurez à boire, je vous en donne ma parole.

— S'il en reste, grogna la voix railleuse d'Athos.

L'hôtelier sentit une sueur froide couler le long de son échine.

— Comment, s'il en reste ! murmura-t-il.

— Que diable ! il en restera, reprit d'Artagnan ; soyez donc tranquille, à eux deux il n'auront pas bu toute la cave. Messieurs, remettez vos épées au fourreau.

— Eh bien ! vous, remettez vos pistolets à votre ceinture.

— Volontiers.

Et d'Artagnan donna l'exemple. Puis, se retournant vers Planchet, il lui fit signe de désarmer son mousqueton.

Les Anglais, convaincus, remirent en grommelant leurs épées au fourreau. On leur raconta l'histoire de l'emprisonnement d'Athos. Et comme ils étaient bons gentilshommes, ils donnèrent tort à l'hôtelier.

— Maintenant, Messieurs, dit d'Artagnan, remontez chez vous, et, dans dix minutes, je vous réponds qu'on vous y portera tout ce que vous pourrez désirer.

Les Anglais saluèrent et sortirent.

— Maintenant que je suis seul, mon cher Athos, dit d'Artagnan, ouvrez-moi la porte, je vous en prie.

— À l'instant même, dit Athos.

Alors on entendit un grand bruit de fagots entre-choqués et de poutres gémissantes : c'était les contrescarpes et les bastions d'Athos, que l'assiégé démolissait lui-même.

Un instant après la porte s'ébranla, et l'on vit paraître la tête pâle d'Athos qui, d'un coup d'œil rapide, explorait les environs.

D'Artagnan se jeta à son cou et l'embrassa tendrement ; puis il voulut l'entraîner hors de ce séjour humide : alors seulement il s'aperçut qu'Athos chancelait.

— Vous êtes blessé ? lui dit-il.

— Moi ! pas le moins du monde ; je suis ivre-mort, voilà tout, et jamais homme n'a mieux fait ce qu'il fallait pour cela. Il faut que j'en aie bu au moins pour ma part cent cinquante bouteilles.

— Miséricorde ! s'écria l'hôte, si le valet en a bu la moitié
du maître seulement, je suis ruiné.

— Grimaud est un laquais de bonne maison, qui ne se
serait pas permis de faire le même ordinaire que moi ; il a
bu à la pièce seulement : tenez, je crois qu'il a oublié de
remettre le fausset. Entendez-vous ? cela coule !

D'Artagnan partit d'un éclat de rire qui changea le frisson
de l'hôte en fièvre chaude.

En même temps, Grimaud parut à son tour derrière son
maître, le mousqueton sur l'épaule, la tête tremblante,
comme ces satyres ivres des tableaux de Rubens. Il était
arrosé par devant et par derrière d'une liqueur grasse que
l'hôte reconnut pour être sa meilleure huile d'olive.

Le cortége traversa la grande salle et alla s'installer dans
la meilleure chambre de l'auberge, que d'Artagnan occupa
d'autorité.

Pendant ce temps l'hôte et sa femme se précipitèrent avec
des lampes dans la cave, qui leur avait été si longtemps
interdite et où un affreux spectacle les attendait.

Au delà des fortifications auxquelles Athos avait fait
brèche pour sortir et qui se composaient de fagots, de
planches et de futailles vides entassées selon toutes les
règles de l'art stratégique, on voyait çà et là, nageant dans
des mares d'huile et de vin, les ossements de tous les
jambons mangés, tandis qu'un amas de bouteilles cassées
jonchait tout l'angle gauche de la cave et qu'un tonneau,
dont le robinet était resté ouvert, perdait par cette ouver-
ture les dernières gouttes de son sang. L'image de la dé-
vastation et de la mort, comme dit le poëte de l'antiquité,
régnait comme sur un champ de bataille.

Sur cinquante saucissons pendus aux solives, dix restaient
à peine.

Alors les hurlements de l'hôte et de l'hôtesse percèrent la
voûte de la cave ; d'Artagnan lui-même en fut ému. Athos
ne tourna pas même la tête.

Mais à la douleur succéda la rage. L'hôte s'arma d'une broche, et, dans son désespoir, s'élança dans la chambre où les deux amis s'étaient retirés.

— Du vin! dit Athos en apercevant l'hôte.

— Du vin! s'écria l'hôte stupéfait, du vin! mais vous m'en avez bu pour plus de cent pistoles; mais je suis un homme ruiné, perdu, anéanti!

— Bah! dit Athos, nous sommes constamment restés sur notre soif.[8]

— Si vous vous étiez contentés de boire, encore; mais vous avez cassé toutes les bouteilles.

— Vous m'avez poussé sur un tas qui a dégringolé. C'est votre faute.

— Toute mon huile est perdue!

— L'huile est un baume souverain pour les blessures, et il fallait bien que ce pauvre Grimaud pansât celles que vous lui avez faites.

— Tous mes saucissons rongés!

— Il y a énormément de rats dans cette cave.

— Vous allez me payer tout cela, cria l'hôte exaspéré.

— Triple drôle, dit Athos en se soulevant; mais il retomba aussitôt: il venait de donner la mesure de ses forces. D'Artagnan vint à son secours en levant sa cravache.

L'hôte recula d'un pas et se mit à fondre en larmes.

— Cela vous apprendra, dit d'Artagnan, à traiter d'une façon plus courtoise les hôtes que Dieu vous envoie.

— Dieu! dites le diable!

— Mon cher ami, dit d'Artagnan, si vous nous rompez encore les oreilles, nous allons nous renfermer tous les quatre dans votre cave, et nous verrons si véritablement le dégât est aussi grand que vous le dites.

— Eh bien! oui, Messieurs, dit l'hôte, j'ai tort, je l'avoue, mais à tout péché miséricorde:[9] vous êtes des seigneurs et je suis un pauvre aubergiste, vous aurez pitié de moi.

— Ah ! si tu parles comme cela, dit Athos, tu vas me fendre le cœur, et les larmes vont couler de mes yeux comme le vin coulait de tes futailles. On n'est pas si diable qu'on en a l'air.[10] Voyons, viens ici et causons.

L'hôte s'approcha avec inquiétude.

— Viens, te dis-je, et n'aie pas peur, continua Athos. Au moment où j'allais te payer, j'avais posé ma bourse sur la table.

— Oui, Monseigneur.

— Cette bourse contenait soixante pistoles, où est-elle ?

— Déposée au greffe ;[11] Monseigneur : on avait dit que c'était de la fausse monnaie.

— Eh bien ! fais-toi rendre ma bourse et garde les soixante pistoles.

— Mais Monseigneur sait bien que le greffe ne lâche pas ce qu'il tient. Si c'était de la fausse monnaie, il y aurait encore de l'espoir ; mais malheureusement ce sont de bonnes pièces.

— Arrange-toi avec lui, mon brave homme, cela ne me regarde pas, d'autant plus qu'il ne me reste pas une livre.

— Voyons, dit d'Artagnan, l'ancien cheval d'Athos, où est-il ?

— A l'écurie.

— Combien vaut-il ?

— Cinquante pistoles tout au plus.

— Il en vaut quatre-vingts, prends-le et que tout soit dit.

— Comment ! tu vends mon cheval, dit Athos, tu vends mon Bajazet ? et sur quoi ferai-je la campagne, sur Grimaud ?

— Je t'en amène un autre, dit d'Artagnan.

— Un autre ?

— Et magnifique ! s'écria l'hôte.

— Alors, s'il y en a un autre plus beau et plus jeune, prends le vieux, et à boire.

— Duquel ? demanda l'hôte tout à fait rasséréné.

— De celui qui est au fond, près des lattes : il en reste encore vingt-cinq bouteilles, toutes les autres ont été cassées dans ma chute. Montez-en six.

— Mais c'est un foudre que cet homme ![12] dit l'hôte à part lui ; s'il reste seulement quinze jours ici, et qu'il paye ce qu'il boira, je rétablirai mes affaires.

— Et n'oublie pas, continua d'Artagnan, de monter quatre bouteilles du pareil aux deux seigneurs anglais.

— Maintenant, dit Athos, en attendant qu'on nous apporte du vin, conte-moi, d'Artagnan, ce que sont devenus les autres ; voyons.

D'Artagnan lui raconta comment il avait trouvé Porthos dans son lit avec une foulure, et Aramis à une table entre les deux théologiens. Comme il achevait, l'hôte rentra avec les bouteilles demandées et un jambon qui, heureusement pour lui, était resté hors de la cave.

— C'est bien, dit Athos en remplissant son verre et celui de d'Artagnan, voilà pour Porthos et pour Aramis ; mais vous, mon ami, qu'avez-vous et que vous est-il arrivé personnellement ?   Je vous trouve un air sinistre.

Athos, un peu ivre, raconte à d'Artagnan qu'il avait autrefois épousé une jeune fille, blonde, fort belle, et qu'il aimait passionnément. Un jour qu'elle était à la chasse avec lui, elle tomba de cheval et s'évanouit. En lui portant secours Athos découvrit que sa femme était marquée[13] d'une fleur de lis ; elle avait sans doute volé. Dans un accès de colère et d'horreur il la pendit sur le champ à un arbre, ayant, sur ses domaines, droit de justice basse et haute.[14]

XXVIII.

Athos et d'Artagnan rejoignent Porthos et Aramis et les quatre amis retournent ensemble à Paris.

En arrivant à Paris, d'Artagnan trouva une lettre de M. de Tréville qui le prévenait que, sur sa demande, le roi venait de lui accorder la faveur d'entrer dans les mousquetaires.

Comme c'était tout ce que d'Artagnan ambitionnait au monde, il courut tout joyeux chez ses camarades, qu'il venait de quitter il y avait une demi-heure, et qu'il trouva fort tristes et fort préoccupés. Ils étaient réunis en conseil chez Athos : ce qui indiquait toujours des circonstances d'une certaine gravité.

M. de Tréville venait de les faire prévenir que l'intention bien arrêtée de Sa Majesté étant d'ouvrir la campagne le 1er mai, ils eussent à préparer incontinent leurs équipages.[1]

Les quatre philosophes se regardèrent tout ébahis : M. de Tréville ne plaisantait pas sous le rapport de la discipline.

— Et à combien estimez-vous ces équipages ? dit d'Artagnan.

— Oh ! il n'y a pas à dire, reprit Aramis, nous venons de faire nos comptes avec une lésinerie de Spartiates,[2] et il nous faut à chacun quinze cents livres.

— Quatre fois quinze font soixante, soit six mille livres, dit Athos.

— Moi, dit d'Artagnan, il me semble qu'avec mille livres chacun, il est vrai que je ne parle pas en Spartiate, mais en procureur. . . .

Ce mot de procureur réveilla Porthos.

—Tiens, j'ai une idée! dit-il.

— C'est déjà quelque chose: moi, je n'en ai pas même l'ombre, dit froidement Athos; mais quant à d'Artagnan, Messieurs, le bonheur d'être désormais des nôtres l'a rendu fou; mille livres! je déclare que pour moi seul il m'en faut deux mille.

— Quatre fois deux font huit, dit alors Aramis: c'est donc huit mille livres qu'il nous faut pour nos équipages, sur lesquels équipages, il est vrai, nous avons déjà les selles.

—Plus, dit Athos, en attendant que d'Artagnan, qui allait remercier M. de Tréville, eût fermé la porte, plus ce beau diamant qui brille au doigt de notre ami. Que diable! d'Artagnan est trop bon camarade pour laisser des frères dans l'embarras, quand il porte à son médius la rançon d'un roi.

XXIX.–XXX. — Vol. II. Ch. I.–VIII.

De retour à Paris d'Artagnan se rencontre avec milady, qu'il a aperçue à Meung, le jour où Rochefort lui a volé sa lettre. En essay-ant de nouer connaissance avec elle, il se fait provoquer en duel par lord de Winter, beau-frère de milady. Le duel a lieu, d'Artagnan désarme son adversaire et lui accorde la vie. Celui-ci présente le jeune garde à sa sœur, milady Clarik, et d'Artagnan en devient follement amoureux malgré les conseils d'Athos qui la soupçonne d'être quelque émissaire du cardinal. D'Artagnan va son train et offense mortellement milady, qui jure sa mort.

IX.

VISION.

A quatre heures, les quatre amis étaient réunis chez Athos. Leurs préoccupations sur l'équipement avaient tout à fait disparu, et chaque visage ne conservait plus l'expression que de ses propres et secrètes inquiétudes ; car derrière tout bonheur présent est cachée une crainte à venir.

Tout à coup Planchet entra apportant une lettre à l'adresse de d'Artagnan.

C'était une grande épître carrée et resplendissante des armes terribles de Son Éminence le cardinal-duc.

—Eh bien! dit le jeune homme, voyons, Messieurs, ce que me veut Son Éminence.

Et d'Artagnan décacheta la lettre et lut :

"M. d'Artagnan, garde du roi, compagnie des Essarts, est attendu au Palais-Cardinal ce soir à huit heures.

"La Houdinière.

"Capitaine des gardes."

—Diable! dit Athos, voici un rendez-vous bien inquiétant.

—J'irai, dit d'Artagnan.

—Hum! je n'irais pas, dit Aramis : un gentilhomme prudent peut s'excuser de ne pas se rendre chez Son Éminence, surtout lorsqu'il a quelque raison de croire que ce n'est pas pour lui faire des compliments.

—Je suis de l'avis d'Aramis, dit Porthos.

—Messieurs, répondit d'Artagnan, j'ai déjà reçu par

M. de Cavois pareille invitation de Son Éminence, je l'ai négligée, et le lendemain il m'est arrivé un grand malheur ! Quelque chose qui puisse advenir, j'irai.

— Si c'est un parti pris, dit Athos, faites.

— Mais la Bastille ? dit Aramis.

— Bah ! vous m'en tirerez, reprit d'Artagnan.

— Sans doute, reprirent Aramis et Porthos avec un aplomb admirable et comme si c'était la chose la plus simple, sans doute nous vous en tirerons ; mais, en attendant, comme nous devons partir après-demain, vous feriez mieux de ne pas risquer cette Bastille.

— Faisons mieux, dit Athos, ne le quittons pas de la soirée ; attendons-le chacun à une porte du palais avec trois mousquetaires derrière nous ; si nous voyons sortir quelque voiture à portière fermée et à demi suspecte, nous tomberons dessus : il y a longtemps que nous n'avons eu maille à partir [1] avec les gardes de monsieur le cardinal, et M. de Tréville doit nous croire morts.

— Décidément, Athos, dit Aramis, vous étiez fait pour être général d'armée ; que dites-vous du plan, Messieurs ?

— Admirable ! répétèrent en chœur les jeunes gens.

— Eh bien ! dit Porthos, je cours à l'hôtel, je préviens mes camarades de se tenir prêts pour huit heures, le rendez-vous sera sur la place du Palais-Cardinal ; vous, pendant ce temps, faites seller les chevaux par les laquais.

On arriva rue Saint-Honoré, et place du Palais-Cardinal on trouva les douze mousquetaires convoqués qui se promenaient en attendant leurs camarades. Là seulement, on leur expliqua ce dont il était question.

D'Artagnan était fort connu dans l'honorable corps des mousquetaires du roi, où l'on savait qu'il prendrait un jour sa place ; on le regardait donc d'avance comme un camarade. Il résulta de ces antécédents que chacun accepta de grand cœur la mission pour laquelle il était convié ; d'ailleurs il s'agissait, selon toute probabilité, de jouer un mauvais tour à M. le cardinal et à ses gens, et pour de pareilles expéditions ces dignes gentilshommes étaient toujours prêts.

Athos les partagea en trois groupes, prit le commandement de l'un, donna le second à Aramis et le troisième à Porthos, puis chaque groupe alla s'embusquer en face d'une sortie.

D'Artagnan, de son côté, entra bravement par la porte principale.

Quoiqu'il se sentît vigoureusement appuyé, le jeune homme n'était pas sans inquiétude en montant pas à pas le grand escalier. Sa conduite avec milady ressemblait tant soit peu à une trahison, et il se doutait des relations politiques qui existaient entre cette femme et le cardinal; de plus, de Wardes, qu'il avait si mal accommodé, était des fidèles de Son Éminence, et d'Artagnan savait que si Son Éminence était terrible à ses ennemis, elle était fort attachée à ses amis.

— Si de Wardes a raconté toute notre affaire au cardinal, ce qui n'est pas douteux, et s'il m'a reconnu, ce qui est probable, je dois me regarder à peu près comme un homme condamné, disait d'Artagnan en secouant le tête. Mais pourquoi a-t-il attendu jusqu'aujourd'hui? C'est tout simple : milady aura porté plainte contre moi avec cette hypocrite douleur qui la rend si intéressante, et ce dernier crime aura fait déborder le vase.

— Heureusement, ajoutait-il, mes bons amis sont en bas, et ils ne me laisseront pas emmener sans me défendre. Cependant la compagnie des mousquetaires de M. de Tréville ne peut pas faire à elle seule la guerre au cardinal, qui dispose des forces de toute la France, et devant lequel la reine est sans pouvoir et le roi sans volonté.

Il en était à cette triste conclusion lorsqu'il entra dans l'antichambre. Il remit sa lettre à l'huissier de service, qui

le fit passer dans la salle d'attente et s'enfonça dans l'intérieur du palais.

Dans cette salle d'attente étaient cinq ou six gardes de M.
le cardinal, qui, reconnaissant d'Artagnan et sachant que
c'était lui qui avait blessé Jussac, le regardèrent en souriant
d'un singulier sourire.

Ce sourire parut à d'Artagnan d'un mauvais augure;
seulement, comme notre Gascon n'était pas facile à intimider, ou que plutôt, grâce à un grand orgueil naturel aux
gens de son pays, il ne laissait pas voir facilement ce qui se
passait dans son âme, quand ce qui s'y passait ressemblait à
de la crainte, il se campa fièrement devant MM. les gardes,
et attendit la main sur la hanche, dans une attitude qui ne
manquait pas de majesté.

L'huissier rentra et fit signe à d'Artagnan de le suivre.
Il sembla au jeune homme que les gardes, en le regardant
s'éloigner, chuchotaient entre eux.

Il suivit un corridor, traversa un grand salon, entra dans
une bibliothèque, et se trouva en face d'un homme assis
devant un bureau et qui écrivait.

L'huissier l'introduisit et se retira sans dire une parole.
D'Artagnan resta debout et examina cet homme.

D'Artagnan crut d'abord qu'il avait affaire à quelque juge
examinant son dossier, mais il s'aperçut que l'homme de bureau écrivait ou plutôt corrigeait des lignes d'inégale longueur, en scandant des mots sur ses doigts; il vit qu'il était
en face d'un poëte. Au bout d'un instant le poëte ferma
son manuscrit, sur la couverture duquel était écrit MIRANE,
tragédie en cinq actes,[2] et leva la tête.

D'Artagnan reconnut le cardinal.

X.

UNE VISION TERRIBLE.

Le cardinal fait la leçon à d'Artagnan qui comprend que non seulement toutes ses démarches et toutes ses aventures sont connues, mais
qu'il court un grand danger. Néanmoins il refuse l'offre du cardinal de
lui donner une enseigne dans ses gardes.

La journée du lendemain se passa en préparatifs de
départ ; d'Artagnan alla faire ses adieux à M. de Tréville.
A cette heure on croyait encore que la séparation des gardes
et des mousquetaires serait momentanée, le roi tenant son
parlement [1] le jour même et devant partir le lendemain.
M. de Tréville se contenta donc de demander à d'Artagnan
s'il avait besoin de lui, mais d'Artagnan répondit fièrement
qu'il avait tout ce qu'il lui fallait.

La nuit réunit tous les camarades de la compagnie des
gardes de M. des Essarts et de la compagnie des mousquetaires de M. de Tréville, qui avaient fait amitié ensemble.
On se quittait pour se revoir quand il plairait à Dieu et
s'il plaisait à Dieu. La nuit fut donc des plus bruyantes,
comme on peut le penser, car, en pareil cas, on ne peut
combattre l'extrême préoccupation que par l'extrême insou-
ciance.

Le lendemain, au premier son des trompettes, les amis se
quittèrent : les mousquetaires coururent à l'hôtel de M. de
Tréville, les gardes à celui de M. des Essarts. Chacun des
capitaines conduisit aussitôt sa compagnie au Louvre, où le
roi passait sa revue.

Le roi était triste et paraissait malade, ce qui lui ôtait un

peu de sa haute mine. En effet, la veille, la fièvre l'avait
pris au milieu du parlement et tandis qu'il tenait son lit de
justice.[2] Il n'en était pas moins décidé à partir le soir
même ; et, malgré les observations qu'on lui avait faites,
il avait voulu passer sa revue, espérant, par le premier
coup de vigueur, vaincre la maladie qui commençait à s'emparer de lui.

La revue passée, les gardes se mirent seuls en marche, les
mousquetaires ne devant partir qu'avec le roi.

En arrivant au faubourg Saint-Antoine, d'Artagnan se
retourna pour regarder gaiement la Bastille ; mais, comme
c'était la Bastille seulement qu'il regardait, il ne vit point
milady, qui, montée sur un cheval isabelle, le désignait du
doigt à deux hommes de mauvaise mine qui s'approchèrent
aussitôt des rangs pour le reconnaître. Sur une interrogation qu'ils firent du regard milady répondit par un signe
que c'était bien lui. Puis, certaine qu'il ne pouvait plus y
avoir de méprise dans l'exécution de ses ordres, elle piqua
son cheval et disparut.

Les deux hommes suivirent alors la compagnie, et, à le
sortie du faubourg Saint-Antoine, montèrent sur des chevaux tout préparés qu'un domestique sans livrée tenait en
main en les attendant.

XI.

LE SIÉGE DE LA ROCHELLE.

Le siége de La Rochelle[1] fut un des grands événements
politiques du règne de Louis XIII, et une des grandes entreprises militaires du cardinal. Il est donc intéressant, et
même nécessaire, que nous en disions quelques mots ; plusieurs détails de ce siége se liant d'ailleurs d'une manière
trop importante à l'histoire que nous avons entrepris de
raconter, pour que nous les passions sous silence.

Les vues politiques du cardinal, lorsqu'il entreprit ce siége,
étaient considérables. Exposons-les d'abord, puis nous pas-
serons aux vues particulières qui n'eurent peut-être pas sur
Son Éminence moins d'influence que les premières.

Des villes importantes données par Henri IV[2] aux huguenots comme places de sûreté, il ne restait plus que La Rochelle. Il s'agissait donc de détruire ce dernier boulevard
du calvinisme, levain dangereux, auquel se venaient incessamment mêler des ferments de révolte civile ou de guerre
étrangère.

Espagnols, Anglais, Italiens mécontents, aventuriers de
toute nation, soldats de fortune de toute secte accouraient
au premier appel sous les drapeaux des protestants et s'or-
ganisaient comme une vaste association dont les branches
divergeaient à loisir sur tous les points de l'Europe.

La Rochelle, qui avait pris une nouvelle importance de la
ruine des autres villes calvinistes, était donc le foyer des
dissensions et des ambitions. Il y avait plus, son port était
la dernière porte ouverte aux Anglais dans le royaume de

France; et en la fermant à l'Angleterre, notre éternelle ennemie, le cardinal achevait l'œuvre de Jeanne d'Arc et du duc de Guise.

Aussi Bassompierre, qui était à la fois protestant et catholique, protestant de conviction et catholique comme commandeur du Saint-Esprit; Bassompierre, qui était Allemand de naissance et Français de cœur; Bassompierre, enfin, qui avait un commandement particulier au siége de La Rochelle, disait-il, en chargeant à la tête de plusieurs autres seigneurs protestants comme lui :

— Vous verrez, Messieurs, que nous serons assez bêtes pour prendre La Rochelle !

Et Bassompierre avait raison : la cannonade de l'île de Ré lui présageait les dragonnades des Cévennes;[3] la prise de La Rochelle était la préface de l'édit de Nantes.[4]

Mais, nous l'avons dit, à côté de ces vues du ministre niveleur et simplificateur, et qui appartiennent à l'histoire, le chroniqueur est bien forcé de reconnaître les petites visées de l'homme amoureux et du rival jaloux.

Richelieu, comme chacun sait, avait été amoureux de la reine : cet amour avait-il chez lui un simple but politique ou était-ce tout naturellement une de ces profondes passions comme en inspira Anne d'Autriche à ceux qui l'entouraient; c'est ce que nous ne saurions dire; mais en tous cas on a vu, par les développements antérieurs de cette histoire, que Buckingham l'avait emporté sur lui, et, dans deux ou trois circonstances et particulièrement dans celle des ferrets, l'avait, grâce au dévouement des trois mousquetaires et au courage de d'Artagnan, cruellement mystifié.

Il s'agissait donc pour Richelieu, non-seulement de débarrasser la France d'un ennemi, mais de se venger d'un rival; au reste, la vengeance devait être grande et éclatante, et digne en tout d'un homme qui tient dans sa main, pour épée de combat, les forces de tout un royaume.

Richelieu savait qu'en combattant l'Angleterre il combattait Buckingham, qu'en triomphant de l'Angleterre il triomphait de Buckingham, enfin qu'en humiliant l'Angleterre aux yeux de l'Europe il humiliait Buckingham aux yeux de la reine.

De son côté Buckingham, tout en mettant en avant l'honneur de l'Angleterre, était mû par des intérêts absolument semblables à ceux du cardinal; Buckingham aussi poursuivait une vengeance particulière : sous aucun prétexte, Buckingham n'avait pu rentrer en France comme ambassadeur; il voulait y rentrer comme conquérant.

Il en résulte que le véritable enjeu de cette partie, que les deux plus puissants royaumes jouaient pour le bon plaisir de deux hommes amoureux, était un simple regard d'Anne d'Autriche.

Le premier avantage avait été au duc de Buckingham : arrivé inopinément en vue de l'île de Ré avec quatre-vingt-dix vaisseaux et vingt mille hommes à peu près, il avait surpris le comte de Toirac, qui commandait pour le roi dans l'île; il avait, après un combat sanglant, opéré son débarquement.

Relatons en passant que dans ce combat avait péri le baron de Chantal; le baron de Chantal laissait orpheline une petite fille de dix-huit mois.

Cette petite fille fut depuis madame de Sévigné.

Le comte de Toirac se retira dans la citadelle Saint-Martin avec la garnison, et jeta une centaine d'hommes dans un petit fort qu'on appelait le fort de La Prée.

Cet événement avait hâté les résolutions du cardinal; et en attendant que le roi et lui pussent aller prendre le commandement du siége de La Rochelle, qui était résolu, il avait fait partir Monsieur pour diriger les premières opérations, et avait fait filer vers le théâtre de la guerre toutes les troupes dont il avait pu disposer.

C'était de ce détachement envoyé en avant-garde que faisait partie notre ami d'Artagnan.

Le roi, comme nous l'avons dit, devait suivre, aussitôt son lit de justice tenu ; mais en se levant de ce lit de justice, le 23 juin, il s'était senti pris par la fièvre ; il n'en avait pas moins voulu partir ; mais, son état empirant, il avait été forcé de s'arrêter à Villeroi.

Or, où s'arrêtait le roi s'arrêtaient les mousquetaires ; il en résultait que d'Artagnan, qui était purement et simplement dans les gardes, se trouvait séparé, momentanément du moins, de ses bons amis Athos, Porthos et Aramis ; cette séparation, qui n'était pour lui qu'une contrariété, fût certes devenue une inquiétude sérieuse s'il eût pu deviner de quels dangers inconnus il était entouré.

Il n'en arriva pas moins sans accident au camp établi devant La Rochelle, vers le 10 du mois de septembre de l'année 1627.

Tout était dans le même état : le duc de Buckingham et ses Anglais, maîtres de l'île de Ré, continuaient d'assiéger, mais sans succès, la citadelle de Saint-Martin et le fort de La Prée, et les hostilités avec La Rochelle étaient commencées depuis deux ou trois jours à propos d'un fort que le duc d'Angoulême venait de faire construire près de la ville.

Les gardes, sous le commandement de M. des Essarts, avaient leur logement aux Minimes.

Mais, nous le savons, d'Artagnan, préoccupé de l'ambition de passer aux mousquetaires, avait rarement fait amitié avec ses camarades ; il se trouvait donc isolé et livré à ses propres réflexions.

Ses réflexions n'étaient pas riantes : depuis deux ans qu'il était arrivé à Paris, il s'était mêlé aux affaires publiques ; ses affaires privées n'avaient pas fait grand chemin comme amour et comme fortune.

Comme amour, la seule femme qu'il eût aimée était madame Bonacieux, et madame Bonacieux avait disparu sans qu'il pût découvrir encore ce qu'elle était devenue.

Comme fortune, il s'était fait, lui chétif, ennemi du cardinal, c'est-à-dire d'un homme devant lequel tremblaient les plus grands du royaume, à commencer par le roi.

Cet homme pouvait l'écraser, et cependant il ne l'avait pas fait : pour un esprit aussi perspicace que l'était d'Artagnan, cette indulgence était un jour par lequel il voyait dans un meilleur avenir.

Puis, il s'était fait encore un autre ennemi moins à craindre, pensait-il, mais que cependant il sentait instinctivement n'être pas à mépriser : cet ennemi, c'était milady.

En échange de tout cela il avait acquis la protection et la bienveillance de la reine, mais la bienveillance de la reine était, par le temps qui courait, une cause de plus de persécutions ; et sa protection, on le sait, protégeait fort mal : témoin Chalais et madame Bonacieux.

Ce qu'il avait donc gagné de plus clair dans tout cela, c'était le diamant de cinq ou six mille livres qu'il portait au doigt ; et encore ce diamant, en supposant que d'Artagnan, dans ses projets d'ambition, voulût le garder pour s'en faire un jour un signe de reconnaissance près de la reine, n'avait en attendant, puisqu'il ne pouvait s'en défaire, pas plus de valeur que les cailloux qu'il foulait à ses pieds.

Nous disons que les cailloux qu'il foulait à ses pieds, car d'Artagnan faisait ces réflexions en se promenant solitairement sur un joli petit chemin qui conduisait du camp au village d'Angoutin ; or ces réflexions l'avaient conduit plus loin qu'il ne croyait, et le jour commençait à baisser, lorsqu'au dernier rayon du soleil couchant il lui sembla voir briller derrière une haie le canon d'un mousquet.

D'Artagnan avait l'œil vif et l'esprit prompt, il comprit que le mousquet n'était pas venu là tout seul et que celui qui le portait ne s'était pas caché derrière une haie dans des intentions amicales. Il résolut donc de gagner au large, lorsque de l'autre côté de la route, derrière un rocher, il aperçut l'extrémité d'un second mousquet.

C'était évidemment une embuscade.

Le jeune homme jeta un coup d'œil sur le premier mousquet et vit avec une certaine inquiétude qu'il s'abaissait dans sa direction, mais aussitôt qu'il vit l'orifice du canon immobile il se jeta ventre à terre. En même temps le coup partit, et il entendit le sifflement d'une balle qui passait au-dessus de sa tête.

Il n'y avait pas de temps à perdre; d'Artagnan se redressa d'un bond, et au même moment la balle de l'autre mousquet fit voler les cailloux à l'endroit même du chemin où il s'était jeté la face contre terre.

D'Artagnan n'était pas un de ces hommes inutilement braves qui cherchent une mort ridicule pour qu'on dise d'eux qu'ils n'ont pas reculé d'un pas; d'ailleurs il ne s'agissait plus de courage ici, d'Artagnan était tombé dans un guet-apens.

— S'il y a un troisième coup, se dit-il à lui-même, je suis un homme perdu!

Et aussitôt, prenant ses jambes à son cou,[5] il s'enfuit dans la direction du camp, avec la vitesse des gens de son pays si renommés pour leur agilité; mais, quelle que fût la rapidité de sa course, le premier qui avait tiré, ayant eu le temps de recharger son arme, lui tira un second coup si bien ajusté, cette fois, que la balle traversa son feutre et le fit voler à dix pas de lui.

Cependant, comme d'Artagnan n'avait pas d'autre chapeau, il ramassa le sien tout en courant, arriva fort essoufflé et fort pâle dans son logis, s'assit sans rien dire à personne et se mit à réfléchir.

Cet événement pouvait avoir trois causes:

La première et la plus naturelle: ce pouvait être une embuscade des Rochelais, qui n'eussent pas été fâchés de tuer un des gardes de Sa Majesté, d'abord parce que c'était un ennemi de moins, et que cet ennemi pouvait avoir une bourse bien garnie dans sa poche.

D'Artagnan prit son chapeau, examina le trou de la balle, et secoua la tête. La balle n'était pas une balle de mousquet, c'était une balle d'arquebuse ;[6] la justesse du coup lui avait déjà donné l'idée qu'il avait été tiré par une arme particulière : ce n'était donc pas une embuscade militaire, puisque la balle n'était pas de calibre.

Ce pouvait être un bon souvenir de monsieur le cardinal. On se rappelle qu'au moment même où il avait, grâce à ce bienheureux rayon de soleil, aperçu le canon du fusil, il s'étonnait de la longanimité de Son Éminence à son égard.

Mais d'Artagnan secoua la tête. Pour les gens vers lesquels elle n'avait qu'à étendre la main, Son Éminence recourait rarement à de pareils moyens.

Ce pouvait être une vengeance de milady.

Ceci, c'était plus probable.

Il chercha inutilement à se rappeler ou les traits ou le costume des assassins ; il s'était éloigné d'eux si rapidement, qu'il n'avait eu le loisir de rien remarquer.

— Ah, mes pauvres amis ! murmura d'Artagnan, où êtes-vous ? et que vous me faites faute !

D'Artagnan passa une fort mauvaise nuit. Trois ou quatre fois il se réveilla en sursaut, se figurant qu'un homme s'approchait de son lit pour le poignarder. Cependant le jour parut sans que l'obscurité eût amené aucun accident.

Mais d'Artagnan se douta bien que ce qui était différé n'était pas perdu.

D'Artagnan resta toute la journée dans son logis ; il se donna pour excuse, vis-à-vis de lui-même, que le temps était mauvais.

Le surlendemain, à neuf heures, on battit aux champs.[7] Le duc d'Orléans visitait les postes. Les gardes coururent aux armes, d'Artagnan prit son rang au milieu de ses camarades.

Monsieur passa sur le front de bataille ; puis tous les officiers supérieurs s'approchèrent de lui pour lui faire leur cour, M. des Essarts, le capitaine des gardes, comme les autres.

Au bout d'un instant il parut à d'Artagnan que M. des Essarts lui faisait signe de s'approcher de lui : il attendit un nouveau geste de son supérieur, craignant de se tromper ; mais ce geste s'étant renouvelé, il quitta les rangs et s'avança pour prendre l'ordre.

— Monsieur va demander des hommes de bonne volonté pour une mission dangereuse, mais qui fera honneur à ceux qui l'auront accomplie, et je vous ai fait signe afin que vous vous tinssiez prêt.

— Merci, mon capitaine ! répondit d'Artagnan, qui ne demandait pas mieux que de se distinguer sous les yeux du lieutenant général.

En effet, les Rochelais avaient fait une sortie pendant la nuit et avaient repris un bastion dont l'armée royaliste s'était emparée deux jours auparavant ; il s'agissait de pousser une reconnaissance perdue pour voir comment l'armée gardait ce bastion.

Effectivement, au bout de quelques instants, Monsieur éleva la voix et dit :

— Il me faudrait, pour cette mission, trois ou quatre volontaires conduits par un homme sûr.

— Quant à l'homme sûr, je l'ai sous la main, Monseigneur, dit M. des Essarts en montrant d'Artagnan ; et quant aux quatre ou cinq volontaires, Monseigneur n'a qu'à faire connaître ses intentions, et les hommes ne lui manqueront pas.

—Quatre hommes de bonne volonté pour venir se faire tuer avec moi! dit d'Artagnan en levant son épée.

Deux de ses camarades aux gardes s'élancèrent aussitôt, et deux soldats s'étant joints à eux, il se trouva que le nombre demandé était suffisant; d'Artagnan refusa donc tous les autres, ne voulant pas faire de passe-droit à ceux qui avaient la priorité.

On ignorait si, après la prise du bastion, les Rochelais l'avaient évacué ou s'ils y avaient laissé garnison; il fallait donc examiner le lieu indiqué d'assez près pour vérifier la chose.

D'Artagnan partit avec ses quatre compagnons et suivit la tranchée: les deux gardes marchaient au même rang que lui et les soldats venaient par derrière.

Ils arrivèrent ainsi, en se couvrant des revêtements, jusqu'à une centaine de pas du bastion. Là d'Artagnan, en se retournant, s'aperçut que les deux soldats avaient disparu.

Il crut qu'ayant eu peur ils étaient restés en arrière et continua d'avancer.

Au détour de la contrescarpe, ils se trouvèrent à soixante pas à peu près du bastion.

On ne voyait personne, et le bastion semblait abandonné.

Les trois enfants perdus délibéraient s'ils iraient plus avant, lorsque tout à coup une ceinture de fumée ceignit le géant de pierre, et une douzaine de balles vinrent siffler autour de d'Artagnan et de ses deux compagnons.

Ils savaient ce qu'ils voulaient savoir: le bastion était gardé. Une plus longue station dans cet endroit dangereux eût donc été une imprudence inutile; d'Artagnan et les deux gardes tournèrent le dos et commencèrent une retraite qui ressemblait à une fuite.

En arrivant à l'angle de la tranchée qui allait leur servir de rempart, un des gardes tomba: une balle lui avait traversé la poitrine. L'autre, qui était sain et sauf, continua sa course vers le camp.

D'Artagnan ne voulut pas abandonner ainsi son compagnon, et s'inclina vers lui pour le relever et l'aider à rejoindre les lignes ; mais en ce moment deux coups de fusil partirent : une balle cassa la tête au garde déjà blessé, et l'autre vint s'aplatir sur le roc après avoir passé à deux pouces de d'Artagnan.

Le jeune homme se retourna vivement ; car cette attaque ne pouvait venir du bastion, qui était masqué par l'angle de la tranchée : l'idée des deux soldats qui l'avaient abandonné lui revint à l'esprit et lui rappela ses assassins de la surveille ; il résolut donc cette fois de savoir à quoi s'en tenir, et tomba sur le corps de son camarade comme s'il était mort.

Il vit aussitôt deux têtes qui s'élevaient au-dessus d'un ouvrage abandonné qui était à trente pas de là : c'étaient celles de nos deux soldats. D'Artagnan ne s'était pas trompé : ces deux hommes ne l'avaient suivi que pour l'assassiner, espérant que la mort du jeune homme serait mise sur le compte de l'ennemi.

Seulement, comme il pouvait n'être que blessé et dénoncer leur crime, ils s'approchèrent pour l'achever ; heureusement, trompés par la ruse de d'Artagnan, ils négligèrent de recharger leurs fusils.

Lorsqu'ils furent à dix pas de lui, d'Artagnan, qui en tombant avait eu grand soin de ne pas lâcher son épée, se releva tout à coup et d'un bond se trouva près d'eux.

Les assassins comprirent que s'ils s'enfuyaient du côté du camp sans avoir tué leur homme, ils seraient accusés par lui ; aussi leur première idée fut-elle de passer à l'ennemi. L'un d'eux prit son fusil par le canon, et s'en servit comme d'une massue : il en porta un coup terrible à d'Artagnan, qui l'évita en se jetant de côté ; mais par ce mouvement il livra passage au bandit, qui s'élança aussitôt vers le bastion.

Comme les Rochelais qui le gardaient ignoraient dans quelle intention cet homme venait à eux, ils firent feu sur lui, et il tomba frappé d'une balle qui lui brisa l'épaule.

Pendant ce temps, d'Artagnan s'était jeté sur le second soldat, l'attaquant avec son épée; la lutte ne fut pas longue : ce misérable n'avait pour se défendre que son arquebuse déchargée; l'épée du garde glissa contre le canon de l'arme devenue inutile et alla traverser la cuisse de l'assassin, qui tomba. D'Artagnan lui mit aussitôt la pointe du fer sur la gorge.

— Oh! ne me tuez pas! s'écria le bandit; grâce, grâce, mon officier! et je vous dirai tout.

— Ton secret vaut-il la peine que je te garde la vie au moins? demanda le jeune homme en retenant son bras.

— Oui; si vous estimez que l'existence soit quelque chose quand on a vingt-deux ans comme vous et qu'on peut arriver à tout, étant beau et brave comme vous l'êtes.

— Misérable! dit d'Artagnan, voyons, parle vite, qui t'a chargé de m'assassiner?

— Une femme que je ne connais pas, mais qu'on appelait milady.

— Mais si tu ne connais pas cette femme, comment sais-tu son nom?

— Mon camarade la connaissait et l'appelait ainsi, c'est à lui qu'elle a eu affaire et non pas à moi; il a même dans sa poche une lettre de cette personne qui doit avoir pour vous une grande importance, à ce que je lui ai entendu dire.

Le blessé avoue qu'il est au service de milady; que lui et son compagnon avaient effectué l'enlèvement de Mme. Bonacieux, depuis lors retirée de prison par ordre de la reine; que leurs ordres étaient de tuer d'Artagnan. Celui-ci accorde la vie au blessé et l'aide à rentrer au camp.

D'Artagnan expliqua le coup d'épée de son compagnon par une sortie qu'il improvisa. Il raconta la mort de l'autre soldat et les périls qu'ils avaient courus. Ce récit fut pour lui l'occasion d'un véritable triomphe. Toute l'armée parla de cette expédition pendant un jour, et Monsieur lui en fit faire ses compliments.

Au reste, comme toute belle action porte avec elle sa récompense, la belle action de d'Artagnan eut pour résultat de lui rendre la tranquillité qu'il avait perdue. En effet, d'Artagnan croyait pouvoir être tranquille, puisque, de ses deux ennemis, l'un était tué et l'autre dévoué à ses intérêts.

Cette tranquillité prouvait une chose, c'est que d'Artagnan ne connaissait pas encore milady.

XII.

LE VIN D'ANJOU.

Après des nouvelles presque désespérées du roi, le bruit de sa convalescence commençait à se répandre dans le camp ; et comme il avait grande hâte d'arriver en personne au siége, on disait qu'aussitôt qu'il pourrait remonter à cheval, il se remettrait en route.

Pendant ce temps, Monsieur, qui savait que, d'un jour à l'autre, il allait être remplacé dans son commandement, soit par le duc d'Angoulême, soit par Bassompierre ou par Schomberg, qui se disputaient le commandement, faisait peu de chose, perdait ses journées en tâtonnements,[1] et n'osait risquer quelque grande entreprise pour chasser les Anglais de l'île de Ré, où ils assiégeaient toujours la citadelle Saint-Martin et le fort de La Prée, tandis que, de leur côté, les Français assiégeaient La Rochelle.

D'Artagnan, comme nous l'avons dit, était redevenu plus tranquille, comme il arrive toujours après un danger passé, et quand le danger semble évanoui ; il ne lui restait qu'une inquiétude, c'était de n'apprendre aucune nouvelle de ses amis.

Mais, un matin du commencement du mois de novembre, tout lui fut expliqué par cette lettre, datée de Villeroi :

"Monsieur d'Artagnan,

"MM. Athos, Porthos et Aramis, après avoir fait une bonne partie chez moi, et s'être égayés beaucoup, ont mené si grand bruit, que le prévôt du château, homme très-rigide,

les a consignés pour quelques jours; mais j'accomplis les
ordres qu'ils m'ont donnés, de vous envoyer douze bouteilles
de mon vin d'Anjou, dont ils ont fait grand cas : ils veulent
que vous buviez à leur santé avec leur vin favori.

" Je l'ai fait, et suis, Monsieur, avec un grand respect,

"Votre serviteur très-humble et très-obéissant,

"GODEAU,

"Hôtelier de messieurs les mousquetaires."

—A la bonne heure! s'écria d'Artagnan, ils pensent à
moi dans leurs plaisirs comme je pensais à eux dans mon
ennui : bien certainement que je boirai à leur santé et de
grand cœur; mais je ne boirai pas seul.

Et d'Artagnan courut chez deux gardes, avec lesquels il
avait fait plus amitié qu'avec les autres, afin de les inviter
à boire avec lui le charmant petit vin d'Anjou qui venait
d'arriver de Villeroi.

L'un des deux gardes était invité pour le soir même, et
l'autre invité pour le lendemain; la réunion fut donc fixée
au surlendemain.

D'Artagnan, en rentrant, envoya les douze bouteilles de
vin à la buvette des gardes, en recommandant qu'on les lui
gardât avec soin; puis, le jour de la solennité, comme le
dîner était fixé pour l'heure de midi, d'Artagnan envoya,
dès neuf heures, Planchet pour tout préparer.

Planchet, tout fier d'être élevé à la dignité de maître
d'hôtel, songea à tout apprêter en homme intelligent; à cet
effet, il s'adjoignit le valet d'un des convives de son maître,
nommé Fourreau, et ce faux soldat qui avait voulu tuer
d'Artagnan, et qui, n'appartenant à aucun corps, était entré
au service de d'Artagnan, ou plutôt à celui de Planchet,
depuis que d'Artagnan lui avait sauvé la vie.

L'heure du festin venue, les deux convives arrivèrent,

prirent place et les mets s'alignèrent sur la table. Planchet servait la serviette au bras; Fourreau débouchait les bouteilles, et Brisemont, c'était le nom du convalescent, transvasait dans des carafons de verre le vin, qui paraissait avoir déposé[2] par les secousses de la route. De ce vin, la première bouteille était un peu trouble vers la fin, Brisemont versa cette lie dans un verre, et d'Artagnan lui permit de la boire; car le pauvre diable n'avait pas encore beaucoup de forces.

Les convives, après avoir mangé le potage, allaient porter le premier verre à leurs lèvres, lorsque tout à coup le canon retentit au fort Louis et au fort Neuf; aussitôt les gardes, croyant qu'il s'agissait de quelque attaque imprévue, soit des assiégés, soit des Anglais, sautèrent sur leurs épées; d'Artagnan, non moins leste qu'eux, fit comme eux, et tous trois sortirent en courant, afin de se rendre à leurs postes.

Mais à peine furent-ils hors de la buvette, qu'ils se trouvèrent fixés sur la cause de ce grand bruit; les cris de Vive le roi! Vive M. le cardinal! retentissaient de tous côtés, et les tambours battaient dans toutes les directions.

En effet, le roi, impatient comme on l'avait dit, venait de doubler deux étapes, et arrivait à l'instant même avec toute sa maison et un renfort de dix mille hommes de troupes; ses mousquetaires le précédaient et le suivaient. D'Artagnan, placé en haie[3] avec sa compagnie, salua d'un geste expressif ses amis, qui le suivaient des yeux, et M. de Tréville, qui le reconnut tout d'abord.

La cérémonie de réception achevée, les quatre amis furent bientôt dans les bras l'un de l'autre.

—Pardieu! s'écria d'Artagnan, il n'est pas possible de mieux arriver, et les viandes n'auront pas encore eu le temps de refroidir! n'est-ce pas, Messieurs? ajouta le jeune homme en se tournant vers les deux gardes, qu'il présenta à ses amis.

— Ah! ah! il paraît que nous banquetions, dit Porthos.

— Est-ce qu'il y a du vin potable dans votre bicoque? demanda Athos.

— Mais, pardieu! il y a le vôtre, cher ami, répondit d'Artagnan.

— Notre vin? fit Athos étonné.

— Oui, celui que vous m'avez envoyé.

— Nous vous avons envoyé du vin?

— Mais vous savez bien, de ce petit vin des coteaux d'Anjou?

— Oui, je sais bien de quel vin vous voulez parler.

— Le vin que vous préférez.

— Sans doute, quand je n'ai ni champagne ni chambertin.

— Eh bien! à défaut de champagne et de chambertin, vous vous contenterez de celui-là.

— Nous avons donc fait venir du vin d'Anjou, gourmet que nous sommes? dit Porthos.

— Mais non, c'est le vin qu'on m'a envoyé de votre part.

— De notre part? firent les trois mousquetaires.

— Est-ce vous, Aramis, dit Athos, qui avez envoyé du vin?

— Non, et vous, Porthos?

— Non, et vous, Athos?

— Non.

— Si ce n'est pas vous, dit d'Artagnan, c'est votre hôtelier.

— Notre hôtelier?

— Eh oui! votre hôtelier, Godeau, hôtelier des mousquetaires.

— Ma foi qu'il vienne d'où il voudra, n'importe, dit Porthos, goûtons-le et, s'il est bon, buvons-le.

— Non pas, dit Athos, ne buvons pas le vin qui a une source inconnue.

— Vous avez raison, Athos, dit d'Artagnan. Personne de vous n'a chargé l'hôtelier Godeau de m'envoyer du vin?

— Non! et cependant il vous en a envoyé de notre part?

— Voici la lettre! dit d'Artagnan, et il présenta le billet à ses camarades.

— Ce n'est pas son écriture! dit Athos, je la connais; c'est moi qui, avant de partir, ai réglé les comptes de la communauté.

— Fausse lettre, dit Porthos; nous n'avons pas été consignés.

— D'Artagnan, dit Aramis d'un ton de reproche, comment avez-vous pu croire que nous avions fait du bruit?...

D'Artagnan pâlit, et un tremblement convulsif secoua tous ses membres.

— Tu m'effrayes, dit Athos, qui ne le tutoyait que dans les grandes occasions, qu'est-il donc arrivé?

— Courons, courons, mes amis! s'écria d'Artagnan, un horrible soupçon me traverse l'esprit! serait-ce encore une vengeance de cette femme?

Ce fut Athos qui pâlit à son tour.

D'Artagnan s'élança vers la buvette, les trois mousquetaires et les deux gardes le suivirent.

Le premier objet qui frappa la vue de d'Artagnan en entrant dans la salle à manger, fut Brisemont étendu par terre et se roulant dans d'atroces convulsions.

Planchet et Fourreau, pâles comme des morts, essayaient de lui porter secours; mais il était évident que tout secours était inutile: tous les traits du moribond étaient crispés par l'agonie.

— Ah! s'écria-t-il en apercevant d'Artagnan, ah! c'est affreux, vous avez l'air de me faire grâce et vous m'empoisonnez!

— Moi! s'écria d'Artagnan, moi, malheureux! mais que dis-tu donc là?

— Je dis que c'est vous qui m'avez donné ce vin, je dis que c'est vous qui m'avez dit de le boire, je dis que vous avez voulu vous venger de moi, je dis que c'est affreux!

— N'en croyez rien, Brisemont, dit d'Artagnan, n'en croyez rien ; je vous jure, je vous proteste . . . .

— Oh ! mais, Dieu est là ! Dieu vous punira ! mon Dieu ! qu'il souffre un jour ce que je souffre !

— Sur l'Évangile, s'écria d'Artagnan en se précipitant vers le moribond, je vous jure que j'ignorais que ce vin fût empoisonné et que j'allais en boire comme vous.

— Je ne vous crois pas, dit le soldat ; et il expira dans un redoublement de tortures.

— Affreux ! affreux ! murmurait Athos, tandis que Porthos brisait les bouteilles et qu'Aramis donnait des ordres un peu tardifs pour qu'on allât chercher un confesseur.

— O mes amis ! dit d'Artagnan, vous venez encore une fois de me sauver la vie, non-seulement à moi, mais à ces messieurs.   Messieurs, continua-t-il en s'adressant aux gardes, je vous demanderai le silence sur toute cette aventure ; de grands personnages pourraient avoir trempé[4] dans ce que vous avez vu, et le mal de tout cela retomberait sur nous.

— Ah, Monsieur ! balbutiait Planchet plus mort que vif ; ah, Monsieur ! que je l'ai échappé belle ![5]

— Comment, drôle, s'écria d'Artagnan, tu allais donc boire mon vin ?

— A la santé du roi, Monsieur ; j'allais en boire un pauvre verre,[6] si Fourreau ne m'avait pas dit qu'on m'appelait.

— Hélas ! dit Fourreau, dont les dents claquaient de terreur, je voulais l'éloigner pour boire tout seul !

— Messieurs, dit d'Artagnan en s'adressant aux gardes, vous comprenez qu'un pareil festin ne pourrait être que fort triste après ce qui vient de se passer ; ainsi recevez toutes mes excuses et remettez la partie à un autre jour, je vous prie.

Les deux gardes acceptèrent courtoisement les excuses de d'Artagnan, et, comprenant que les quatre amis désiraient demeurer seuls, ils se retirèrent.

Lorsque le jeune garde et les trois mousquetaires furent sans témoins, ils se regardèrent d'un air qui voulait dire que chacun comprenait la gravité de la situation.

— D'abord, dit Athos, sortons de cette chambre; c'est mauvaise compagnie qu'un mort, mort de mort violente.

— Planchet, dit d'Artagnan, je vous recommande le cadavre de ce pauvre diable. Qu'il soit enterré en terre sainte. Il avait commis un crime, c'est vrai, mais il s'en est repenti.

Et les quatre amis sortirent de la chambre, laissant à Planchet et à Fourreau le soin de rendre les honneurs mortuaires à Brisemont.

L'hôte leur donna une autre chambre dans laquelle il leur servit des œufs à la coque et de l'eau, qu'Athos alla puiser lui-même à la fontaine. En quelques paroles Porthos et Aramis furent mis au courant de la situation.

— Eh bien! dit d'Artagnan à Athos, vous le voyez, cher ami, c'est une guerre à mort.

Athos secoua la tête.

— Oui, oui, dit-il, je le vois bien; mais croyez-vous que ce soit elle?

— J'en suis sûr.

— Cependant je vous avoue que je doute encore.

— Mais cette fleur de lis sur l'épaule?

— C'est une Anglaise qui aura commis quelque méfait en France, et qu'on aura flétrie à la suite de son crime.

— Athos, c'est votre femme, vous dis-je, répétait d'Artagnan, ne vous rappelez-vous donc pas comme les deux signalements se ressemblent?

— J'aurais cependant cru que l'autre était morte, je l'avais si bien pendue.

Ce fut d'Artagnan qui secoua la tête à son tour.

— Mais enfin que faire? dit le jeune homme.

— Le fait est qu'on ne peut rester ainsi avec une épée

éternellement suspendue au-dessus de sa tête, dit Athos, et qu'il faut sortir de cette situation.[7]

— Mais comment ?

— Écoutez, tâchez de la rejoindre et d'avoir une explication avec elle ; dites-lui : La paix ou la guerre ! ma parole de gentilhomme de ne jamais rien dire de vous, de ne jamais rien faire contre vous ; de votre côté serment solennel de rester neutre à mon égard : sinon, je vais trouver le chancelier, je vais trouver le roi, je vais trouver le bourreau, j'ameute la cour contre vous, je vous dénonce comme flétrie, je vous fais mettre en jugement, et si l'on vous absout, eh bien, je vous tue, foi de gentilhomme ! au coin de quelque borne, comme je tuerais un chien enragé.

— J'aime assez ce moyen, dit d'Artagnan, mais comment la joindre ?

— Le temps, cher ami, le temps amène l'occasion, l'occasion c'est la martingale de l'homme :[8] plus on a engagé, plus l'on gagne quand on sait attendre.

— Oui, mais attendre entouré d'assassins et d'empoisonneurs. . . .

— Bah ! dit Athos, Dieu nous a gardés jusqu'à présent, Dieu nous gardera encore.

— Oui, nous ; nous d'ailleurs, nous sommes des hommes, et, à tout prendre, c'est notre état de risquer notre vie : mais elle ! ajouta-t-il à demi voix.

— Qui, elle ? demanda Athos.

— Constance.

— Madame Bonacieux ! ah ! c'est juste, fit Athos ; pauvre ami ! j'oubliais que vous étiez amoureux.

— Eh bien ! mais, dit Aramis, n'avez-vous pas vu par la lettre même que vous avez trouvée sur le misérable mort qu'elle était dans un couvent ?　On est très-bien dans un couvent, et aussitôt le siége de La Rochelle terminé, je vous promets que pour mon compte. . . .

— Bon! dit Athos, bon! oui, mon cher Aramis! nous savons que vos vœux tendent à la religion.

— Je ne suis mousquetaire que par intérim, dit humblement Aramis.

— Eh bien! dit Porthos, il me semble qu'il y aurait un moyen simple.

— Lequel? demanda d'Artagnan.

— Elle est dans un couvent, dites-vous? reprit Porthos.

— Oui.

— Eh bien! aussitôt le siége fini, nous l'enlevons de ce couvent.

— Mais encore faut-il savoir dans quel couvent elle est.

— C'est juste, dit Porthos.

— Mais, j'y pense, dit Athos, ne prétendez-vous pas, cher d'Artagnan, que c'est la reine qui a fait choix de ce couvent pour elle?

— Oui, je le crois du moins.

— Alors, dit Aramis, je me charge, moi, d'en avoir des nouvelles.

— Vous, Aramis, s'écrièrent les trois amis, vous, et comment cela?

— Par l'aumônier de la reine, avec lequel je suis fort lié, dit Aramis.

Et sur cette assurance, les quatre amis, qui avaient achevé leur modeste repas, se séparèrent avec promesse de se revoir le soir même: d'Artagnan retourna aux Minimes, et les trois mousquetaires rejoignirent le quartier du roi, où ils avaient à faire préparer leur logis.

XIII.

L'AUBERGE DU COLOMBIER-ROUGE.

Cependant, à peine arrivé, le roi, qui avait si grande hâte de se trouver en face de l'ennemi, et qui, à meilleur droit que le cardinal, partageait sa haine contre Buckingham, voulut faire toutes les dispositions, d'abord pour chasser les Anglais de l'île de Ré, ensuite pour presser le siége de La Rochelle ; mais, malgré lui, il fut retardé par les dissensions qui éclatèrent entre MM. de Bassompierre et Schomberg, contre le duc d'Angoulême.

MM. de Bassompierre et Schomberg étaient maréchaux de France, et réclamaient leur droit de commander l'armée sous les ordres du roi ; mais le cardinal, qui craignait que Bassompierre, huguenot au fond du cœur, ne pressât faiblement les Anglais et les Rochelais, ses frères en religion, poussait au contraire le duc d'Angoulême, que le roi, à son instigation, avait nommé lieutenant général. Il en résulta que, sous peine de voir MM. de Bassompierre et Schomberg déserter l'armée, on fut obligé de faire à chacun un commandement particulier : Bassompierre prit ses quartiers au nord de la ville, depuis La Leu jusqu'à Dompierre ; le duc d'Angoulême à l'est, depuis Dompierre jusqu'à Périgny ; et M. de Schomberg au midi, depuis Périgny jusqu'à Angoutin.

Le logis de Monsieur était à Dompierre.

Le logis du roi était tantôt à Étré, tantôt à La Jarrie.

Enfin le logis du cardinal était sur les dunes, au pont de La Pierre, dans une simple maison sans aucun retranchement.

De cette façon, Monsieur surveillait Bassompierre ; le roi, le duc d'Angoulême ; et le cardinal, M. de Schomberg.

Aussitôt cette organisation établie, on s'était occupé de chasser les Anglais de l'île.

La conjoncture était favorable : les Anglais, qui ont, avant toute chose, besoin de bons vivres pour être de bons soldats, ne mangeant que des viandes salées et de mauvais biscuits, avaient force malades dans leur camp ; de plus, la mer, fort mauvaise [1] à cette époque de l'année sur toutes les côtes de l'Océan, mettait tous les jours quelque petit bâtiment à mal,[2] et la plage, depuis la pointe de l'Aiguillon jusqu'à a tranchée, était littéralement, à chaque marée, couverte des débris de pinasses, de roberges et de felouques ; [3] il en résultait que, même les gens du roi se tinssent-ils dans leur camp, il était évident qu'un jour ou l'autre Buckingham, qui ne demeurait dans l'île de Ré que par entêtement, serait obligé de lever le siége.

Mais, comme M. de Toirac fit dire que tout se préparait dans le camp ennemi pour un nouvel assaut, le roi jugea qu'il fallait en finir et donna les ordres nécessaires pour une affaire décisive.

Notre intention n'étant pas de faire un journal du siége, mais au contraire de n'en rapporter que les événements qui ont trait à l'histoire que nous racontons, nous nous contenterons de dire en deux mots que l'entreprise réussit au grand étonnement du roi et à la grande gloire de M. le cardinal. Les Anglais, repoussés pied à pied, battus dans toutes les rencontres, écrasés au passage de l'île de Loix, furent obligés de se rembarquer, laissant sur le champ de bataille deux mille hommes parmi lesquels cinq colonels, trois lieutenants-colonels, deux cent cinquante capitaines et vingt gentils-hommes de qualité, quatre pièces de canon et soixante drapeaux qui furent apportés à Paris par Claude de Saint-Simon, et suspendus en grande pompe aux voûtes de Notre-Dame.

Des *Te Deum* furent chantés au camp, et de là se répandirent par toute la France.

Le cardinal resta donc maître de poursuivre le siége sans avoir, du moins momentanément, rien à craindre de la part des Anglais.

Mais, comme nous venons de le dire, le repos n'était que momentané.

Un envoyé du duc de Buckingham, nommé Montaigu, avait été pris, et l'on avait acquis la preuve d'une ligue entre l'Empire, l'Espagne, l'Angleterre et la Lorraine.

Cette ligue était dirigée contre la France.

De plus, dans le logis de Buckingham, qu'il avait été forcé d'abandonner plus précipitamment qu'il ne l'avait cru, on avait trouvé des papiers qui confirmaient cette ligue, et qui, à ce qu'assure M. le cardinal dans ses mémoires, compromettaient fort madame de Chevreuse, et par conséquent la reine.

C'était sur le cardinal que pesait toute la responsabilité car on n'est pas ministre absolu sans être responsable; aussi toutes les ressources de son vaste génie étaient-elles tendues nuit et jour, et occupées à écouter le moindre bruit qui s'élevait dans un des grands royaumes de l'Europe.

Le cardinal connaissait l'activité et surtout la haine de Buckingham; si la ligue qui menaçait la France triomphait, toute son influence était perdue: la politique espagnole et la politique autrichienne avaient leurs représentants dans le cabinet du Louvre, où elles n'avaient encore que des partisans; lui, Richelieu, le ministre français, le ministre national par excellence, était perdu. Le roi, qui, tout en lui obéissant comme un enfant, le haïssait comme un enfant hait son maître, l'abandonnait aux vengeances particulières de Monsieur et de la reine; il était donc perdu, et peut-être la France avec lui. Il fallait parer à tout cela.

Aussi vit-on les courriers, devenus à chaque instant plus

nombreux, se succéder nuit et jour dans cette petite maison du pont de La Pierre, où le cardinal avait établi sa résidence.

Puis encore d'autres visites moins agréables, car deux ou trois fois le bruit se répandit que le cardinal avait failli être assassiné.

Il est vrai que les ennemis de Son Éminence disaient que c'était elle-même qui mettait en campagne les assassins maladroits, afin d'avoir, le cas échéant, le droit d'user de représailles ; mais il ne faut croire ni à ce que disent les ministres ni à ce que disent leurs ennemis.

Ce qui n'empêchait pas, au reste, le cardinal, à qui ses plus acharnés détracteurs n'ont jamais contesté la bravoure personnelle, de faire force courses nocturnes, tantôt pour communiquer au duc d'Angoulême des ordres importants, tantôt pour aller se concerter avec le roi, tantôt pour conférer avec quelque messager qu'il ne voulait pas qu'on laissât entrer chez lui.

De leur côté les mousquetaires, qui n'avaient pas grand'-chose à faire au siége, n'étaient pas tenus sévèrement et menaient joyeuse vie. Cela leur était d'autant plus facile, à nos trois compagnons surtout, qu'étant des amis de M. de Tréville, ils obtenaient facilement de lui de s'attarder et de rester après la fermeture du camp avec des permissions particulières.

Or, un soir que d'Artagnan, qui était de tranchée,[4] n'avait pu les accompagner, Athos, Porthos et Aramis, montés sur leurs chevaux de bataille, enveloppés de manteaux de guerre,[5] une main sur la crosse de leurs pistolets, revenaient tous trois d'une buvette qu'Athos avait découverte deux jours auparavant sur la route de La Jarrie, et qu'on appelait le Colombier-Rouge, suivant le chemin qui conduisait au camp, tout en se tenant sur leurs gardes, comme nous l'avons dit, de peur d'embuscade, lorsqu'à un quart de lieue à peu près du village de Boinar ils crurent entendre le pas d'une cavalcade qui venait à eux ; aussitôt tous trois s'arrêtèrent, serrés l'un contre l'autre, et attendirent, tenant le milieu de la route : au bout d'un instant, et comme la lune sortait justement d'un nuage, ils virent apparaître au détour d'un chemin deux cavaliers qui, en les apercevant, s'arrêtèrent à leur tour, paraissant délibérer s'ils devaient continuer leur route ou retourner en arrière. Cette hésitation donna quelques soupçons aux trois amis, et Athos, faisant quelques pas en avant, cria de sa voix ferme :

— Qui vive ?

— Qui vive vous-même ? répondit un de ces deux cavaliers.

— Ce n'est pas répondre, cela ! dit Athos. Qui vive ? Répondez, ou nous chargeons.

— Prenez garde à ce que vous allez faire, Messieurs ! dit alors une voix vibrante qui paraissait avoir l'habitude du commandement.

— C'est quelque officier supérieur qui fait sa ronde de nuit, dit Athos ; que voulez-vous faire, Messieurs ?

— Qui êtes-vous ? dit la même voix du même ton de commandement ; répondez à votre tour, ou vous pourriez vous mal trouver de votre désobéissance.

— Mousquetaires du roi, dit Athos, de plus en plus convaincu que celui qui les interrogeait en avait le droit.

— Quelle compagnie ?

— Compagnie de Tréville.

— Avancez à l'ordre, et venez me rendre compte de ce que vous faites ici, à cette heure.

Les trois compagnons s'avancèrent, l'oreille un peu basse,[6] car tous trois maintenant étaient convaincus qu'ils avaient affaire à plus fort qu'eux,[7] laissant, au reste, à Athos le soin de porter la parole.

Un des deux cavaliers, celui qui avait pris la parole en

second lieu, était à dix pas en avant de son compagnon ;
Athos fit signe à Porthos et à Aramis de rester de leur côté
en arrière, et s'avança seul.

—Pardon, mon officier ! dit Athos ; mais nous ignorions
à qui nous avions affaire, et vous pouvez voir que nous
faisions bonne garde.

—Votre nom ? dit l'officier, qui se couvrait une partie du
visage avec son manteau.

—Mais vous-même, Monsieur, dit Athos, qui commençait
à se révolter contre cette inquisition ; donnez-moi, je vous
prie, la preuve que vous avez le droit de m'interroger.

—Votre nom ? reprit une seconde fois le cavalier en
laissant tomber son manteau de manière à avoir le visage
découvert.

—Monsieur le cardinal ! s'écria le mousquetaire stupéfait.

—Votre nom ? reprit pour la troisième fois Son Éminence.

—Athos, dit le mousquetaire.

Le cardinal fit un signe à l'écuyer, qui se rapprocha.

—Ces trois mousquetaires nous suivront, dit-il à voix
basse, je ne veux pas qu'on sache que je suis sorti du camp,
et, en nous suivant, nous serons sûrs qu'ils ne le diront à
personne.

—Nous sommes gentilshommes, Monseigneur, dit Athos ;
demandez-nous donc notre parole et ne vous inquiétez de
rien.   Dieu merci ! nous savons garder un secret.

Le cardinal fixa ses yeux perçants sur ce hardi inter-
locuteur.

—Vous avez l'oreille fine, monsieur Athos, dit le cardinal ;
mais maintenant écoutez ceci : ce n'est point par défiance
que je vous prie de me suivre, c'est pour ma sûreté : sans
doute vos deux compagnons sont MM. Porthos et Aramis ?

—Oui, Votre Éminence, dit Athos, tandis que les deux
mousquetaires restés en arrière s'approchaient le chapeau
à la main.

— Je vous connais, Messieurs, dit le cardinal, je vous connais : je sais que vous n'êtes pas tout à fait de mes amis, et j'en suis fâché, mais je sais que vous êtes de braves et loyaux gentilshommes, et qu'on peut se fier à vous. Monsieur Athos, faites-moi donc l'honneur de m'accompagner, vous et vos deux amis, et alors j'aurai une escorte à faire envie à Sa Majesté si nous la rencontrons.

Les trois mousquetaires s'inclinèrent jusque sur le cou de leurs chevaux.

— Eh bien ! sur mon honneur, dit Athos, Votre Éminence a raison de nous emmener avec elle : nous avons rencontré sur la route des visages affreux, et nous avons même eu avec quatre de ces visages une querelle au Colombier-Rouge.

— Une querelle, et pourquoi, Messieurs ? dit le cardinal ; je n'aime pas les querelleurs ; vous le savez !

— C'est justement pour cela que j'ai l'honneur de prévenir Votre Éminence de ce qui vient d'arriver ; car elle pourrait l'apprendre par d'autres que par nous, et, sur un faux rapport, croire que nous sommes en faute.

— Et quels ont été les résultats de cette querelle ? demanda le cardinal en fronçant le sourcil.

— Mais mon ami Aramis, que voici, a reçu un petit coup d'épée dans le bras, ce qui ne l'empêchera pas, comme Votre Éminence peut le voir, de monter à l'assaut demain, si Votre Éminence ordonne l'escalade.

— Mais vous n'êtes pas hommes à vous laisser donner des coups d'épée ainsi, dit le cardinal : voyons, soyez francs, Messieurs, vous en avez bien rendu quelques-uns ; confessez-vous, vous savez que j'ai le droit de donner l'absolution.

— Moi, Monseigneur, dit Athos, je n'ai pas même mis l'épée à la main, mais j'ai pris celui à qui j'avais affaire à bras-le-corps et je l'ai jeté par la fenêtre ; il paraît qu'en tombant, continua Athos avec quelque hésitation, il s'est cassé la cuisse.

— Ah ! ah ! fit le cardinal ; et vous, monsieur Porthos ?

— Moi, monseigneur, sachant que le duel est défendu, j'ai saisi un banc, et j'en ai donné à l'un de ces brigands un coup qui, je crois, lui a brisé l'épaule.

— Bien, dit le cardinal ; et vous, monsieur Aramis ?

— Moi, Monseigneur, comme je suis d'un naturel très-doux et que, d'ailleurs, ce que monseigneur ne sait peut-être pas, je suis sur le point d'entrer dans les ordres, je voulais séparer mes camarades, quand un de ces misérables m'a donné traîtreusement un coup d'épée à travers le bras gauche : alors la patience m'a manqué, j'ai tiré mon épée à mon tour, et comme il revenait à la charge, je crois avoir senti qu'en se jetant sur moi il se l'était passée au travers du corps : je sais bien qu'il est tombé seulement, et il m'a semblé qu'on l'emportait avec ses deux compagnons.

— Diable, messieurs ! dit le cardinal, trois hommes hors de combat pour une rixe de cabaret, vous n'y allez pas de main morte ; [8] et à propos de quoi était venue la querelle ?

— Ces misérables étaient ivres, dit Athos, et il y avait une femme qui était arrivée le soir dans le cabaret.

— Et cette femme était jeune et jolie ? demanda le cardinal avec une certaine inquiétude.

— Nous ne l'avons pas vue, Monseigneur, dit Athos.

— Vous ne l'avez pas vue ; ah ! très-bien, reprit vivement le cardinal ; vous avez bien fait de défendre l'honneur d'une femme, et comme c'est à l'auberge du Colombier-Rouge que je vais moi-même, je saurai si vous m'avez dit la vérité.

— Monseigneur, dit fièrement Athos, nous sommes gentils-hommes, et pour sauver notre tête nous ne ferions pas un mensonge.

— Aussi je ne doute pas de ce que vous me dites, monsieur Athos, je n'en doute pas un seul instant ; mais, ajouta-t-il pour changer la conversation, cette dame était donc seule ?

— Cette dame avait un cavalier enfermé avec elle, dit Athos ; mais, comme malgré le bruit ce cavalier ne s'est pas montré, il est à présumer que c'est un lâche.

— Ne jugez pas témérairement, dit l'Évangile, répliqua le cardinal.

Athos s'inclina.

— Et maintenant, Messieurs, c'est bien, continua Son Éminence, je sais ce que je voulais savoir ; suivez-moi.

Les trois mousquetaires passèrent derrière le cardinal, qui s'enveloppa de nouveau le visage de son manteau et remit son cheval au pas, se tenant à huit ou dix pas en avant de ses quatre compagnons.

On arriva bientôt à l'auberge silencieuse et solitaire ; sans doute l'hôte savait quel illustre visiteur il attendait, et en conséquence il avait renvoyé les importuns.

Dix pas avant d'arriver à la porte, le cardinal fit signe à son écuyer et aux trois mousquetaires de faire halte ; un cheval tout sellé était attaché au contrevent, le cardinal frappa trois coups et de certaine façon.

Un homme enveloppé d'un manteau sortit aussitôt et échangea quelques paroles rapides avec le cardinal ; après quoi il remonta à cheval et repartit dans la direction de Surgères, qui était aussi celle de Paris.

— Avancez, Messieurs, dit le cardinal.

— Vous m'avez dit la vérité, mes gentilshommes, dit-il en s'adressant aux trois mousquetaires, et il ne tiendra pas à moi que notre rencontre de ce soir ne vous soit avantageuse ; en attendant, suivez-moi.

Le cardinal mit pied à terre, les trois mousquetaires en firent autant ; le cardinal jeta la bride de son cheval aux mains de son écuyer, les trois mousquetaires attachèrent les brides des leurs aux contrevents.

L'hôte se tenait sur le seuil de la porte ; pour lui, le cardinal n'était qu'un officier venant visiter une dame.

— Avez-vous quelque chambre au rez-de-chaussée, où ces Messieurs puissent m'attendre près d'un bon feu ? dit le cardinal.

L'hôte ouvrit la porte d'une grande salle, dans laquelle justement on venait de remplacer un mauvais poêle par une grande et excellente cheminée.

—J'ai celle-ci, dit-il.

— C'est bien, dit le cardinal ; entrez là, Messieurs, et veuillez m'attendre ; je ne serai pas plus d'une demi-heure.

Et, tandis que les trois mousquetaires entraient dans la chambre du rez-de-chaussée, le cardinal, sans demander plus amples renseignements, monta l'escalier en homme qui n'a pas besoin qu'on lui indique son chemin.

━━━━◦○◦✕◦○◦━━━━

XIV.–XV.

C'est milady que Richelieu est venu voir.   Au moyen d'un tuyau de poêle Athos entend la conversation ; Richelieu complote la mort de Buckingham ; milady s'en charge, mais en revanche demande la tête de d'Artagnan.   Richelieu cède, et lui donne l'autorisation suivante :

" C'est par mon ordre et pour le bien de l'État que le porteur du présent a fait ce qu'il a fait.

"3 décembre 1627.

" RICHELIEU."

Après le départ du cardinal Athos s'introduit dans la chambre de milady, qui le reconnaît pour le mari qu'elle a trompé.   Il la force à lui donner l'autorisation.   Immédiatement après milady fait voile pour l'Angleterre.

XVI.

LE BASTION SAINT-GERVAIS.

En arrivant chez ses trois amis, d'Artagnan les trouva réunis dans la même chambre : Athos réfléchissait, Porthos frisait sa moustache, Aramis disait ses prières dans un charmant petit livre d'Heures relié en velours bleu.

— Pardieu, Messieurs ! dit-il, j'espère que ce que vous avez à me dire en vaut la peine, sans cela je vous préviens que je ne vous pardonne pas de m'avoir fait venir, au lieu de me laisser reposer après une nuit passée à prendre et à démanteler un bastion. Ah ! que n'étiez-vous là, Messieurs ! il a fait chaud !

— Nous étions ailleurs, où il ne faisait pas froid non plus ! répondit Porthos tout en faisant prendre à sa moustache un pli qui lui était particulier.[1]

— Chut ! dit Athos.

— Oh, oh ! fit d'Artagnan comprenant le léger froncement de sourcils du mousquetaire, il paraît qu'il y a du nouveau ici.

— Aramis, dit Athos, vous avez été déjeuner avant-hier à l'auberge du Parpaillot, je crois ?

— Oui.

— Comment est-on là ?

— Mais, j'ai fort mal mangé pour mon compte ; avant-hier était un jour maigre, et ils n'avaient que du gras.

— Comment ! dit Athos, dans un port de mer ils n'ont pas de poisson ?

— Ils disent, reprit Aramis en se remettant à sa pieuse

lecture, que la digue que fait bâtir M. le cardinal les chasse en pleine mer.[2]

— Mais, ce n'est pas cela que je vous demandais, Aramis, reprit Athos ; je vous demandais si vous aviez été bien libre, et si personne ne vous avait dérangé ?

— Mais il me semble que nous n'avons pas eu trop d'importuns ; oui, au fait, pour ce que vous voulez dire, Athos, nous serons assez bien au Parpaillot.

— Allons donc au Parpaillot, dit Athos, car ici les murailles sont comme des feuilles de papier.

D'Artagnan, qui était habitué aux manières de faire de son ami, et qui reconnaissait tout de suite à une parole, à un geste, à un signe de lui, que les circonstances étaient graves, prit le bras d'Athos et sortit avec lui sans rien dire ; Porthos suivit en devisant avec Aramis.

En route, on rencontra Grimaud ; Athos lui fit signe de venir : Grimaud, selon son habitude, obéit en silence ; le pauvre garçon avait à peu près fini par désapprendre de parler.

On arriva à la buvette du Parpaillot : il était sept heures du matin, le jour commençait à paraître ; les trois amis commandèrent à déjeuner, et entrèrent dans une salle où, au dire de l'hôte, ils ne devaient pas être dérangés.

Malheureusement l'heure était mal choisie pour un conciliabule : on venait de battre la diane,[3] chacun secouait le sommeil de la nuit, et, pour chasser l'air humide du matin, venait boire la goutte à la buvette : dragons, Suisses, gardes, mousquetaires, chevau-légers se succédaient avec une rapidité qui devait très-bien faire les affaires de l'hôte, mais qui remplissait fort mal les vues des quatre amis. Aussi répondaient-ils d'une manière fort maussade aux saluts, aux toasts et aux lazzi de leurs compagnons.

— Allons ! dit Athos, nous allons nous faire quelque bonne querelle, et nous n'avons pas besoin de cela en ce moment. D'Artagnan, racontez-nous votre nuit;[4] nous vous raconterons la nôtre après.

— En effet, dit un chevau-léger qui se dandinait en tenant à la main un verre d'eau-de-vie qu'il dégustait lentement; en effet, vous étiez de tranchée cette nuit, messieurs les gardes, et il me semble que vous avez eu maille à partir avec les Rochelais?

D'Artagnan regarda Athos pour savoir s'il devait répondre à cet intrus qui se mêlait à la conversation.

— Eh bien, dit Athos, n'entends-tu pas M. de Busigny qui te fait l'honneur de t'adresser la parole? Raconte ce qui s'est passé cette nuit, puisque ces Messieurs désirent le savoir.

— N'avre-fous bas bris un pastion?[5] demanda un Suisse qui buvait du rhum dans un verre à bière.

— Oui, Monsieur, répondit d'Artagnan en s'inclinant, nous avons eu cet honneur; nous avons même, comme vous avez pu l'entendre, introduit sous un des angles un baril de poudre qui, en éclatant, a fait une fort jolie brèche; sans compter que, comme le bastion n'était pas d'hier, tout le reste de la bâtisse s'en est trouvé fort ébranlé.

— Et quel bastion est-ce? demanda un dragon qui tenait enfilée à son sabre une oie qu'il apportait à faire cuire.

— Le bastion Saint-Gervais, répondit d'Artagnan, derrière lequel les Rochelais inquiétaient nos travailleurs.

— Et l'affaire a été chaude?

— Mais, oui; nous y avons perdu cinq hommes, et les Rochelais huit ou dix.

— Balzampleu! fit le Suisse, qui, malgré l'admirable collection de jurons que possède la langue allemande, avait pris l'habitude de jurer en français.

— Mais il est probable, dit le chevau-léger, qu'ils vont, ce matin, envoyer des pionniers pour remettre le bastion en état.

— Oui, c'est probable, dit d'Artagnan.

— Messieurs, dit Athos, un pari !

— Ah ! woui ! un bari ! dit le Suisse.

— Lequel ? demanda le chevau-léger.

— Attendez, dit le dragon en posant son sabre comme une broche sur les deux grands chenets de fer qui soutenaient le feu de la cheminée, j'en suis. Hôtelier de malheur ![6] une lèchefrite tout de suite, que je ne perde pas une goutte de la graisse de cette estimable volaille.

— Il avre raison, dit le Suisse, la graisse t'oie, il est très-ponne avec des gonfitures.

— Là ! dit le dragon. Maintenant, voyons le pari ! Nous écoutons, monsieur Athos !

— Oui, le pari ! dit le chevau-léger.

— Eh bien ! monsieur de Busigny, je parie avec vous, dit Athos, que mes trois compagnons, MM. Porthos, Aramis, d'Artagnan et moi, nous allons déjeuner dans le bastion Saint-Gervais et que nous y tenons [7] une heure, montre à la main, quelque chose que fasse l'ennemi pour nous déloger.

Porthos et Aramis se regardèrent, ils commençaient à comprendre.

— Mais, dit d'Artagnan en se penchant à l'oreille d'Athos ; tu vas nous faire tuer sans miséricorde.

— Nous sommes bien plus tués, répondit Athos, si nous n'y allons pas.

— Ah ! ma foi ! Messieurs, dit Porthos en se renversant sur sa chaise et en frisant sa moustache, voici un beau pari, j'espère.

— Aussi je l'accepte, dit M. de Busigny ; maintenant il s'agit de fixer l'enjeu.

— Mais vous êtes quatre, Messieurs, dit Athos, nous sommes quatre ; un dîner à discrétion [8] pour huit, cela vous va-t-il ?

— A merveille, reprit M. de Busigny.

— Parfaitement, dit le dragon.

— Ça me fa, dit le Suisse. Le quatrième auditeur, qui, dans toute cette conversation, avait joué un rôle muet, fit un signe de la tête en preuve qu'il acquiesçait à la proposition.

— Le déjeuner de ces Messieurs est prêt, dit l'hôte.

— Eh bien ! apportez-le, dit Athos.

L'hôte obéit. Athos appela Grimaud, lui montra un grand panier qui gisait dans un coin et fit le geste d'envelopper dans les serviettes les viandes apportées.

Grimaud comprit à l'instant même qu'il s'agissait d'un déjeuner sur l'herbe, prit le panier, empaqueta les viandes, y joignit les bouteilles et prit le panier à son bras.

— Mais où allez-vous manger mon déjeuner ? dit l'hôte.

— Que vous importe, dit Athos, pourvu qu'on vous le paye ? Et il jeta majestueusement deux pistoles sur la table.

— Faut-il vous rendre,[9] mon officier ? dit l'hôte.

— Non ; ajoutez seulement deux bouteilles de vin de Champagne, et la différence sera pour les serviettes.

L'hôte ne faisait pas une aussi bonne affaire qu'il l'avait cru d'abord, mais il se rattrapa [10] en glissant aux quatre convives deux bouteilles de vin d'Anjou au lieu de deux bouteilles de vin de Champagne.

— Monsieur de Busigny, dit Athos, voulez-vous bien régler votre montre sur la mienne, ou me permettre de régler la mienne sur la vôtre ?

— A merveille, Monsieur ! dit le chevau-léger en tirant de son gousset une fort belle montre entourée de diamants ; sept heures et demie, dit-il.

— Sept heures trente-cinq minutes, dit Athos ; nous saurons que j'avance de cinq minutes sur vous, Monsieur. ‑

Et, saluant les assistants ébahis, les quatre jeunes gens prirent le chemin du bastion Saint-Gervais, suivis de Grimaud, qui portait le panier, ignorant où il allait, mais dans l'obéissance passive dont il avait pris l'habitude avec Athos, ne songeant pas même à le demander.

Tant qu'ils furent dans l'enceinte du camp, les quatre amis n'échangèrent pas une parole; d'ailleurs ils étaient suivis par les curieux, qui, connaissant le pari engagé, voulaient savoir comment ils s'en tireraient. Mais une fois qu'ils eurent franchi la ligne de circonvallation et qu'ils se trouvèrent en plein air, d'Artagnan, qui ignorait complétement ce dont il s'agissait, crut qu'il était temps de demander une explication.

— Et maintenant, mon cher Athos, dit-il, faites-moi l'amitié de m'apprendre où nous allons?

— Vous le voyez bien, dit Athos, nous allons au bastion.

— Mais qu'y allons-nous faire?

— Vous le savez bien, nous y allons déjeuner.

— Mais pourquoi n'avons-nous pas déjeuné au Parpaillot?

— Parce que nous avons des choses fort importantes à nous dire, et qu'il était impossible de causer cinq minutes dans cette auberge avec tous ces importuns qui vont, qui viennent, qui saluent, qui accostent; ici, du moins, continua Athos en montrant le bastion, on ne viendra pas nous déranger.

— Il me semble, dit d'Artagnan avec cette prudence qui s'alliait si bien et si naturellement chez lui à une excessive bravoure, il me semble que nous aurions pu trouver quelque endroit écarté dans les dunes, au bord de la mer.

— Où l'on nous aurait vus conférer tous les quatre ensemble, de sorte qu'au bout d'un quart d'heure le cardinal eût été prévenu par ses espions que nous tenions conseil.

— Oui, dit Aramis, Athos à raison; *Animadvertuntur in desertis.*

— Un désert n'aurait pas été mal, dit Porthos, mais il s'agissait de le trouver.

— Il n'y a pas de désert où un oiseau ne puisse passer

au-dessus de la tête, où un poisson ne puisse sauter au-dessus de l'eau, où un lapin ne puisse partir de son gîte, et je crois qu'oiseau, poisson, lapin, tout s'est fait espion du cardinal. Mieux vaut donc poursuivre notre entreprise, devant laquelle d'ailleurs nous ne pouvons plus reculer sans honte; nous avons fait un pari, un pari qui ne pouvait être prévu, et dont je défie qui que ce soit de deviner la véritable cause: nous allons, pour le gagner, tenir une heure dans le bastion. Ou nous serons attaqués, ou nous ne le serons pas. Si nous ne le sommes pas, nous aurons tout le temps de causer et personne ne nous entendra, car je réponds que les murs de ce bastion n'ont pas d'oreilles; si nous le sommes, nous causerons de nos affaires tout de même, et de plus, tout en nous défendant, nous nous couvrons de gloire. Vous voyez bien que tout est bénéfice.[11]

—Oui, dit d'Artagnan, mais nous attrapons indubitablement une balle.

—Eh! mon cher, dit Athos, vous savez bien que les balles les plus à craindre ne sont pas celles de l'ennemi.

—Mais il me semble que pour une pareille expédition, nous aurions dû au moins emporter nos mousquets.

—Vous êtes un niais, ami Porthos; pourquoi nous charger d'un fardeau inutile?

—Je ne trouve pas inutile en face de l'ennemi un bon mousquet de calibre, douze cartouches et une poire à poudre.

—Oh, bien! dit Athos, n'avez-vous pas entendu ce qu'a dit d'Artagnan?

—Qu'a dit d'Artagnan? demanda Porthos.

—D'Artagnan a dit que dans l'attaque de cette nuit il y avait eu huit ou dix Français de tués et autant de Rochelais.

—Après?

—On n'a pas eu le temps de les dépouiller, n'est-ce pas? attendu qu'on avait autre chose pour le moment de plus pressé à faire.

— Eh bien?

— Eh bien! nous allons trouver leurs mousquets, leurs poires à poudre et leurs cartouches, et au lieu de quatre mousquetons et de douze balles, nous allons avoir une quinzaine de fusils et une centaine de coups à tirer.

— O Athos! dit Aramis, tu es véritablement un grand homme!

Porthos inclina la tête en signe d'adhésion.

D'Artagnan seul ne paraissait pas convaincu.

Sans doute Grimaud partageait les doutes du jeune homme; car, voyant que l'on continuait de marcher vers le bastion, chose dont il avait douté jusqu'alors, il tira son maître par le pan de son habit.

— Où allons-nous? demanda-t-il par geste.

Athos lui montra le bastion.

— Mais, dit toujours dans le même dialecte le silencieux Grimaud, nous y laisserons notre peau.

Athos leva les yeux et le doigt vers le ciel.

Grimaud posa son panier à terre et s'assit en secouant la tête.

Athos prit à sa ceinture un pistolet, regarda s'il était bien amorcé, l'arma et approcha le canon de l'oreille de Grimaud.

Grimaud se retrouva sur ses jambes comme par un ressort. Athos alors lui fit signe de prendre le panier et de marcher devant.

Grimaud obéit.

Tout ce qu'avait gagné Grimaud à cette pantomime d'un instant, c'est qu'il était passé de l'arrière-garde à l'avant-garde.

Arrivés au bastion, les quatre amis se retournèrent.

Plus de trois cents soldats de toutes armes étaient assemblés à la porte du camp, et dans un groupe séparé on pouvait distinguer M. de Busigny, le dragon, le Suisse et le quatrième parieur.

Athos ôta son chapeau, le mit au bout de son épée et l'agita en l'air.

Tous les spectateurs lui rendirent son salut, accompagnant cette politesse d'un grand hourra qui arriva jusqu'à eux.

Après quoi, ils disparurent tous quatre dans le bastion, où les avait déjà précédés Grimaud.

XVII.

LE CONSEIL DES MOUSQUETAIRES.

Comme l'avait prévu Athos, le bastion n'était occupé que par une douzaine de morts tant Français que Rochelais.

— Messieurs, dit Athos, qui avait pris le commandement de l'expédition, tandis que Grimaud va mettre la table, commençons par recueillir les fusils et les cartouches : nous pouvons d'ailleurs causer tout en accomplissant cette besogne. Ces Messieurs, ajouta-t-il en montrant les morts, ne nous écoutent pas.

— Mais nous pourrions toujours les jeter dans le fossé, dit Porthos, après toutefois nous être assurés qu'ils n'ont rien dans leurs poches.

— Oui, dit Athos, c'est l'affaire de Grimaud.

— Ah bien alors, dit d'Artagnan, que Grimaud les fouille et les jette par dessus les murailles.

— Gardons-nous en bien, dit Athos, ils peuvent nous servir.

— Ces morts peuvent nous servir ? dit Porthos. Ah ça ! tu deviens fou, cher ami.

— Ne jugez pas témérairement, disent l'Évangile et M. le cardinal, répondit Athos ; combien de fusils, Messieurs ?

— Douze, répondit Aramis.

— Combien de coups à tirer ?

— Une centaine.

— C'est tout autant qu'il nous en faut ; chargeons les armes.

Les quatre mousquetaires se mirent à la besogne. Comme ils achevaient de charger le dernier fusil, Grimaud fit signe que le déjeuner était servi.

Athos répondit, toujours par geste, que c'était bien, et indiqua à Grimaud une espèce de poivrière[1] où celui-ci comprit qu'il se devait tenir en sentinelle. Seulement, pour adoucir l'ennui de sa faction, Athos lui permit d'emporter un pain, deux côtelettes et une bouteille de vin.

— Et maintenant, à table, dit Athos.

Les quatre amis s'assirent à terre, les jambes croisées comme des Turcs ou comme des tailleurs.

— Ah! maintenant, dit d'Artagnan, que tu n'as plus la crainte d'être entendu, j'espère que tu vas nous faire part de ton secret.

— J'espère que je vous procure à la fois de l'agrément et de la gloire, Messieurs, dit Athos. Je vous ai fait faire une promenade charmante; voici un déjeuner des plus succulents, et cinq cents personnes là-bas, comme vous pouvez les voir à travers les meurtrières, qui nous prennent pour des fous ou pour des héros, deux classes d'imbéciles qui se ressemblent assez.

— Mais ce secret? dit d'Artagnan.

— Le secret, dit Athos, c'est que j'ai vu milady hier soir.

D'Artagnan portait son verre à ses lèvres; mais à ce nom de milady, la main lui trembla si fort, qu'il le posa à terre pour ne pas en répandre le contenu.

— Tu as vu ta fem. . . .

— Chut donc! interrompit Athos: vous oubliez, mon cher, que ces Messieurs ne sont pas initiés comme vous dans le secret de mes affaires de ménage; j'ai vu milady.

— Et où cela? demanda d'Artagnan.

— A deux lieues d'ici à peu près, à l'auberge du Colombier-Rouge.

— En ce cas je suis perdu, dit d'Artagnan.

— Non, pas tout à fait encore, reprit Athos ; car, à cette heure, elle doit avoir quitté les côtes de France.

D'Artagnan respira.

— Mais, au bout du compte, demanda Porthos, mais qu'est-ce donc que cette milady ?

— Une femme charmante, dit Athos en dégustant un verre de vin mousseux. Canaille d'hôtelier ! s'écria-t-il, qui nous donne du vin d'Anjou pour du vin de Champagne, et qui croit que nous nous y laisserons prendre ! Oui, continua-t-il, une femme charmante, ennemie de d'Artagnan dont elle a essayé de se venger, il y a un mois, en voulant le faire tuer à coups de mousquet ; il y a huit jours, en essayant de l'empoisonner, et hier en demandant sa tête au cardinal.

— Comment ! en demandant ma tête au cardinal ? s'écria d'Artagnan, pâle de terreur.

— Ça, dit Porthos, c'est vrai comme l'Évangile ; je l'ai entendu de mes deux oreilles.

— Moi aussi, dit Aramis.

— Alors, dit d'Artagnan en laissant tomber son bras avec découragement, il est inutile de lutter plus longtemps ; autant vaut que je me brûle la cervelle et que tout soit fini.

— C'est la dernière sottise qu'il faut faire, dit Athos, attendu que c'est la seule à laquelle il n'y ait pas de remède.

— Mais je n'en réchapperai jamais, dit d'Artagnan, avec des ennemis pareils. D'abord mon inconnu de Meung ; ensuite de Wardes, à qui j'ai donné trois coups d'épée ; puis milady dont j'ai surpris le secret ; enfin le cardinal, dont j'ai fait échouer la vengeance.

— Eh bien ! dit Athos, tout cela ne fait que quatre, et nous sommes quatre, un contre un. Pardieu ! si nous en croyons les signes que nous fait Grimaud, nous allons avoir affaire à un bien autre nombre de gens. Qu'y a-t-il, Grimaud ? dit Athos. Moyennant la gravité de la circonstance, je vous permets de parler, mon ami; mais soyez laconique, je vous prie.   Que voyez-vous ?

— Une troupe.

— De combien de personnes ?

— De vingt hommes.

— Quels hommes ?

— Seize pionniers, quatre soldats.

— A combien de pas sont-ils ?

— A cinq cents pas.

— Bon, nous avons encore le temps d'achever cette volaille et de boire un verre de vin à ta santé, d'Artagnan !

— A ta santé ! répétèrent Porthos et Aramis.

— Eh bien donc, à ma santé ! quoique je ne croie pas que vos souhaits me servent à grand'chose.

— Bah ! dit Athos, Dieu est grand, comme disent les sectateurs de Mahomet, et l'avenir est dans ses mains.

Puis, avalant le contenu de son verre, qu'il reposa près de lui, Athos se leva nonchalamment, prit le premier fusil venu et s'approcha d'une meurtrière.

Porthos, Aramis et d'Artagnan en firent autant.   Quant à Grimaud, il reçut l'ordre de se placer derrière les quatre amis afin de recharger les armes.

Au bout d'un instant on vit paraître la troupe ; elle suivait une espèce de boyau de tranchée[2] qui établissait une communication entre le bastion et la ville.

— Pardieu ! dit Athos, c'était bien la peine de nous déranger pour une vingtaine de drôles armés de pioches, de hoyaux et de pelles !   Grimaud n'aurait eu qu'à leur faire signe de s'en aller, et je suis convaincu qu'ils nous eussent laissés tranquilles.

— J'en doute, dit d'Artagnan, car ils avancent fort résolûment de ce côté.   D'ailleurs, il y a avec les travailleurs quatre soldats et un brigadier armés de mousquets.

— C'est qu'ils ne nous ont pas vus, dit Athos.

— Ma foi! dit Aramis, j'avoue que j'ai répugnance à tirer sur ces pauvres diables de bourgeois.

— Mauvais prêtre, dit Porthos, qui a pitié des hérétiques!

— En vérité, dit Athos, Aramis a raison, je vais les prévenir.

— Que diable faites-vous donc? dit d'Artagnan, vous allez vous faire fusiller, mon cher.

Mais Athos ne tint aucun compte de l'avis, et, montant sur la brèche, son fusil d'une main et son chapeau de l'autre:

— Messieurs, dit-il en s'adressant aux soldats et aux travailleurs, qui, étonnés de cette apparition, s'arrêtaient à cinquante pas environ du bastion, et en les saluant courtoisement; Messieurs, nous sommes, quelques amis et moi, en train de déjeuner dans ce bastion. Or, vous savez que rien n'est désagréable comme d'être dérangé quand on déjeune; nous vous prions donc, si vous avez absolument affaire ici, d'attendre que nous ayons fini notre repas, ou de repasser plus tard; à moins qu'il ne vous prenne la salutaire envie de quitter le parti de la rébellion et de venir boire avec nous à la santé du roi de France.

— Prends garde, Athos! s'écria d'Artagnan; ne vois-tu pas qu'ils te mettent en joue?

— Si fait, si fait, dit Athos, mais ce sont des bourgeois [3] qui tirent fort mal, et qui n'ont garde de me toucher.[4]

En effet, au même instant quatre coups de fusil partirent, et les balles vinrent s'aplatir autour d'Athos, mais sans qu'une seule le touchât.

Quatre coups de fusil leur répondirent presque en même temps, mais ils étaient mieux dirigés que ceux des agresseurs; trois soldats tombèrent tués roide, et un des travailleurs fut blessé.

— Grimaud, un autre mousquet! dit Athos toujours sur la brèche.

Grimaud obéit aussitôt. De leur côté, les trois amis

avaient chargé leurs armes ; une seconde décharge suivit la
première : le brigadier et deux pionniers tombèrent morts,
le reste de la troupe prit la fuite.

— Allons, Messieurs, une sortie, dit Athos.

Et les quatre amis, s'élançant hors du fort, parvinrent
jusqu'au champ de bataille, ramassèrent les quatre mousquets des soldats et la demi-pique du brigadier ;[5] et, convaincus que les fuyards ne s'arrêteraient qu'à la ville,
reprirent le chemin du bastion, rapportant les trophées de
leur victoire.

— Rechargez les armes, Grimaud, dit Athos, et nous,
Messieurs, reprenons notre déjeuner et continuons notre
conversation. Où en étions-nous ?

— Je me le rappelle, dit d'Artagnan, tu disais qu'après
avoir demandé ma tête au cardinal, milady avait quitté les
côtes de France. Et où va-t-elle ? ajouta d'Artagnan, qui
se préoccupait fort de l'itinéraire que devait suivre milady.

— Elle va en Angleterre, répondit Athos.

— Et dans quel but ?

— Dans le but d'assassiner ou de faire assassiner Buckingham.

D'Artagnan poussa une exclamation de surprise et d'indignation.

— Mais c'est infâme ! s'écria-t-il.

— Oh ! quant à cela, dit Athos, je vous prie de croire que
je m'en inquiète fort peu. Maintenant que vous avez fini,
Grimaud, continua Athos, prenez la demi-pique de notre
brigadier, attachez-y une serviette et plantez-la au haut de
notre bastion, afin que ces rebelles de Rochelais voient qu'ils
ont affaire à de braves et loyaux soldats du roi.

Grimaud obéit sans répondre. Un instant après le drapeau
blanc flottait au-dessus de la tête des quatre amis : un ton-
nerre d'applaudissements salua son apparition ; la moitié du
camp était aux barrières.[6]

— Comment ! reprit d'Artagnan, tu t'inquiètes fort peu qu'elle tue ou qu'elle fasse tuer Buckingham ? Mais le duc est notre ami.

— Le duc est Anglais, le duc combat contre nous ; qu'elle fasse du duc ce qu'elle voudra, je m'en soucie comme d'une bouteille vide.

Et Athos envoya à quinze pas de lui une bouteille qu'il tenait, et dont il venait de transvaser jusqu'à la dernière goutte dans son verre.

— Un instant, dit d'Artagnan, je n'abandonne pas Buckingham ainsi ; il nous avait donné de fort beaux chevaux.

— Et surtout de fort belles selles, dit Porthos, qui, à ce moment même, portait à son manteau le galon de la sienne.

— Puis, dit Aramis, Dieu veut la conversion et non la mort du pécheur.

— *Amen*, dit Athos, et nous reviendrons là-dessus plus tard, si tel est votre plaisir ; mais ce qui, pour le moment, me préoccupait le plus, et je suis sûr que tu me comprendras, d'Artagnan, c'était de reprendre à cette femme une espèce de blanc-seing [7] qu'elle avait extorqué au cardinal, et à l'aide duquel elle devait impunément se débarrasser de toi et peut-être de nous.

— Mais c'est donc un démon que cette créature ? dit Porthos en tendant son assiette à Aramis, qui découpait une volaille.

— Et ce blanc-seing, dit d'Artagnan, ce blanc-seing est-il resté entre ses mains ?

— Non, il est passé dans les miennes ; je ne dirai pas que c'est sans peine, par exemple, car je mentirais.

— Mon cher Athos, dit d'Artagnan, je ne compte plus les fois que je vous dois la vie.

— Alors c'était donc pour venir près d'elle que tu nous as quittés ? demanda Aramis.

— Justement.

— Et tu as cette lettre du cardinal ? dit d'Artagnan.

— La voici, dit Athos.

Et il tira le précieux papier de la poche de sa casaque.

D'Artagnan le déplia d'une main dont il n'essayait pas même de dissimuler le tremblement, et lut :

" *C'est par mon ordre et pour le bien de l'État que le porteur du présent a fait ce qu'il a fait.*

" *3 décembre* 1627.

" Richelieu."

— En effet, dit Aramis, c'est une absolution dans toutes les règles.

— Il faut déchirer ce papier, dit d'Artagnan, qui semblait lire sa sentence de mort.

— Bien au contraire, dit Athos, il faut le conserver précieusement ; et je ne donnerais pas ce papier quand on le couvrirait de pièces d'or.

— Et que va-t-elle faire maintenant ? demanda le jeune homme.

— Mais, dit négligemment Athos, elle va probablement écrire au cardinal qu'un mousquetaire, nommé Athos, lui a arraché de force son sauf-conduit ; elle lui donnera dans la même lettre le conseil de se débarrasser, en même temps que lui, de ses deux amis, Porthos et Aramis : le cardinal se rappellera que ce sont les mêmes hommes qu'il rencontre toujours sur son chemin ; alors, un beau matin, il fera arrêter d'Artagnan, et, pour qu'il ne s'ennuie pas tout seul, il nous enverra lui tenir compagnie à la Bastille.

— Ah çà ! mais, dit Porthos, il me semble que tu fais là de tristes plaisanteries, mon cher.

— Je ne plaisante pas, dit Athos.

— Sais-tu, dit Porthos, que tordre le cou à cette affreuse milady serait un péché moins grand que de le tordre à ces pauvres diables de huguenots, qui n'ont jamais commis d'autres crimes que de chanter en français des psaumes [8] que nous chantons en latin ?

— Qu'en dit l'abbé ? demanda tranquillement Athos ?

— Je dis que je suis de l'avis de Porthos, répondit Aramis.

— Et moi donc ! dit d'Artagnan.

— Heureusement qu'elle est loin, dit Porthos, car j'avoue qu'elle me gênerait fort ici.

— Elle me gêne en Angleterre aussi bien qu'en France, dit Athos.

— Elle me gêne partout, dit d'Artagnan.

— Mais puisque tu la tenais, dit Porthos, que ne l'as-tu noyée, étranglée, pendue ? il n'y a que les morts qui ne reviennent pas.

— Vous croyez cela, Porthos ? répondit le mousquetaire avec un sombre sourire que d'Artagnan comprit seul.

— J'ai une idée, dit d'Artagnan.

— Voyons, dirent les mousquetaires.

— Aux armes ! cria Grimaud.

Les jeunes gens se levèrent vivement et coururent aux fusils.

Cette fois, une petite troupe s'avançait composée de vingt ou vingt-cinq hommes ; mais ce n'étaient plus des travailleurs, c'étaient des soldats de la garnison.

— Si nous retournions au camp ? dit Porthos, il me semble que la partie n'est pas égale.

— Impossible pour trois raisons, répondit Athos : la première, c'est que nous n'avons pas fini de déjeuner ; la seconde, c'est que nous avons encore des choses d'importance à dire ; la troisième, c'est qu'il s'en manque encore de dix minutes que l'heure ne soit écoulée.

— Voyons, dit Aramis, il faut cependant arrêter un plan de bataille.

— Il est bien simple, dit Athos : aussitôt que l'ennemi

est à portée de mousquet, nous faisons feu ; s'il continue d'avancer, nous faisons feu encore, nous faisons feu tant que nous avons des fusils chargés ; si ce qui reste de la troupe veut alors monter à l'assaut, nous laissons les assiégeants descendre jusque dans le fossé, et alors nous leur poussons sur la tête un pan de mur qui ne tient plus que par un miracle d'équilibre.

— Bravo ! dit Porthos ; décidément, Athos, tu étais né pour être général, et le cardinal, qui se croit un grand homme de guerre, est bien peu de chose auprès de toi.

— Messieurs, dit Athos, pas de double emploi,[9] je vous prie ; visez bien chacun votre homme.

— Je tiens le mien, dit d'Artagnan.

— Et moi le mien, dit Porthos.

— Et moi idem, dit Aramis.

— Alors feu ! dit Athos.

Les quatre coups de fusil ne firent qu'une détonation, mais quatre hommes tombèrent.

Aussitôt le tambour battit, et la petite troupe s'avança au pas de charge.

Alors les coups de fusil se succédèrent sans régularité, mais toujours envoyés avec la même justesse. Cependant, comme s'ils eussent connu la faiblesse numérique des amis, les Rochelais continuaient d'avancer au pas de course.

Sur trois coups de fusil, deux hommes tombèrent ; mais cependant la marche de ceux qui restaient debout ne se ralentissait pas.

Arrivés au bas du bastion, les ennemis étaient encore douze ou quinze ; une dernière décharge les accueillit, mais ne les arrêta point : ils sautèrent dans le fossé et s'apprêtèrent à escalader la brèche.

— Allons, mes amis, dit Athos, finissons-en d'un coup : à la muraille ! à la muraille !

Et les quatre amis, secondés par Grimaud, se mirent à

pousser avec le canon de leurs fusils un énorme pan de mur,
qui s'inclina comme si le vent le poussait, et, se détachant
de sa base, tomba avec un bruit horrible dans le fossé ; puis
on entendit un grand cri, un nuage de poussière monta vers
le ciel, et tout fut dit.

— Les aurions-nous écrasés depuis le premier jusqu'au
dernier ? dit Athos.

— Ma foi, cela m'en a l'air, dit d'Artagnan.

— Non, dit Porthos, en voilà deux ou trois qui se sauvent
tout éclopés.

En effet, trois ou quatre de ces malheureux, couverts de
boue et de sang, fuyaient dans le chemin creux et regagnai-
ent la ville : c'était tout ce qui restait de la petite troupe.

Athos regarda à sa montre.

— Messieurs, dit-il, il y a une heure que nous sommes ici,
et maintenant le pari est gagné ; mais il faut être beaux
joueurs : [10] d'ailleurs d'Artagnan ne nous a pas dit son idée.

Et le mousquetaire, avec son sang-froid habituel, alla s'asseoir devant les restes du déjeuner.

— Mon idée ? dit d'Artagnan.

— Oui, vous disiez que vous aviez une idée, dit Athos.

— Ah ! j'y suis, reprit d'Artagnan : je passe en Angleterre
une seconde fois, je vais trouver M. de Buckingham.

— Vous ne ferez pas cela, d'Artagnan, dit froidement Athos.

— Et pourquoi cela ? ne l'ai-je pas fait déjà ?

— Oui, mais à cette époque nous n'étions pas en guerre ;
à cette époque, M. de Buckingham était un allié et non un
ennemi : ce que vous voulez faire serait taxé de trahison.

D'Artagnan comprit la force de ce raisonnement et se tut.

— Mais, dit Porthos, il me semble que j'ai une idée à mon
tour.

— Silence pour l'idée de M. Porthos ! dit Aramis.

— Je demande un congé à M. de Tréville, sous un prétexte quelconque que vous trouverez : je ne suis pas fort sur

les prétextes, moi. Milady ne me connaît pas, je m'approche d'elle sans qu'elle me redoute, et lorsque je trouve ma belle, je l'étrangle.

— Eh bien! dit Athos, je ne suis pas très-éloigné d'adopter l'idée de Porthos.

— Fi donc! dit Aramis, tuer une femme! Non, tenez, moi, j'ai la véritable idée.

— Voyons votre idée, Aramis! dit Athos, qui avait beaucoup de déférence pour le jeune mousquetaire.

— Il faut prévenir la reine.

— Ah! ma foi, oui, dirent ensemble Porthos et d'Artagnan; je crois que nous touchons au moyen.

— Prévenir la reine! dit Athos, et comment cela? Avons-nous des relations à la cour? Pouvons-nous envoyer quelqu'un à Paris sans qu'on le sache au camp? D'ici à Paris, il y a cent quarante lieues; notre lettre ne sera pas à Angers que nous serons au cachot, nous.

— Quant à ce qui est de faire remettre sûrement une lettre à Sa Majesté, dit Aramis, moi, je m'en charge; je connais à Tours une personne adroite. . . .

Aramis s'arrêta en voyant sourire Athos.

— Eh bien! vous n'adoptez pas ce moyen, Athos? dit d'Artagnan.

— Je ne le repousse pas tout à fait, dit Athos, mais je voulais seulement faire observer à Aramis qu'il ne peut quitter le camp; que tout autre qu'un de nous n'est pas sûr; que, deux heures après que le messager sera parti, tous les capucins, tous les alguazils, tous les bonnets noirs[11] du cardinal sauront votre lettre par cœur, et qu'on arrêtera vous et votre adroite personne.

— Sans compter, dit Porthos, que la reine sauvera M. de Buckingham, mais ne nous sauvera pas du tout, nous autres.

— Messieurs, dit d'Artagnan, ce que dit Porthos est plein de sens.

—Ah! ah! que se passe-t-il donc dans la ville? dit Athos.

—On bat la générale.[12]

Les quatre amis écoutèrent, et le bruit du tambour parvint effectivement jusqu'à eux.

—Vous allez voir qu'ils vont nous envoyer un régiment tout entier, dit Athos.

—Vous ne comptez pas tenir contre un régiment tout entier? dit Porthos.

—Pourquoi pas? dit le mousquetaire, je me sens en train, et je tiendrais devant une armée, si nous avions seulement eu la précaution de prendre une douzaine de bouteilles de plus.

—Sur ma parole, le tambour se rapproche, dit d'Artagnan.

—Laissez-le se rapprocher, dit Athos; il y a pour un quart d'heure de chemin d'ici à la ville, et par conséquent de la ville ici. C'est plus de temps qu'il ne nous en faut pour arrêter notre plan; si nous nous en allons d'ici, nous ne retrouverons jamais un endroit aussi convenable. Et tenez, justement, Messieurs, voilà la vraie idée qui me vient.

—Dites alors.

—Permettez que je donne à Grimaud quelques ordres indispensables.

Athos fit signe à son valet d'approcher.

—Grimaud, dit Athos, en montrant les morts qui gisaient dans le bastion, vous allez prendre ces messieurs, vous allez les dresser contre la muraille, vous leur mettrez leur chapeau sur la tête et leur fusil à la main.

—O grand homme! dit d'Artagnan, je te comprends.

—Vous comprenez? dit Porthos.

—Et toi, comprends-tu, Grimaud? dit Aramis.

Grimaud fit signe que oui.

—C'est tout ce qu'il faut, dit Athos, revenons à mon idée.

—Je voudrais pourtant bien comprendre, dit Porthos.

—C'est inutile.

— Oui, oui, l'idée d'Athos, dirent en même temps d'Artagnan et Aramis.

— Cette milady, cette femme, cette créature, ce démon, a un beau-frère, à ce que vous m'avez dit, je crois, d'Artagnan.

— Oui, je le connais beaucoup même, et je crois aussi qu'il n'a pas une grande sympathie pour sa belle-sœur.

— Il n'y a pas de mal à cela, répondit Athos, et il la détesterait que cela n'en vaudrait que mieux.

— En ce cas nous sommes servis à souhait.

— Cependant, dit Porthos, je voudrais bien comprendre ce que fait Grimaud.

— Silence, Porthos! dit Aramis.

— Comment se nomme ce beau-frère?

— Lord de Winter.

— Où est-il maintenant?

— Il est retourné à Londres au premier bruit de guerre.

— Eh bien! voilà justement l'homme qu'il nous faut, dit Athos, c'est celui qu'il nous convient de prévenir; nous lui ferons savoir que sa belle-sœur est sur le point d'assassiner quelqu'un, et nous le prierons de ne pas la perdre de vue. Il y a bien à Londres, je l'espère, quelque établissement, quelque prison sûre; il y fait mettre sa sœur, et nous sommes tranquilles.

— Oui, dit d'Artagnan, jusqu'à ce qu'elle en sorte.

— Ah! ma foi, dit Athos, vous en demandez trop, d'Artagnan, je vous ai donné tout ce que j'avais, et je vous préviens que c'est le fond de mon sac.[13]

— Moi, je trouve que c'est ce qu'il y a de mieux, dit Aramis; nous prévenons à la fois la reine et lord de Winter.

— Oui, mais par qui ferons-nous porter la lettre à Tours et la lettre à Londres?

— Je réponds de Bazin, dit Aramis.

— Et moi de Planchet, dit d'Artagnan.

—En effet, dit Porthos, si nous ne pouvons quitter le camp, nos laquais peuvent le quitter.

—Sans doute, dit Aramis, et dès aujourd'hui nous écrivons les lettres, nous leur donnons de l'argent, et ils partent.

—Nous leur donnons de l'argent? reprit Athos, vous en avez donc, de l'argent?

Les quatre amis se regardèrent, et un nuage passa sur les fronts qui s'étaient un instant éclaircis.

—Alerte! cria d'Artagnan, je vois des points noirs et des points rouges qui s'agitent là-bas; que disiez-vous donc d'un régiment, Athos? c'est une véritable armée.

—Ma foi, oui! dit Athos, les voilà. Voyez-vous les sournois [14] qui venaient sans tambours ni trompettes. Ah! ah! tu as fini, Grimaud?

Grimaud fit signe que oui, et montra une douzaine de morts qu'il avait placés dans les attitudes les plus pittoresques: les uns au port d'armes, les autres ayant l'air de mettre en joue, les autres l'épée à la main.

—Bravo! dit Athos, voilà qui fait honneur à ton imagination.

—C'est égal, dit Porthos, je voudrais cependant bien comprendre.

—Décampons d'abord, dit d'Artagnan, tu comprendras après.

—Un instant, Messieurs, un instant! donnons le temps à Grimaud de desservir.

—Ah! dit Aramis, voici les points noirs et les points rouges qui grandissent fort visiblement, et je suis de l'avis de d'Artagnan; je crois que nous n'avons pas de temps à perdre pour regagner notre camp.

—Ma foi, dit Athos, je n'ai plus rien contre la retraite: nous avions parié pour une heure, nous sommes restés une heure et demie; il n'y a rien à dire; partons, Messieurs, partons.

Grimaud avait déjà pris les devants avec le panier et le dessert.

Les quatre amis sortirent derrière lui et firent une dizaine de pas.

— Eh! s'écria Athos, que diable faisons-nous, Messieurs?

— As-tu oublié quelque chose? demanda Aramis.

— Et le drapeau, morbleu! il ne faut pas laisser un drapeau aux mains de l'ennemi, même quand ce drapeau ne serait qu'une serviette.

Et Athos s'élança dans le bastion, monta sur la plateforme, et enleva le drapeau: seulement, comme les Rochelais étaient arrivés à portée de mousquet, ils firent un feu terrible sur cet homme, qui, comme par plaisir, allait s'exposer aux coups.

Mais on eût dit qu'Athos avait un charme attaché à sa personne, les balles passèrent en sifflant tout autour de lui, pas une ne le toucha.

Athos agita son drapeau en tournant le dos aux gardes de la ville et en saluant ceux du camp. Des deux côtés de grands cris retentirent, d'un côté des cris de colère, de l'autre des cris d'enthousiasme.

Une seconde décharge suivit la première, et trois balles, en la trouant, firent réellement de la serviette un drapeau. On entendit les cris de tout le camp qui criaient: Descendez, descendez!

Athos descendit; ses camarades, qui l'attendaient avec anxiété, le virent reparaître avec joie.

— Allons, Athos, allons, dit d'Artagnan, allongeons, allongeons; [15] maintenant que nous avons tout trouvé, excepté l'argent, il serait stupide d'être tués.

Mais Athos continua de marcher majestueusement, quel que observation que pussent lui faire ses compagnons, qui, voyant toute observation inutile, réglèrent leur pas sur le sien.

Grimaud et son panier avaient pris les devants et se trouvaient tous deux hors de la portée des balles.

Au bout d'un instant on entendit le bruit d'une fusillade enragée.

— Qu'est-ce que cela? demanda Porthos, et sur quoi tirent-ils? je n'entends pas siffler les balles et je ne vois personne.

— Ils tirent sur nos morts, répondit Athos.

— Mais nos morts ne répondront pas.

— Justement; alors ils croiront à une embuscade, ils délibèreront; ils enverront un parlementaire, et quand ils s'apercevront de la plaisanterie, nous serons hors de la portée des balles. Voilà pourquoi il est inutile de gagner une pleurésie [16] en nous pressant.

— Oh! je comprends, dit Porthos émerveillé.

— C'est bien heureux! dit Athos en haussant les épaules.

De leur côté, les Français, en voyant revenir les quatre amis au pas, poussaient des cris d'enthousiasme.

Enfin une nouvelle mousquetade se fit entendre, et cette fois les balles vinrent s'aplatir sur les cailloux autour des quatre amis et siffler lugubrement à leurs oreilles. Les Rochelais venaient enfin de s'emparer du bastion.

— Voici des gens bien maladroits, dit Athos; combien en avons-nous tué? douze?

— Ou quinze.

— Combien en avons-nous écrasé?

— Huit ou dix.

— Et en échange de tout cela pas une égratignure? Ah! si fait! Qu'avez-vous donc là à la main, d'Artagnan? du sang, ce me semble?

— Ce n'est rien, dit d'Artagnan.

— Une balle perdue?

— Pas même.

— Qu'est-ce donc alors? Nous l'avons dit, Athos aimait d'Artagnan comme son enfant, et ce caractère sombre et inflexible avait parfois pour le jeune homme des sollicitudes de père.

— Une écorchure, reprit d'Artagnan ; mes doigts ont été pris entre deux pierres, celle du mur et celle de ma bague ; alors la peau s'est ouverte.

— Voilà ce que c'est que d'avoir des diamants, mon maître, dit dédaigneusement Athos.

— Ah çà mais, s'écria Porthos, il y a un diamant en effet, et pourquoi diable alors, puisqu'il y a un diamant, nous plaignons-nous de ne pas avoir d'argent ?

— Tiens, au fait !¹⁷ dit Aramis.

— A la bonne heure, Porthos ; cette fois-ci voilà une idée.

— Sans doute, dit Porthos, en se rengorgeant sur le compliment d'Athos, puisqu'il y a un diamant, vendons-le.

— Mais, dit d'Artagnan, c'est le diamant de la reine.

— Raison de plus, reprit Athos, la reine sauvant M. de Buckingham, rien de plus juste ; la reine nous sauvant, nous ses amis, rien de plus moral : vendons le diamant. Qu'en pense monsieur l'abbé ? Je ne demande pas l'avis de Porthos, il est donné.

— Mais je pense, dit Aramis, que sa bague n'étant pas un gage d'amour, d'Artagnan peut la vendre.

— Mon cher, vous parlez comme la théologie en personne. Ainsi votre avis est ? . . .

— De vendre le diamant, répondit Aramis.

— Eh bien ! dit gaiement d'Artagnan, vendons le diamant et n'en parlons plus.

La fusillade continuait, mais les amis étaient hors de portée, et les Rochelais ne tiraient plus que pour l'acquit de leur conscience.

— Ma foi, il était temps que cette idée vînt à Porthos ; nous voici au camp. Ainsi, Messieurs, pas un mot de plus sur toute cette affaire. On nous observe, on vient à notre rencontre, nous allons être portés en triomphe.

En effet, comme nous l'avons dit, tout le camp était en émoi; plus de deux mille personnes avaient assisté, comme à un spectacle, à l'heureuse forfanterie des quatre amis, forfanterie dont on était bien loin de soupçonner le véritable motif. On n'entendait que le cri de : Vivent les gardes! Vivent les mousquetaires! M. de Busigny était venu le premier serrer la main à Athos et reconnaître que le pari était perdu. Le dragon et le Suisse l'avaient suivi, tous les camarades avaient suivi le dragon et le Suisse. C'étaient des félicitations, des poignées de mains, des embrassades, à n'en plus finir, des rires inextinguibles à l'endroit des Rochelais; enfin, un tumulte si grand, que M. le cardinal crut qu'il y avait émeute et envoya La Houdinière, son capitaine des gardes, s'informer de ce qui se passait.

La chose fut racontée au messager avec toute l'efflorescence de l'enthousiasme.

— Eh bien? demanda le cardinal en voyant La Houdinière.

— Eh bien! Monseigneur, dit celui-ci, ce sont trois mousquetaires et un garde qui ont fait le pari avec M. de Busigny d'aller déjeuner au bastion Saint-Gervais, et qui, tout en déjeunant, ont tenu là deux heures contre l'ennemi, et ont tué je ne sais combien de Rochelais.

— Vous êtes-vous informé du nom de ces trois mousquetaires?

— Oui, Monseigneur.

— Comment les appelle-t-on?

— Ce sont MM. Athos, Porthos et Aramis.

— Toujours mes trois braves! murmura le cardinal. Et le garde?

— M. d'Artagnan.

— Toujours mon jeune drôle! Décidément il faut que ces quatre hommes soient à moi.

Le soir même, le cardinal parla à M. de Tréville de l'ex-

ploit du matin, qui faisait la conversation de tout le camp.
M. de Tréville, qui tenait le récit de l'aventure de la bouche
même de ceux qui en étaient les héros, la raconta dans tous
ses détails à Son Éminence, sans oublier l'épisode de la
serviette.

— C'est bien, Monsieur de Tréville, dit le cardinal, faites-
moi tenir cette serviette, je vous prie. J'y ferai broder trois
fleurs de lis d'or, et je la donnerai pour guidon à votre compagnie.

— Monseigneur, dit M. de Tréville, il y aura injustice
pour les gardes; M. d'Artagnan n'est pas à moi, mais à M.
des Essarts.

— Eh bien! prenez-le, dit le cardinal; il n'est pas juste
que, puisque ces quatre braves militaires s'aiment tant, ils
ne servent pas dans la même compagnie.

Le même soir M. de Tréville annonça cette bonne nouvelle
aux trois mousquetaires et à d'Artagnan, en les invitant tous
les quatre à déjeuner le lendemain.

D'Artagnan ne se possédait pas de joie. On le sait, le
rêve de toute sa vie avait été d'être mousquetaire.

Les trois amis aussi étaient fort joyeux.

— Ma foi! dit d'Artagnan à Athos, tu as eu une triom-
phante idée, et, comme tu l'as dit, nous y avons acquis de la
gloire, et nous avons pu lier une conversation de la plus
haute importance.

— Que nous pourrons reprendre maintenant, sans que
personne nous soupçonne; car, avec l'aide de Dieu, nous
allons passer désormais pour des cardinalistes.

Le même soir, d'Artagnan alla présenter ses hommages à
M. des Essarts, et lui faire part de l'avancement qu'il avait
obtenu.

M. des Essarts, qui aimait beaucoup d'Artagnan, lui fit
alors ses offres de service: ce changement de corps amenait
des dépenses d'équipement.

D'Artagnan refusa ; mais, trouvant l'occasion bonne, il le pria de faire estimer le diamant qu'il lui remit, et dont il désirait faire de l'argent.

Le lendemain, à huit heures du matin, le valet de M. des Essarts entra chez d'Artagnan, et lui remit un sac d'or contenant sept mille livres.

C'était le prix du diamant de la reine.

***

XVIII. – XX.

Les quatre amis expédient un avis à lord de Winter pour le mettre sur ses gardes ; aussi quand milady arrive en Angleterre elle est arrêtée et emprisonnée dans un château, où elle est confiée à la garde d'un jeune officier nommé Felton.

XXI.

OFFICIER.

Cependant le cardinal attendait des nouvelles d'Angleterre, mais aucune nouvelle n'arrivait, si ce n'est fâcheuse
et menaçante.

Si bien que La Rochelle fût investie, si certain que pût
paraître le succès, grâce aux précautions prises et surtout
à la digue qui ne laissait plus pénétrer aucune barque dans
la ville assiégée, cependant le blocus pouvait durer longtemps encore, et c'était un grand affront pour les armes du
roi et une grande gêne pour M. le cardinal, qui n'avait plus,
il est vrai, à brouiller Louis XIII avec Anne d'Autriche, la
chose était faite, mais à raccommoder M. de Bassompierre,
qui était brouillé avec le duc d'Angoulême.

Quant à Monsieur, qui avait commencé le siége, il laissait
au cardinal le soin de l'achever.

La ville, malgré l'incroyable persévérance de son maire,
avait tenté une espèce de mutinerie pour se rendre; le
maire[1] avait fait pendre les émeutiers.   Cette exécution
calma les plus mauvaises têtes, qui se décidèrent alors à se
laisser mourir de faim.   Cette mort leur paraissait toujours
plus lente et moins sûre que le trépas par strangulation.

De leur côté, de temps en temps, les assiégeants prenaient
des messagers que les Rochelais envoyaient à Buckingham
ou des espions que Buckingham envoyait aux Rochelais.
Dans l'un et l'autre cas le procès était vite fait.[2]   M. le
cardinal disait ce seul mot: Pendu! On invitait le roi à
venir voir la pendaison. Le roi venait languissamment, se

mettait en bonne place pour voir l'opération dans tous ses détails :[3] cela le distrayait toujours un peu et lui faisait prendre le siége en patience, mais cela ne l'empêchait pas de s'ennuyer fort, de parler à tout moment de retourner à Paris ; de sorte que si les messagers et les espions eussent fait défaut, Son Éminence, malgré toute son imagination, se fût trouvée fort embarrassée.

Néanmoins le temps passait, les Rochelais ne se rendaient pas : le dernier espion que l'on avait pris était porteur d'une lettre. Cette lettre disait bien à Buckingham que la ville était à toute extrémité ; mais, au lieu d'ajouter : "Si votre secours n'arrive pas avant quinze jours, nous nous rendrons," elle ajoutait tout simplement : "Si votre secours n'arrive pas avant quinze jours, nous serons tous morts de faim quand il arrivera."

Les Rochelais n'avaient donc espoir qu'en Buckingham. Il était évident que si un jour ils apprenaient d'une manière certaine qu'il ne fallait plus compter sur Buckingham, avec l'espoir leur courage tomberait.

Il attendait donc avec grande impatience des nouvelles d'Angleterre qui devaient annoncer que Buckingham ne viendrait pas.

La question d'emporter la ville de vive force, débattue souvent dans le conseil du roi, avait toujours été écartée ; d'abord La Rochelle semblait imprenable, puis le cardinal, quoi qu'il eût dit, savait bien que l'horreur du sang répandu en cette rencontre, où Français devaient combattre contre Français, était un mouvement rétrograde de soixante ans imprimé à la politique, et le cardinal était à cette époque ce qu'on appelle aujourd'hui un homme de progrès. En effet, le sac de La Rochelle et l'assassinat de trois ou quatre mille huguenots qui se fussent fait tuer ressemblaient trop, en 1628, au massacre de la Saint-Barthélemy, en 1572 ; et puis, par-dessus tout cela, ce moyen extrême, auquel le roi, bon catholique, ne répugnait aucunement, venait toujours échouer contre cet argument des généraux assiégeants : La Rochelle est imprenable autrement que par la famine.

Le cardinal ne pouvait écarter de son esprit la crainte où le jetait sa terrible émissaire, car il avait compris, lui aussi, les proportions étranges de cette femme, tantôt serpent, tantôt lion.   L'avait-elle trahi ? était-elle morte ? il la connaissait assez, en tous cas, pour savoir qu'en agissant pour lui ou contre lui, amie ou ennemie, elle ne demeurait pas immobile sans de grands empêchements ; mais d'où venaient ces empêchements ?   C'était ce qu'il ne pouvait savoir.

Au reste, il comptait, et avec raison, sur milady : il avait deviné dans le passé de cette femme de ces choses terribles que son manteau rouge pouvait seul couvrir ; et il sentait que, pour une cause ou pour une autre, cette femme lui était acquise, ne pouvant trouver qu'en lui un appui supérieur au danger qui la menaçait.

Il résolut donc de faire la guerre tout seul et de n'attendre tout succès étranger à lui que comme on attend une chance heureuse.   Il continua de faire élever la fameuse digue qui devait affamer La Rochelle ; en attendant, il jeta les yeux sur cette malheureuse ville, qui renfermait tant de misère profonde et tant d'héroïques vertus, et, se rappelant le mot de Louis XI, son prédécesseur politique, comme lui-même était le prédécesseur de Robespierre, il se rappela cette maxime du compère de Tristan :[3] " Diviser pour régner."

Henri IV, assiégeant Paris, faisait jeter par-dessus les murailles du pain et des vivres ; le cardinal fit jeter des petits billets par lesquels il représentait aux Rochelais combien la conduite de leurs chefs était injuste, égoïste et barbare ; ces chefs avaient du blé en abondance, et ne le partageaient pas ; ils adoptaient pour maxime, car eux aussi avaient des maximes, que peu importait que les femmes, les enfants et les vieillards mourussent, pourvu que les hommes qui devaient défendre leurs murailles restassent forts et bien portants. Jusque-là, soit dévouement, soit impuissance de réagir contre elle, cette maxime, sans être généralement adoptée, était cependant passée de la théorie à la pratique ; mais les billets vinrent y porter atteinte. Les billets rappelaient aux hommes que ces enfants, ces femmes, ces vieillards qu'on laissait mourir étaient leurs fils, leurs épouses et leurs pères ; qu'il serait plus juste que chacun fût réduit à la misère commune, afin qu'une même position fît prendre des résolutions unanimes.

Ces billets firent tout l'effet qu'en pouvait attendre celui qui les avait écrits, en ce qu'ils déterminèrent un grand nombre d'habitants à ouvrir des négociations particulières avec l'armée royale.

Mais au moment où le cardinal voyait déjà fructifier son moyen et s'applaudissait de l'avoir mis en usage, un habitant de La Rochelle, qui avait pu passer à travers les lignes royales, Dieu sait comment, tant était grande la surveillance de Bassompierre, de Schomberg et du duc d'Angoulême, surveillés eux-mêmes par le cardinal ; un habitant de La Rochelle, disons-nous, entra dans la ville, venant de Portsmouth et disant qu'il avait vu une flotte magnifique prête à mettre à la voile avant huit jours. De plus, Buckingham annonçait au maire qu'enfin la grande ligue contre la France allait se déclarer, et que le royaume allait être envahi à la fois par les armées anglaises, impériales et espagnoles. Cette lettre fut lue publiquement sur toutes les places, on en afficha des copies aux angles des rues, et ceux-là même qui avaient commencé d'ouvrir des négociations les interrompirent, résolus d'attendre ce secours si pompeusement annoncé.

Cette circonstance inattendue rendit à Richelieu ses inquiétudes premières, et le força malgré lui à tourner de nouveau les yeux de l'autre côté de la mer.

Pendant ce temps, exempte des inquiétudes de son seul et véritable chef, l'armée royale menait joyeuse vie, les vivres ne manquant pas au camp, ni l'argent non plus; tous les corps rivalisaient d'audace et de gaieté. Prendre des espions et les pendre, faire des expéditions hasardeuses sur la digue ou sur la mer, imaginer des folies, les exécuter froidement, tel était le passe-temps qui faisait trouver courts à l'armée ces jours si longs, non-seulement pour les Rochelais, rongés par la famine et l'anxiété, mais encore pour le cardinal, qui les bloquait si vivement.

Quelquefois, quand le cardinal, toujours chevauchant comme le dernier gendarme[4] de l'armée, promenait son regard pensif sur ces ouvrages, si lents au gré de son désir, qu'élevaient sous son ordre les ingénieurs qu'il faisait venir de tous les coins du royaume de France, s'il rencontrait un mousquetaire de la compagnie de Tréville, il s'approchait de lui et le regardait d'une façon singulière, et ne le reconnaissant pas pour un de nos quatre compagnons, il laissait aller ailleurs son regard profond et sa vaste pensée.

∘◦○◦∘

XXII.–XXIX.

Milady, jouant la conversion au puritanisme et l'innocence persécutée, gagne Felton qui l'aide à s'évader. Elle lui a dit que c'est le duc de Buckingham qui est la cause de tous ses malheurs, et Felton assassine le duc à Portsmouth, au moment où celui-ci va mettre à la voile pour La Rochelle.

XXX.

EN FRANCE.

La première crainte du roi d'Angleterre, Charles 1er, en apprenant cette mort, fut qu'une si terrible nouvelle ne décourageât les Rochelais ; il essaya, dit Richelieu dans ses Mémoires, de la leur cacher le plus longtemps possible, faisant fermer les ports par tout son royaume, et prenant soigneusement garde qu'aucun vaisseau ne sortît jusqu'à ce que l'armée que Buckingham apprêtait fût partie, se chargeant, à défaut de Buckingham, de surveiller lui-même le départ.

Il poussa même la sévérité de cet ordre jusqu'à retenir en Angleterre les ambassadeurs de Danemark, qui avaient pris congé, et l'ambassadeur ordinaire de Hollande, qui devait ramener dans le port de Flessingue les navires des Indes que Charles 1er avait fait restituer aux Provinces-Unies.

Mais comme il ne songea à donner cet ordre que cinq heures après l'événement, c'est-à-dire à deux heures de l'après-midi, deux navires étaient déjà sortis des ports : l'un emmenant, comme nous le savons, milady, laquelle, se doutant déjà de l'événement, fut encore confirmée dans cette croyance en voyant le pavillon noir[1] se déployer au mât du vaisseau amiral.

Quant au second bâtiment, nous dirons plus tard qui il portait et comment il partit.

Pendant ce temps, au reste, rien de nouveau au camp de La Rochelle ; seulement le roi, qui s'ennuyait fort,[2] comme toujours, mais peut-être encore un peu plus au camp qu'ailleurs, résolut d'aller incognito passer les fêtes de Saint-

Louis à Saint-Germain, et demanda au cardinal de lui faire préparer une escorte de vingt mousquetaires seulement. Le cardinal, que l'ennui du roi gagnait quelquefois, accorda avec grand plaisir ce congé à son royal lieutenant, lequel promit d'être de retour vers le 15 septembre.

M. de Tréville, prévenu par Son Éminence, fit son portemanteau, et comme, sans en savoir la cause, il savait le vif désir et même l'impérieux besoin que ses amis avaient de revenir à Paris, il va sans dire qu'il les désigna pour faire partie de l'escorte.

Les quatre jeunes gens surent la nouvelle un quart d'heure après M. de Tréville, car ils furent les premiers à qui il la communiqua. Ce fut alors que d'Artagnan apprécia la faveur que lui avait faite le cardinal en le faisant enfin passer aux mousquetaires; sans cette circonstance, il était forcé de rester au camp tandis que ses compagnons partaient.

Il va sans dire que cette impatience de remonter vers Paris avait pour cause le danger que devait courir madame Bonacieux en se rencontrant au couvent de Béthune avec milady, son ennemie mortelle. Aussi, comme nous l'avons dit, Aramis avait écrit immédiatement à Marie Michon, cette lingère de Tours qui avait de si belles connaissances, pour qu'elle obtînt que la reine donnât l'autorisation à madame Bonacieux de sortir du couvent, et de se retirer, soit en Lorraine, soit en Belgique. La réponse ne s'était pas fait attendre, et huit ou dix jours après, Aramis avait reçu une autorisation conçue en ces termes:

"La supérieure du couvent de Béthune remettra aux mains de la personne qui lui remettra ce billet la novice qui était entrée dans son couvent sur ma recommandation et sous mon patronage.

"Au Louvre, le 10 août 1628.

"ANNE."

Il est vrai que cet ordre ne servirait pas à grand'chose
tant que les quatre amis seraient au camp de La Rochelle,
c'est-à-dire à l'autre bout de la France ; aussi d'Artagnan
allait-il demander un congé à M. de Tréville, en lui confiant
tout bonnement l'importance de son départ, lorsque cette
nouvelle lui fut transmise, ainsi qu'à ses trois compagnons,
que le roi allait partir pour Paris avec une escorte de vingt
mousquetaires, et qu'ils faisaient partie de l'escorte.

La joie fut grande. On envoya les valets devant avec les
bagages, et l'on partit le 16 au matin.

Le cardinal reconduisit Sa Majesté de Surgères à Mauzé,
et là, le roi et son ministre prirent congé l'un de l'autre avec
de grandes démonstrations d'amitié.

Cependant le roi, qui cherchait de la distraction, tout en
cheminant le plus vite qu'il lui était possible, car il désirait
être arrivé à Paris pour le 23, s'arrêtait de temps en temps
pour voir voler la pie,[3] passe-temps dont le goût lui avait
autrefois été inspiré par de Luynes, et pour lequel il avait
toujours conservé une grande prédilection. Sur les vingt
mousquetaires, seize, lorsque la chose arrivait, se réjouissai-
ent fort de ce bon temps ; mais quatre maugréaient de leur
mieux. D'Artagnan surtout avait des bourdonnements per-
pétuels dans les oreilles, ce que Porthos expliquait ainsi :

— Une très-grande dame m'a appris que cela veut dire que
l'on parle de vous quelque part.

Enfin l'escorte traversa Paris le 23, dans la nuit ; le roi
remercia M. de Tréville, et lui permit de distribuer des
congés pour quatre jours.

Les quatre premiers congés accordés, comme on le pense
bien, furent à nos quatre amis. Il y a plus, Athos obtint de
M. de Tréville six jours au lieu de quatre, et fit mettre dans
ces six jours deux nuits de plus, car ils partirent le 24, à
cinq heures du soir, et, par complaisance, M. de Tréville
postdata le congé du 25 au matin.

— Eh, mon Dieu ! disait d'Artagnan, qui, comme on le sait, ne doutait jamais de rien, il me semble que nous faisons bien de l'embarras pour une chose bien simple : en deux jours, et en crevant deux ou trois chevaux (peu m'importe ; j'ai de l'argent), je suis à Béthune, je remets la lettre de la reine à la supérieure, et je ramène le cher trésor que je vais chercher, non pas en Lorraine, non pas en Belgique, mais à Paris, où il sera mieux caché, surtout tant que M. le cardinal sera à La Rochelle. Puis, une fois de retour de la campagne, eh bien ! en faveur de ce que nous avons fait personnellement pour elle, nous obtiendrons de la reine ce que nous voudrons. Restez donc ici, ne vous épuisez pas de fatigue inutilement ; moi et Planchet, c'est tout ce qu'il faut pour une expédition aussi simple.

A ceci Athos répondit tranquillement :

— Nous aussi, nous avons de l'argent ; car je n'ai pas encore bu tout à fait le reste du diamant, et Porthos et Aramis ne l'ont pas tout à fait mangé. Nous crèverons donc aussi bien quatre chevaux qu'un. Mais songez, d'Artagnan, ajouta-t-il d'une voix si sombre, que son accent donna le frisson au jeune homme, songez que Béthune est une ville où le cardinal a donné rendez-vous à une femme qui, partout où elle va, mène le malheur après elle. Si vous n'aviez affaire qu'à quatre hommes, d'Artagnan, je vous laisserais aller seul ; vous avez affaire à cette femme, allons-y quatre, et plaise à Dieu qu'avec nos quatre valets nous soyons en nombre suffisant !

— Vous m'épouvantez, Athos, s'écria d'Artagnan ; que craignez-vous donc, mon Dieu ?

— Tout ! répondit Athos.

D'Artagnan examina les visages de ses compagnons, qui, comme celui d'Athos, portaient l'empreinte d'une inquiétude profonde, et l'on continua la route au plus grand pas des chevaux, mais sans ajouter une seule parole.

Le 25 au soir, comme ils entraient à Arras, et comme d'Artagnan venait de mettre pied à terre à l'auberge de la Herse-d'Or pour boire un verre de vin, un cavalier sortit de la cour de la poste, où il venait de relayer, prenant au grand galop, et avec un cheval frais, le chemin de Paris. Au moment où il passait de la grande porte dans la rue, le vent entr'ouvrit le manteau dont il était enveloppé, quoiqu'on fût au mois d'août, et enleva son chapeau, que le voyageur retint de sa main, au moment où il avait déjà quitté sa tête, et l'enfonça vivement sur ses yeux.

D'Artagnan, qui avait les yeux fixés sur cet homme, devint fort pâle et laissa tomber son verre.

— Qu'avez-vous, Monsieur ? dit Planchet. . . . Oh ! là, accourez, Messieurs, voilà mon maître qui se trouve mal ![4]

Les trois amis accoururent et trouvèrent d'Artagnan qui, au lieu de se trouver mal, courait à son cheval. Ils l'arrêtèrent sur le seuil de la porte.

— Eh bien ! où vas-tu donc ainsi ? lui cria Athos.

— C'est lui ! s'écria d'Artagnan, pâle de colère et de sueur sur le front, c'est lui ! laissez-moi le rejoindre !

— Mais qui, lui ? demanda Athos.

— Lui, cet homme !

— Quel homme ?

— Cet homme maudit, mon mauvais génie, que j'ai toujours vu lorsque j'étais menacé de quelque malheur : celui qui accompagnait l'horrible femme lorsque je la rencontrai pour la première fois, celui que je cherchais quand j'ai provoqué notre ami Athos, celui que j'ai vu le matin même du jour où madame Bonacieux a été enlevée ! je l'ai vu, c'est lui ! Je l'ai reconnu quand le vent a entr'ouvert son manteau.

— Diable ! dit Athos rêveur.

— En selle, Messieurs, en selle ; poursuivons-le, et nous le rattraperons.

— Mon cher, dit Aramis, songez qu'il va du côté opposé à celui où nous allons, nous ; qu'il a un cheval frais et nous des chevaux fatigués ; que par conséquent nous crèverons nos chevaux sans même avoir la chance de le rejoindre. Laissons l'homme, d'Artagnan, sauvons la femme.

— Eh ! Monsieur ! s'écria un garçon d'écurie courant après l'inconnu, eh ! Monsieur ! voilà un papier qui s'est échappé de votre chapeau ! Eh ! Monsieur ! eh !

— Mon ami, dit d'Artagnan, une demi-pistole pour ce papier !

— Ma foi, Monsieur, avec grand plaisir ! le voici !

Le garçon d'écurie, enchanté de la bonne journée qu'il avait faite, rentra dans la cour de l'hôtel ; d'Artagnan déplia le papier.

— Eh bien ? demandèrent ses amis en l'entourant.

— Rien qu'un mot ! dit d'Artagnan.

— Oui, dit Aramis, mais ce nom est un nom de ville ou de village.

" — *Armentières*," lut Porthos. Armentières, je ne connais pas cela !

— Et ce nom de ville ou de village est écrit de sa main ! s'écria Athos.

— Allons, allons, gardons soigneusement ce papier, dit d'Artagnan, peut-être n'ai-je pas perdu ma dernière pistole. A cheval, mes amis, à cheval !

Et les quatre compagnons s'élancèrent au galop sur la route de Béthune.

XXXI. – XXXIII.

Rentrée en France, milady fait savoir au cardinal la mort de Buck-ingham et va attendre ses ordres au couvent des Carmélites de Béthune. C'est là que se trouve Mme. Bonacieux. Milady, qui sait que d'Arta-gnan aime cette jeune femme, apprend que les mousquetaires sont en route pour Béthune et arriveront incessamment. Elle fait ses préparatifs de départ, empoisonne Mme. Bonacieux, et fuit au moment où d'Arta-gnan et ses compagnons pénétrent dans la cour du couvent. Les quatre amis se retrouvent auprès du cadavre de la jeune femme.

En ce moment un homme parut sur la porte, presque aussi pâle que ceux qui étaient dans la chambre, et regarda tout autour de lui ; il vit madame Bonacieux morte et d'Ar-tagnan évanoui.

Il apparaissait juste à cet instant de stupeur qui suit les grandes catastrophes.

— Je ne m'étais pas trompé, dit-il, voilà M. d'Artagnan, et vous êtes ses trois amis, messieurs Athos, Porthos et Aramis.

Ceux dont les noms venaient d'être prononcés regardaient l'étranger avec étonnement ; il leur semblait à tous trois le reconnaître.

— Messieurs, reprit le nouveau venu, vous êtes comme moi à la recherche d'une femme qui, ajouta-t-il avec un sourire terrible, a dû passer par ici, car j'y vois un cadavre !

Les trois amis restèrent muets ; seulement la voix comme le visage leur rappelait un homme qu'ils avaient déjà vu ; cependant, ils ne pouvaient se souvenir dans quelles circon-stances.

— Messieurs, continua l'étranger, puisque vous ne voulez pas reconnaître un homme qui probablement vous doit la vie deux fois, il faut bien que je me nomme : je suis lord de Winter, le beau-frère de cette femme.

Les trois amis jetèrent un cri de surprise.

Athos se leva et lui tendit la main.

— Soyez le bienvenu, milord, dit-il, vous êtes des nôtres.

— Je suis parti cinq heures après elle de Portsmouth, dit lord de Winter, je suis arrivé trois heures après elle à Boulogne, je l'ai manquée de vingt minutes à Saint-Omer; enfin, à Lilliers, j'ai perdu sa trace. J'allais au hasard, m'informant à tout le monde, quand je vous ai vus passer au galop; j'ai reconnu M. d'Artagnan. Je vous ai appelés, vous ne m'avez pas répondu; j'ai voulu vous suivre, mais mon cheval était trop fatigué pour aller du même train que les vôtres. Et cependant il paraît que, malgré la diligence que vous avez faite, vous êtes encore arrivés trop tard!

— Vous voyez, dit Athos en montrant à lord de Winter madame Bonacieux morte et d'Artagnan que Porthos et Aramis essayaient de rappeler à la vie.

— Sont-ils donc morts tous deux? demanda froidement lord de Winter.

— Non, heureusement, répondit Athos, M. d'Artagnan n'est qu'évanoui.

— Ah! tant mieux! dit lord de Winter.

En effet, en ce moment d'Artagnan rouvrit les yeux.

Athos se leva, marcha vers son ami d'un pas lent et solennel, l'embrassa tendrement, et, comme il éclatait en sanglots, il lui dit de sa voix si noble et si persuasive :

— Ami, sois homme : les femmes pleurent les morts, les hommes les vengent!

— Oh! oui, dit d'Artagnan, oui! si c'est pour la venger, je suis prêt à te suivre!

Athos profita de ce moment de force que l'espoir de la vengeance rendait à son malheureux ami pour faire signe à Porthos et à Aramis d'aller chercher la supérieure.

Les deux amis la rencontrèrent dans le corridor encore toute troublée et tout éperdue de tant d'événements; elle appela quelques religieuses, qui, contre toutes les habitudes monastiques, se trouvèrent en présence de cinq hommes.

—Madame, dit Athos en passant le bras de d'Artagnan sous le sien, nous abandonnons à vos soins pieux le corps de cette malheureuse femme. Ce fut un ange sur la terre avant d'être un ange au ciel. Traitez-la comme une de vos sœurs; nous reviendrons un jour prier sur sa tombe.

D'Artagnan cacha sa figure dans la poitrine d'Athos et éclata en sanglots.

—Pleure, dit Athos, pleure, cœur plein d'amour, de jeunesse et de vie! Hélas! je voudrais bien pouvoir pleurer comme toi!

Et il entraîna son ami, affectueux comme un père, consolant comme un prêtre, grand comme l'homme qui a beaucoup souffert.

Tous cinq, suivis de leurs valets, tenant leurs chevaux par la bride, s'avancèrent alors vers la ville de Béthune, dont on apercevait le faubourg, et ils s'arrêtèrent devant la première auberge qu'ils rencontrèrent.

—Mais, dit d'Artagnan, ne poursuivons-nous pas cette femme?

—Plus tard, dit Athos, j'ai des mesures à prendre.

—Elle nous échappera, reprit le jeune homme, elle nous échappera, Athos, et ce sera ta faute.

—Je réponds d'elle, dit Athos.

D'Artagnan avait une telle confiance dans la parole de son ami, qu'il baissa la tête et entra dans l'auberge sans rien répondre.

Porthos et Aramis se regardaient, ne comprenant rien à l'assurance d'Athos.

Lord de Winter croyait qu'il parlait ainsi pour engourdir la douleur de d'Artagnan.

— Maintenant, Messieurs, dit Athos lorsqu'il se fut assuré qu'il y avait cinq chambres de libres dans l'hôtel, retirons-nous chacun chez nous; d'Artagnan a besoin d'être seul pour pleurer et pour dormir. Je me charge de tout, soyez tranquilles.

— Il me semble cependant, dit lord de Winter, que s'il y a quelque mesure à prendre contre la comtesse, cela me regarde : c'est ma belle-sœur.

— Et moi, dit Athos, c'est ma femme.

D'Artagnan sourit, car il comprit qu'Athos était sûr de sa vengeance, puisqu'il révélait un pareil secret; Porthos et Aramis se regardèrent en pâlissant. Lord de Winter pensa qu'Athos était fou.

— Retirez-vous donc chacun chez vous, dit Athos, et laissez-moi faire. Vous voyez bien qu'en qualité de mari cela me regarde. Seulement, d'Artagnan, si vous ne l'avez pas perdu, remettez-moi ce papier qui s'est échappé du chapeau de cet homme et sur lequel est écrit le nom du village. . . .

— Ah ! dit d'Artagnan, je comprends; ce nom écrit de sa main. . . .

— Tu vois bien, dit Athos, qu'il y a un Dieu dans le ciel.

XXXIV.

L'HOMME AU MANTEAU ROUGE.

Le désespoir d'Athos avait fait place à une douleur con-
centrée, qui rendait plus lucides encore les brillantes facultés
d'esprit de cet homme.

Tout entier à une seule pensée, celle de la promesse qu'il
avait faite et de la responsabilité qu'il avait prise, il se
retira le dernier dans sa chambre, pria l'hôte de lui procurer une carte de la province, se courba dessus, interrogea
les lignes tracées, reconnut que quatre chemins différents
se rendaient de Béthune à Armentières, et fit appeler les
valets.

Planchet, Grimaud, Mousqueton et Bazin se présentèrent
et reçurent les ordres clairs, ponctuels et graves d'Athos.

Ils devaient partir au point du jour, le lendemain, et se
rendre à Armentières, chacun par une route différente.
Planchet, le plus intelligent des quatre, devait suivre celle
par laquelle avait disparu la voiture sur laquelle les quatre
amis avaient tiré, et qui était accompagnée, on se le rappelle,
du domestique de Rochefort.

Athos mettait les valets en campagne d'abord, parce que,
depuis que ces hommes étaient à son service et à celui de
ses amis, il avait reconnu en chacun d'eux des qualités
différentes et essentielles.

Puis, des valets qui interrogent inspirent aux passants
moins de défiance que leurs maîtres, et trouvent plus de
sympathie chez ceux auxquels ils s'adressent.

Enfin, milady connaissait les maîtres, tandis qu'elle ne

connaissait pas les valets; au contraire, les valets connaissaient parfaitement milady.

Tous quatre devaient se trouver réunis le lendemain, à onze heures; s'ils avaient découvert la retraite de milady, trois resteraient à la garder, le quatrième reviendrait à Béthune pour prévenir Athos et servir de guide aux quatre amis.

Ces dispositions prises, les valets se retirèrent à leur tour.

Athos alors se leva de sa chaise, ceignit son épée, s'enveloppa dans son manteau et sortit de l'hôtel; il était dix heures à peu près. A dix heures du soir, on le sait, en province les rues sont peu fréquentées. Athos cependant cherchait visiblement quelqu'un à qui il pût adresser une question. Enfin il rencontra un passant attardé, s'approcha de lui, lui dit quelques paroles; l'homme auquel il s'adressait recula avec terreur, cependant il répondit aux paroles du mousquetaire par une indication. Athos offrit à cet homme une demi-pistole pour l'accompagner, mais l'homme refusa.

Athos s'enfonça dans la rue que l'indicateur avait désignée du doigt; mais, arrivé à un carrefour, il s'arrêta de nouveau, visiblement embarrassé. Cependant, comme, plus qu'aucun autre lieu, le carrefour lui offrait la chance de rencontrer quelqu'un, il s'y arrêta. En effet, au bout d'un instant, un veilleur de nuit passa. Athos lui répéta la même question qu'il avait déjà faite à la première personne qu'il avait rencontrée; le veilleur de nuit laissa apercevoir la même terreur, refusa à son tour d'accompagner Athos, et lui montra de la main le chemin qu'il devait suivre.

Athos marcha dans la direction indiquée et atteignit le faubourg situé à l'extrémité de la ville opposée à celle par laquelle lui et ses compagnons étaient entrés. Là il parut de nouveau inquiet et embarrassé, et s'arrêta pour la troisième fois.

Heureusement un mendiant passa, qui s'approcha près d'Athos pour lui demander l'aumône. Athos lui proposa un écu pour l'accompagner où il allait. Le mendiant hésita un instant, mais à la vue de la pièce d'argent qui brillait dans l'obscurité, il se décida et marcha devant Athos.

Arrivé à l'angle d'une rue, il lui montra de loin une petite maison isolée, solitaire, triste; Athos s'en approcha, tandis que le mendiant, qui avait reçu son salaire, s'en éloignait à toutes jambes.

Athos en fit le tour, avant de distinguer la porte au milieu de la couleur rougeâtre dont cette maison était peinte; aucune lumière ne paraissait à travers les gerçures des contrevents, aucun bruit ne pouvait faire supposer qu'elle fût habitée, elle était sombre et muette comme un tombeau.

Trois fois Athos frappa sans qu'on lui répondit. Au troisième coup cependant des pas intérieurs se rapprochèrent; enfin la porte s'entrebâilla, et un homme de haute taille, au teint pâle, aux cheveux et à la barbe noire, parut.

Athos et lui échangèrent quelques mots à voix basse, puis l'homme à haute taille fit signe au mousquetaire qu'il pouvait entrer. Athos profita à l'instant même de la permission, et la porte se referma derrière lui.

L'homme qu'Athos était venu chercher si loin et qu'il avait trouvé avec tant de peine, le fit entrer dans son laboratoire, où il était occupé à retenir avec des fils de fer les os cliquetants d'un squelette. Tout le corps était déjà rajusté: la tête seule était posée sur une table.

Tout le reste de l'ameublement indiquait que celui chez lequel on se trouvait s'occupait de sciences naturelles : il y avait des bocaux pleins de serpents, étiquetés selon les espèces ; des lézards desséchés reluisaient comme des émeraudes taillées dans de grands cadres de bois noir ; enfin, des bottes d'herbes sauvages, odoriférantes et sans doute douées de vertus inconnues au vulgaire des hommes, étaient attachées au plafond et descendaient dans les angles de l'appartement.

Du reste, pas de famille, pas de serviteurs ; l'homme à la haute taille habitait seul cette maison.

Athos jeta un coup d'œil froid et indifférent sur tous les objets que nous venons de décrire, et, sur l'invitation de celui qu'il venait chercher, il s'assit près de lui.

Alors il lui expliqua la cause de sa visite et le service qu'il réclamait de lui ; mais à peine eut-il exposé sa demande, que l'inconnu, qui était resté debout devant le mousquetaire, recula de terreur et refusa. Alors Athos tira de sa poche un petit papier sur lequel étaient écrites deux lignes accompagnées d'une signature et d'un sceau, et les présenta à celui qui donnait trop prématurément ces signes de répugnance. L'homme à la grande taille eut à peine lu ces deux lignes, vu la signature et reconnu le sceau, qu'il s'inclina en signe qu'il n'avait plus aucune objection à faire, et qu'il était prêt à obéir.

Athos n'en demanda pas davantage ; il se leva, salua, sortit, reprit en s'en allant le chemin qu'il avait suivi pour venir, rentra dans l'hôtel et s'enferma chez lui.

Au point du jour, d'Artagnan entra dans sa chambre et demanda ce qu'il fallait faire.

— Attendre, répondit Athos.

Quelques instants après, la supérieure du couvent fit prévenir les mousquetaires que l'enterrement aurait lieu à midi. Quant à l'empoisonneuse, on n'en avait pas eu de nouvelles ; seulement elle avait dû fuir par le jardin, sur le sable duquel on avait reconnu la trace de ses pas et dont on avait retrouvé la porte fermée.

A l'heure indiquée, lord de Winter et les quatre amis se rendirent au couvent : les cloches sonnaient à toute volée, la chapelle était ouverte, la grille du chœur était fermée. Au milieu du chœur, le corps de la victime, revêtue de ses habits de novice, était exposé. De chaque côté du chœur et derrière des grilles s'ouvrant sur le couvent était toute la communauté des carmélites, qui écoutait de là le service divin et mêlait son chant au chant des prêtres, sans voir les profanes et sans être vue d'eux.

A la porte de la chapelle, d'Artagnan sentit son courage qui fuyait de nouveau ; il se retourna pour chercher Athos, mais Athos avait disparu.

Fidèle à sa mission de vengeance, Athos s'était fait conduire au jardin ; et là sur le sable, suivant les pas légers de cette femme qui avait laissé une trace sanglante partout où elle avait passé, il s'avança jusqu'à la porte qui donnait sur le bois, se la fit ouvrir, et s'enfonça dans la forêt.

Alors tous ses doutes se confirmèrent : le chemin par lequel la voiture avait disparu contournait la forêt. Athos suivit le chemin quelque temps les yeux fixés sur le sol ; de légères taches de sang, qui provenaient d'une blessure faite ou à l'homme qui accompagnait la voiture en courrier, ou à l'un des chevaux, piquetaient le chemin. Au bout de trois quarts de lieue à peu près, à cinquante pas de Festubert, une tache de sang plus large apparaissait ; le sol était piétiné par les chevaux. Entre la forêt et cet endroit dénonciateur, un peu en arrière de la terre écorchée, on retrouvait la même trace de petits pas que dans le jardin ; la voiture s'était arrêtée.

En cet endroit milady était sortie du bois et était montée dans la voiture.

Satisfait de cette découverte qui confirmait tous ses soupçons, Athos revint à l'hôtel et trouva Planchet qui l'attendait avec impatience.

Tout était comme l'avait prévu Athos.

Planchet avait suivi la route, avait comme Athos remarqué les taches de sang, comme Athos il avait reconnu l'endroit où les chevaux s'étaient arrêtés ; mais il avait

poussé plus loin qu'Athos, de sorte qu'au village de Festubert, en buvant dans une auberge, il avait, sans avoir eu
besoin de questionner, appris que la veille, à huit heures et
demie du soir, un homme blessé, qui accompagnait une
dame qui voyageait dans une chaise de poste, avait été
obligé de s'arrêter, ne pouvant aller plus loin. L'accident
avait été mis sur le compte de voleurs qui auraient arrêté
la chaise dans le bois. L'homme était resté dans le village,
la femme avait relayé et continué son chemin.

Planchet se mit en quête du postillon qui avait conduit la
chaise, et le retrouva. Il avait conduit la dame jusqu'à
Fromelles, et de Fromelles elle était partie pour Armentières. Planchet prit la traverse, et à sept heures du matin
il était à Armentières.

Il n'y avait qu'un seul hôtel, celui de la Poste. Planchet
alla se présenter comme un laquais sans place qui cherchait
une condition.[1] Il n'avait pas causé dix minutes avec les
gens de l'auberge, qu'il savait qu'une femme seule était arrivée à onze heures du soir, avait pris une chambre, avait
fait venir le maître d'hôtel et lui avait dit qu'elle désirerait
demeurer quelque temps dans les environs.

Planchet n'avait pas besoin d'en savoir davantage. Il
courut au rendez-vous, trouva les trois laquais exacts à leur
poste, les plaça en sentinelles à toutes les issues de l'hôtel,
et vint trouver Athos, qui achevait de recevoir les renseignements de Planchet, lorsque ses amis rentrèrent.

Tous les visages étaient sombres et crispés, même le doux
visage d'Aramis.

— Que faut-il faire ? demanda d'Artagnan.

— Attendre, répondit Athos.

Chacun se retira chez soi.

A huit heures du soir, Athos donna l'ordre de seller les
chevaux, et fit prévenir lord de Winter et ses amis qu'ils
eussent à se préparer pour l'expédition.

En un instant tous cinq furent prêts. Chacun visita ses armes et les mit en état. Athos descendit le dernier et trouva d'Artagnan déjà à cheval et s'impatientant.

— Patience, dit Athos, il nous manque encore quelqu'un.

Les quatre cavaliers regardèrent autour d'eux avec étonnement, car ils cherchaient inutilement dans leur esprit quel était ce quelqu'un qui pouvait leur manquer.

En ce moment Planchet amena le cheval d'Athos, le mousquetaire sauta légèrement en selle.

— Attendez-moi, dit-il, je reviens.

Et il partit au galop.

Un quart d'heure après, il revint effectivement accompagné d'un homme masqué et enveloppé d'un grand manteau rouge.

Lord de Winter et les trois mousquetaires s'interrogeaient du regard. Nul d'entre eux ne put renseigner les autres, car tous ignoraient ce qu'était cet homme. Cependant ils pensèrent que cela devait être ainsi, puisque la chose se faisait par l'ordre d'Athos.

A neuf heures, guidée par Planchet, la petite cavalcade se mit en route, prenant le chemin qu'avait suivi la voiture.

C'était un triste aspect que celui de ces six hommes courant en silence, plongés chacun dans sa pensée, mornes comme le désespoir, sombres comme le châtiment.

XXXV.

Les cinq amis rejoignent milady sur les bords de la Lys. Chacun l'accuse des crimes qu'elle a commis, et tous la condamnent à mort.

XXXVI.

L'EXÉCUTION.

Il était minuit à peu près; la lune, échancrée par sa décroissance et ensanglantée[1] par les dernières traces de l'orage, se levait derrière la petite ville d'Armentières, qui découpait sur sa lueur blafarde la silhouette sombre de ses maisons et le squelette de son haut clocher découpé à jour. En face, la Lys roulait ses eaux pareilles à une rivière d'étain fondu; tandis que sur l'autre rive on voyait la masse noire des arbres se profiler sur un ciel orageux envahi par de gros nuages cuivrés qui faisaient une espèce de crépuscule au milieu de la nuit. A gauche s'élevait un vieux moulin abandonné, aux ailes immobiles, dans les ruines duquel une chouette faisait entendre son cri aigu, périodique et monotone. Çà et là dans la plaine à droite et à gauche du chemin qui suivait le lugubre cortége, apparaissaient quelques arbres bas et trapus, qui semblaient des nains difformes accroupis pour guetter les hommes à cette heure sinistre.

De temps en temps un large éclair couvrait l'horizon dans toute sa largeur, serpentait au-dessus de la masse noire des arbres et venait comme un effrayant cimeterre couper le ciel et l'eau en deux parties. Pas un souffle de vent ne glissait dans l'atmosphère alourdie. Un silence de mort écrasait toute la nature, le sol était humide et glissant de la pluie qui venait de tomber, et les herbes ranimées jetaient leur parfum avec plus d'énergie.

Deux valets entraînaient milady, qu'ils tenaient chacun

par un bras ; le bourreau marchait derrière, et lord de Winter, d'Artagnan, Athos, Porthos et Aramis marchaient derrière le bourreau.

Planchet et Bazin venaient les derniers.

Les deux valets conduisaient milady du côté de la rivière. Sa bouche était muette ; mais ses yeux parlaient avec leur inexprimable éloquence, suppliant tour à tour chacun de ceux qu'elle regardait.

Comme elle se trouvait de quelques pas en avant, elle dit aux valets :

— Mille pistoles à chacun de vous si vous protégez ma fuite ; mais si vous me livrez à vos maîtres, j'ai ici près des vengeurs qui vous feront payer cher ma mort.

Grimaud hésitait. Mousqueton tremblait de tous ses membres.

Athos, qui avait entendu la voix de milady, s'approcha vivement, lord de Winter en fit autant.

— Renvoyez ces valets, dit-il, elle leur a parlé, ils ne sont plus sûrs.

On appela Planchet et Bazin, qui prirent la place de Grimaud et de Mousqueton.

Arrivés au bord de l'eau, le bourreau s'approcha de milady et lui lia les pieds et les mains.

Alors elle rompit le silence pour s'écrier :

— Vous êtes des lâches, vous êtes de misérables assassins, vous vous mettez à dix [2] pour égorger une femme ; prenez garde, si je ne suis point secourue, je serai vengée. . . .

— Vous n'êtes pas une femme, dit froidement Athos, vous n'appartenez pas à l'espèce humaine, vous êtes un démon.

— Ah ! messieurs les hommes vertueux ! dit milady, faites attention que celui qui touchera un cheveu de ma tête est à son tour un assassin.

— Le bourreau peut tuer, sans être pour cela un assassin, Madame, dit l'homme au manteau rouge en frappant sur sa large épée; c'est le dernier juge, voilà tout: *Nachrichter*,[3] comme disent nos voisins les Allemands.

Et, comme il la liait en disant ces paroles, milady poussa deux ou trois cris sauvages, qui firent un effet sombre et étrange en s'envolant dans la nuit et en se perdant dans les profondeurs du bois.

— Mais si je suis coupable, si j'ai commis les crimes dont vous m'accusez, hurlait milady, conduisez-moi devant un tribunal; vous n'êtes pas des juges, vous, pour me condamner.

— Je vous avais proposé Tyburn, dit lord de Winter, pourquoi n'avez-vous pas voulu?

— Parce que je ne veux pas mourir! s'écria milady en se débattant, parce que je suis trop jeune pour mourir!

— La femme que vous avez empoisonnée à Béthune était plus jeune encore que vous, Madame, et cependant elle est morte, dit d'Artagnan.

— J'entrerai dans un cloître, je me ferai religieuse, dit milady.

— Vous étiez dans un cloître, dit le bourreau, et vous en êtes sortie pour perdre mon frère.

Milady poussa un cri d'effroi, et tomba sur ses genoux.

Le bourreau la souleva sous les bras, et voulut l'emporter vers le bateau.

— Oh, mon Dieu! s'écria-t-elle, mon Dieu! allez-vous donc me noyer!

Ces cris avaient quelque chose de si déchirant, que d'Artagnan, qui d'abord était le plus acharné à la poursuite de milady, se laissa aller sur une souche, et pencha la tête, se bouchant les oreilles avec les paumes de ses mains; et cependant, malgré cela, il l'entendait encore menacer et crier.

D'Artagnan était le plus jeune de tous ces hommes, le cœur lui manqua.

— Oh ! je ne puis voir cet affreux spectacle ! je ne puis consentir à ce que cette femme meure ainsi !

Milady avait entendu ces quelques mots, et elle s'était reprise à une lueur d'espérance.

— D'Artagnan ! d'Artagnan ! cria-t-elle, souviens-toi que je t'ai aimé !

Le jeune homme se leva et fit un pas vers elle.

Mais Athos se leva, tira son épée, se mit sur son chemin.

— Si vous faites un pas de plus, d'Artagnan, dit-il, nous croiserons le fer ensemble.

D'Artagnan tomba à genoux et pria.

— Allons, continua Athos, bourreau, fais ton devoir.

— Volontiers, Monseigneur, dit le bourreau, car aussi vrai que je suis bon catholique, je crois fermement être juste en accomplissant ma fonction sur cette femme.

— C'est bien.

Athos fit un pas vers milady.

— Je vous pardonne, dit-il, le mal que vous m'avez fait ; je vous pardonne mon avenir brisé, mon honneur perdu, mon amour souillé et mon salut à jamais compromis par le désespoir où vous m'avez jeté. Mourez en paix.

Lord de Winter s'avança à son tour.

— Je vous pardonne, dit-il, l'empoisonnement de mon frère, l'assassinat de Sa Grâce lord Buckingham ; je vous pardonne la mort du pauvre Felton, je vous pardonne vos tentatives sur ma personne. Mourez en paix.

— Et moi, dit d'Artagnan, pardonnez-moi, Madame, d'avoir provoqué votre colère ; et, en échange, je vous pardonne le meurtre de ma pauvre amie et vos vengeances cruelles pour moi, je vous pardonne et je pleure sur vous. Mourez en paix.

— I am lost ! murmura en anglais milady ; I must die.

Alors elle se releva d'elle-même, jeta tout autour d'elle un de ces regards clairs qui semblaient jaillir d'un œil de flamme.

Elle ne vit rien.

Elle écouta, elle n'entendit rien.

Elle n'avait autour d'elle que des ennemis.

— Où vais-je mourir ? dit-elle.

— Sur l'autre rive, répondit le bourreau.

Alors il la fit entrer dans la barque, et, comme il allait y mettre le pied, Athos lui remit une somme d'argent.

— Tenez, dit-il, voici le prix de l'exécution ; que l'on voie bien que nous agissons en juges.

— C'est bien, dit le bourreau ; et que maintenant, à son tour, cette femme sache que je n'accomplis pas mon métier, mais mon devoir.

Et il jeta l'argent dans la rivière.

Le bateau s'éloigna vers la rive gauche de la Lys, emportant la coupable et l'exécuteur ; tous les autres demeurèrent sur la rive droite, où ils étaient tombés à genoux.

Le bateau glissait lentement le long de la corde du bac, sous le reflet d'un nuage pâle qui surplombait l'eau en ce moment.

On le vit aborder sur l'autre rive ; les personnages se dessinaient en noir sur l'horizon rougeâtre.

Milady, pendant le trajet, était parvenue à détacher la corde qui liait ses pieds : en arrivant sur le rivage, elle sauta légèrement à terre et prit la fuite.

Mais le sol était humide ; en arrivant au haut du talus, elle glissa et tomba sur ses genoux.

Une idée superstitieuse la frappa sans doute ; elle comprit que le ciel lui refusait son secours et resta dans l'attitude où elle se trouvait, la tête inclinée et les mains jointes.

Alors on vit, de l'autre rive, le bourreau lever lentement ses deux bras, un rayon de la lune se refléta sur la lame de sa large épée, les deux bras retombèrent ; on entendit le sifflement du cimeterre et le cri de la victime, puis une masse tronquée s'affaissa sous le coup.

Alors le bourreau détacha son manteau rouge, l'étendit à terre, y coucha le corps, y jeta la tête, le noua par les quatre coins, le rechargea sur son épaule et remonta dans le bateau.

Arrivé au milieu de la Lys, il arrêta la barque, et suspendant son fardeau au-dessus de la rivière :

— Laissez passer la justice de Dieu ![4] cria-t-il à haute voix.

Et il laissa tomber le cadavre au plus profond de l'eau, qui se referma sur lui.

Trois jours après, les quatre mousquetaires rentraient à Paris ; ils étaient restés dans les limites de leur congé, et le même soir ils allèrent faire leur visite accoutumée à M. de Tréville.

— Eh bien ! Messieurs, leur demanda le brave capitaine, vous êtes-vous bien amusés dans votre excursion ?

— Prodigieusement ! répondit Athos en son nom et en celui de ses camarades.

CONCLUSION.

Le 6 du mois suivant, le roi, tenant la promesse qu'il avait faite au cardinal[1] de quitter Paris pour revenir à la Rochelle, sortit de sa capitale tout étourdi encore de la nouvelle qui venait de se répandre que Buckingham venait d'être assassiné.

Quoique prévenue que l'homme qu'elle avait tant aimé courait un danger, la reine, lorsqu'on lui annonça cette mort, ne voulut pas la croire; il lui arriva même de s'écrier imprudemment :

— C'est faux ! il vient de m'écrire.

Mais le lendemain il lui fallut bien croire à cette fatale nouvelle; Laporte, retenu comme tout le monde en Angleterre par les ordres du roi Charles Ier, arriva porteur du dernier et funèbre présent que Buckingham envoyait à la reine.

La joie du roi avait été très-vive; il ne se donna pas la peine de la dissimuler et la fit même éclater avec affectation devant la reine.   Louis XIII, comme tous les cœurs faibles, manquait de générosité.

Mais bientôt le roi redevint sombre et mal portant : son front n'était pas de ceux qui s'éclaircissent pour longtemps; il sentait qu'en retournant au camp il allait reprendre son esclavage, et cependant il y retournait.

Le cardinal était pour lui le serpent fascinateur, et il était l'oiseau qui voltige de branche en branche sans pouvoir lui échapper.

Aussi le retour vers la Rochelle était-il profondément

triste. Nos quatre amis surtout faisaient l'étonnement de leurs camarades; ils voyageaient ensemble côte à côte, l'œil sombre et la tête baissée. Athos relevait seul de temps en temps son large front; un éclair brillait dans ses yeux, un sourire amer passait sur ses lèvres, puis, pareil à ses camarades, il se laissait de nouveau aller à ses rêveries.

Aussitôt l'arrivée de l'escorte dans une ville, dès qu'ils avaient conduit le roi à son logis, les quatre amis se retiraient ou chez eux ou dans quelque cabaret écarté, où ils ne jouaient ni ne buvaient; seulement ils parlaient à voix basse en regardant avec attention si nul ne les écoutait.

Un jour que le roi avait fait halte sur la route pour voler la pie, et que les quatre amis, selon leur habitude, au lieu de suivre la chasse, s'étaient arrêtés dans un cabaret sur la grande route, un homme, qui venait de la Rochelle à franc étrier,[2] s'arrêta à la porte pour boire un verre de vin, et plongea son regard dans l'intérieur de la chambre où étaient attablés les quatre mousquetaires.

— Holà! monsieur d'Artagnan! dit-il, n'est-ce point vous que je vois là-bas?

D'Artagnan leva la tête et poussa un cri de joie. Cet homme, qu'il appelait son fantôme, c'était son inconnu de Meung, de la rue des Fossoyeurs et d'Arras.

D'Artagnan tira son épée et s'élança vers la porte.

Mais cette fois, au lieu de fuir, l'inconnu s'élança à bas de cheval, et s'avança à la rencontre de d'Artagnan.

— Ah! Monsieur, dit le jeune homme, je vous rejoins donc enfin; cette fois vous ne m'échapperez pas.

— Ce n'est pas mon intention non plus, Monsieur, car cette fois je vous cherchais; au nom du roi, je vous arrête. Je dis que vous ayez à me rendre votre épée,[3] Monsieur, et cela sans résistance; il y va de la tête,[4] je vous en avertis.

— Qui êtes-vous donc? demanda d'Artagnan en baissant son épée, mais sans la rendre encore.

— Je suis le chevalier de Rochefort, répondit l'inconnu, l'écuyer de monsieur le cardinal de Richelieu, et j'ai ordre de vous ramener à Son Éminence.

— Nous retournons auprès de Son Éminence, monsieur le chevalier, dit Athos en s'avançant, et vous accepterez bien la parole de M. d'Artagnan, qu'il va se rendre en droite ligne à La Rochelle.

— Je dois le remettre entre les mains des gardes qui le ramèneront au camp.

— Nous lui en servirons, Monsieur, sur notre parole de gentilshommes ; mais sur notre parole de gentilshommes aussi, ajouta Athos, en fronçant le sourcil, M. d'Artagnan ne nous quittera pas.

Le chevalier de Rochefort jeta un coup d'œil en arrière et vit que Porthos et Aramis s'étaient placés entre lui et la porte ; il comprit qu'il était complétement à la merci de ces quatre hommes.

— Messieurs, dit-il, si M. d'Artagnan veut me rendre son épée, et joindre sa parole à la vôtre, je me contenterai de votre promesse de conduire M. d'Artagnan au quartier de monseigneur le cardinal.

— Vous avez ma parole, Monsieur, dit d'Artagnan, et voici mon épée.

— Cela me va d'autant mieux, ajouta Rochefort, qu'il faut que je continue mon voyage.

— Si c'est pour rejoindre milady, dit froidement Athos, c'est inutile, vous ne la retrouverez pas.

— Qu'est-elle donc devenue ? demanda vivement Rochefort.

— Revenez au camp et vous le saurez.

Rochefort demeura un instant pensif, puis, comme on n'était plus qu'à une journée de Surgères, jusqu'où le cardinal devait venir au-devant du roi, il résolut de suivre le conseil d'Athos et de revenir avec eux.

D'ailleurs ce retour lui offrait un avantage, c'était de surveiller lui-même son prisonnier.

On se remit en route.

Le lendemain, à trois heures de l'après-midi, on arriva à Surgères. Le cardinal y attendait Louis XIII. Le ministre et le roi y échangèrent force caresses, se félicitèrent du heureux hasard qui débarrassait la France de l'ennemi acharné qui ameutait l'Europe contre elle. Après quoi, le cardinal, qui avait été prévenu par Rochefort que d'Artagnan était arrêté, et qui avait hâte de le voir, prit congé du roi en l'invitant à venir voir le lendemain les travaux de la digue qui étaient achevés.

En revenant le soir à son quartier du pont de La Pierre, le cardinal trouva debout devant la porte de la maison qu'il habitait d'Artagnan sans épée et les trois mousquetaires armés.

Cette fois, comme il était en force, il les regarda sévèrement, et fit signe de l'œil et de la main à d'Artagnan de le suivre.

D'Artagnan obéit.

—Nous t'attendons, d'Artagnan, dit Athos assez haut pour que le cardinal l'entendît.

Son Éminence fronça le sourcil, s'arrêta un instant, puis continua son chemin sans prononcer une seule parole.

D'Artagnan entra derrière le cardinal, et derrière d'Artagnan la porte fut gardée.

Son Éminence se rendit dans la chambre qui lui servait de cabinet, et fit signe à Rochefort d'introduire le jeune mousquetaire.

Rochefort obéit et se retira.

D'Artagnan resta seul en face du cardinal ; c'était sa seconde entrevue avec Richelieu, et il avoua depuis qu'il avait été bien convaincu que ce serait la dernière.

Richelieu resta debout, appuyé contre la cheminée, une table était dressée entre lui et d'Artagnan.

— Monsieur, dit le cardinal, vous avez été arrêté par mes ordres.

— On me l'a dit, Monseigneur.

— Savez-vous pourquoi ?

— Non, Monseigneur ; car la seule chose pour laquelle je pourrais être arrêté est encore inconnue de Son Éminence.

Richelieu regarda fixement le jeune homme.

— Holà ! dit-il, que veut dire cela ?

— Si Monseigneur veut m'apprendre d'abord les crimes qu'on m'impute, je lui dirai ensuite les faits que j'ai accomplis.

— On vous impute des crimes qui ont fait choir des têtes plus hautes que la vôtre, Monsieur ! dit le cardinal.

— Lesquels, Monseigneur ? demanda d'Artagnan avec un calme qui étonna le cardinal lui-même.

— On vous impute d'avoir correspondu avec les ennemis du royaume, on vous impute d'avoir surpris les secrets de l'État, on vous impute d'avoir essayé de faire avorter les plans de votre général.

— Et qui m'impute cela, Monseigneur ? dit d'Artagnan, qui se doutait que l'accusation venait de milady : une femme flétrie par la justice du pays, une femme qui a épousé un homme en France et un autre en Angleterre, une femme qui a empoisonné son second mari et qui a tenté de m'empoisonner moi-même !

— Que dites-vous donc là ? Monsieur, s'écria le cardinal étonné, et de quelle femme parlez-vous ainsi ?

— De milady de Winter, répondit d'Artagnan ; oui, de milady de Winter, dont, sans doute, Votre Éminence ignorait tous les crimes lorsqu'elle l'a honorée de sa confiance.

— Monsieur, dit le cardinal, si milady de Winter a commis les crimes que vous dites, elle sera punie.

— Elle l'est, Monseigneur.

— Et qui l'a punie ?

— Nous.

— Elle est en prison.

— Elle est morte.

— Morte! répéta le cardinal, qui ne pouvait croire à ce qu'il entendait : morte! n'avez-vous pas dit qu'elle était morte ?

— Trois fois elle avait essayé de me tuer, et je lui avais pardonné; mais elle a tué la femme que j'aimais. Alors, mes amis et moi, nous l'avons prise, jugée et condamnée.

D'Artagnan alors raconta l'empoisonnement de madame Bonacieux dans le couvent des Carmélites de Béthune, le jugement dans la maison isolée, l'exécution sur les bords de la Lys.

Un frisson courut par tout le corps du cardinal, qui cependant ne frissonnait pas facilement.

Mais tout à coup, comme subissant l'influence d'une pensée muette, la physionomie du cardinal, sombre jusqu'alors, s'éclaircit peu à peu et en arriva à la plus parfaite sérénité.

— Ainsi, dit le cardinal avec une voix dont la douceur contrastait avec la sévérité de ses paroles, vous vous êtes constitués en juges, sans penser que ceux qui n'ont pas mission de punir et qui punissent sont des assassins !

— Monseigneur, je vous jure que je n'ai pas eu un instant l'intention de défendre ma tête contre vous. Je subirai le châtiment que Votre Éminence voudra bien m'infliger. Je ne tiens pas assez à la vie pour craindre la mort.

— Oui, je le sais, vous êtes un homme de cœur, Monsieur, dit le cardinal avec une voix presque affectueuse : je puis donc vous dire d'avance que vous serez jugé, condamné même.

— Un autre pourrait répondre à Votre Éminence qu'il a sa grâce dans sa poche; moi je me contenterai de vous dire : Ordonnez, Monseigneur, je suis prêt.

— Votre grâce ? dit Richelieu surpris.

— Oui, Monseigneur, dit d'Artagnan.

— Et signée de qui ? du roi ?

Et le cardinal prononça ces mots avec une singulière expression de mépris.

— Non, de Votre Éminence.

— De moi ? vous êtes fou, Monsieur ?

— Monseigneur reconnaîtra sans doute son écriture.

Et d'Artagnan présenta au cardinal le précieux papier qu'Athos avait arraché à milady, et qu'il avait donné à d'Artagnan pour lui servir de sauve-garde.

Son Éminence prit le papier et lut d'une voix lente et en appuyant sur chaque syllabe :

" C'est par mon ordre et pour le bien de l'État que le porteur de ce présent a fait ce qu'il a fait.

" 3 décembre 1627.   " Richelieu."

Le cardinal, après avoir lu ces deux lignes, tomba dans une rêverie profonde, mais il ne rendit pas le papier à d'Artagnan.

— Il médite de quel genre de supplice il me fera mourir, se dit tout bas d'Artagnan ; eh bien, ma foi ! il verra comment meurt un gentilhomme.

Le jeune mousquetaire était en excellente disposition pour trépasser héroïquement.

Richelieu pensait toujours, roulait et déroulait le papier dans ses mains.   Enfin il leva la tête, fixa son regard d'aigle sur cette physionomie loyale, ouverte, intelligente, lut sur ce visage sillonné de larmes toutes les souffrances qu'il avait endurées depuis un mois, et songea pour la troisième ou quatrième fois combien cet enfant de vingt et un ans avait d'avenir, et quelles ressources son activité, son courage et son esprit pouvaient offrir à un bon maître.

D'un autre côté, les crimes, la puissance, le génie infernal de milady l'avaient plus d'une fois épouvanté.   Il sentait comme une joie secrète d'être à jamais débarrassé de ce complice dangereux.

Il déchira lentement le papier que d'Artagnan lui avait si généreusement remis.

— Je suis perdu, dit en lui-même d'Artagnan.

Et il s'inclina profondément devant le cardinal en homme qui dit : "Seigneur, que votre volonté soit faite !"

Le cardinal s'approcha de la table, et, sans s'asseoir, écrivit quelques lignes sur un parchemin dont les deux tiers étaient déjà remplis et y apposa son sceau.

— Ceci est ma condamnation, dit d'Artagnan ; il m'épargne l'ennui de la Bastille et les lenteurs d'un jugement. C'est encore fort aimable à lui.

— Tenez, Monsieur, dit le cardinal au jeune homme, je vous ai pris un blanc seing et je vous en rends un autre. Le nom manque sur ce brevet[5] et vous l'écrirez vous-même.

D'Artagnan prit le papier en hésitant et jeta les yeux dessus.

C'était une lieutenance dans les mousquetaires.

D'Artagnan tomba aux pieds du cardinal.

— Monseigneur, dit-il, ma vie est à vous, disposez-en désormais ; mais cette faveur que vous m'accordez, je ne la mérite pas : j'ai trois amis qui sont plus méritants et plus dignes. . . .

— Vous êtes un brave garçon, d'Artagnan, interrompit le cardinal en lui frappant familièrement sur l'épaule, charmé qu'il était d'avoir vaincu cette nature rebelle. Faites de ce brevet ce qu'il vous plaira. Seulement rappelez-vous que, quoique le nom soit en blanc, c'est à vous que je le donne.

— Je ne l'oublierai jamais, répondit d'Artagnan, Votre Éminence peut en être certaine.

Le cardinal se retourna et dit à haute voix :

— Rochefort !

Le chevalier, qui sans doute était derrière la porte, entra aussitôt.

— Rochefort, dit le cardinal, vous voyez M. d'Artagnan; je le reçois au nombre de mes amis; ainsi donc que l'on s'embrasse et que l'on soit sage si l'on tient à conserver sa tête.

Rochefort et d'Artagnan s'embrassèrent du bout des lèvres;[6] mais le cardinal était là, qui les observait de son œil vigilant.

Ils sortirent de la chambre en même temps.

— Nous nous retrouverons, n'est-ce pas, Monsieur?

— Quand il vous plaira, fit d'Artagnan.

— L'occasion viendra, répondit Rochefort.

— Hein? fit Richelieu en ouvrant la porte.

Les deux hommes se sourirent, se serrèrent la main et saluèrent Son Éminence.

— Nous commencions à nous impatienter, dit Athos.

— Me voilà, mes amis! répondit d'Artagnan, non-seulement libre, mais en faveur.

— Vous nous conterez cela?

— Dès ce soir.

En effet, dès le soir même d'Artagnan se rendit au logis d'Athos, qu'il trouva en train de vider sa bouteille de vin d'Espagne, occupation qu'il accomplissait religieusement tous les soirs.

Il lui raconta ce qui s'était passé entre le cardinal et lui, et tirant le brevet de sa poche:

— Tenez, mon cher Athos, voilà, dit-il, qui vous revient tout naturellement.

Athos sourit de son doux et charmant sourire.

— Ami, dit-il, pour Athos c'est trop; pour le comte de La Fère, c'est trop peu. Gardez ce brevet, il est à vous; hélas, vous l'avez acheté assez cher.

D'Artagnan sortit de la chambre d'Athos, et entra dans celle de Porthos.

Il le trouva vêtu d'un magnifique habit, couvert de broderies splendides, et se mirant devant une glace.

—Ah, ah! dit Porthos, c'est vous, cher ami! comment trouvez-vous que ce vêtement me va?

—A merveille, dit d'Artagnan, mais je viens vous proposer un habit qui vous ira mieux encore.

—Lequel? demanda Porthos.

—Celui de lieutenant aux mousquetaires.

D'Artagnan raconta à Porthos son entrevue avec le cardinal, et tirant le brevet de sa poche:

—Tenez, mon cher, dit-il, écrivez votre nom là-dessus, et soyez bon chef pour moi.

Porthos jeta les yeux sur le brevet, et le rendit à d'Artagnan, au grand étonnement du jeune homme.

—Oui, dit-il, cela me flatterait beaucoup, mais je n'aurais pas assez longtemps à jouir de cette faveur. Je me marie. Tenez, j'essayais mon habit de noces; gardez la lieutenance, mon cher; gardez.

Et il rendit le brevet à d'Artagnan.

Le jeune homme entra chez Aramis.

Il le trouva agenouillé devant un prie-Dieu, le front appuyé contre son livre d'heures ouvert.

Il lui raconta son entrevue avec le cardinal, et tirant pour la troisième fois son brevet de sa poche:

—Vous, notre ami, notre lumière, notre protecteur invisible, dit-il, acceptez ce brevet; vous l'avez mérité plus que personne, par votre sagesse et vos conseils toujours suivis de si heureux résultats.

—Hélas, cher ami! dit Aramis, nos dernières aventures m'ont dégoûté tout à fait de la vie et de l'épée. Cette fois, mon parti est pris irrévocablement: après le siége j'entre chez les Lazaristes. Gardez le brevet, d'Artagnan, le métier des armes vous convient, vous serez un brave et aventureux capitaine.

D'Artagnan, l'œil humide de reconnaissance et brillant de joie, revint à Athos, qu'il trouva toujours attablé et mirant son dernier verre de malaga à la lueur de la lampe.

— Eh bien! dit-il, et eux aussi m'ont refusé!

— C'est que personne, cher ami, n'en était plus digne que vous.

Et il prit une plume, écrivit sur le brevet le nom de d'Artagnan, et le lui remit.

— Je n'aurai donc plus d'amis, dit le jeune homme; hélas! plus rien, que d'amers souvenirs. . . .

Et il laissa tomber sa tête entre ses deux mains, tandis que deux larmes roulaient le long de ses joues.

— Vous êtes jeune, vous, répondit Athos, et vos souvenirs amers ont le temps de se changer en doux souvenirs!

ÉPILOGUE.

La Rochelle, privée du secours de la flotte anglaise et de la division promise par Buckingham, se rendit, après un siége d'un an, le 28 octobre 1628. On signa la capitulation.[1]

Le roi fit son entrée à Paris le 23 décembre de la même année. On lui fit un triomphe comme s'il revenait de vaincre l'ennemi et non des Français. Il entra par le faubourg Saint-Jacques sous des arcs de verdure.

D'Artagnan prit possession de son grade. Porthos quitta le service et épousa, dans le courant de l'année suivante, madame Coquenard : le coffre tant convoité contenait 800,000 livres.

Mousqueton eut une livrée magnifique, et eut la satisfaction, satisfaction qu'il avait ambitionnée toute sa vie, de monter derrière un carrosse doré.

Aramis, après un voyage en Lorraine, disparut tout à coup et cessa d'écrire à ses amis. On apprit plus tard, qu'il avait pris l'habit dans un couvent de Nancy.

Bazin devint frère lai.

Athos resta mousquetaire sous les ordres de d'Artagnan jusqu'en 1631, époque à laquelle, à la suite d'un voyage qu'il fit en Touraine, il quitta aussi le service sous prétexte qu'il venait de recueillir un petit héritage en Roussillon.

Grimaud suivit Athos.

D'Artagnan se battit trois fois avec Rochefort et le blessa trois fois.

— Je vous tuerai probablement à la quatrième, lui dit-il en lui tendant la main pour le relever.

— Il vaut donc mieux pour vous et pour moi que nous en restions là, répondit le blessé. Corbleu! je suis plus votre ami que vous ne pensez, car dès la première rencontre j'aurais pu, en disant un mot au cardinal, vous faire couper le cou.

Ils s'embrassèrent cette fois, mais de bon cœur et sans arrière-pensée.

Planchet obtint de Rochefort le grade de sergent dans les gardes.

M. Bonacieux vivait fort tranquille, ignorant parfaitement ce qu'était devenue sa femme et ne s'en inquiétant guère. Un jour, il eut l'imprudence de se rappeler au souvenir du cardinal; le cardinal lui fit répondre qu'il allait pourvoir à ce qu'il ne manquât jamais de rien désormais.

En effet, le lendemain, M. Bonacieux, étant sorti à sept heures du soir de chez lui pour se rendre au Louvre, ne reparut plus rue des Fossoyeurs; l'avis de ceux qui parurent les mieux informés fut qu'il était nourri et logé dans quelque château royal aux frais de sa généreuse Éminence.

NOTES.

Ch. I.—1. **L'auteur du Roman de la Rose.** Jean de Meung, not the author, but the continuator of the *Roman*, which had been begun about 1260 by William de Lorris. The longer portion of this famous poem is the work of Jean de Meung; it professes to treat of the Art of Love, and is extremely allegorical in character.

2. **Le roi qui faisait la guerre.** Richelieu entered the ministry on the 30th November, 1616, under the regency of Mary of Medicis, who was expelled from Paris on the 3d May, 1617, taking Richelieu with her. She intrigued against the king, and in 1620, with the dukes of Vendôme, Nemours, and Retz, took up arms. It was at this time that Louis XIII was warring against the cardinal. The latter re-entered the cabinet on the 26th April, 1624, and by the middle of August was prime minister of the king, retaining that position till his death.

Spain was seeking extension of territory in the Valteline, and Richelieu's policy was to prevent the further aggrandizement of that power.

3. **Le guidon jaune et rouge**; the Spanish colors, at that time frequently seen in many parts of France.

4. **Décorselé, sans haubert et sans cuissards,** without back or breastplate, hauberk or thigh-pieces. The hauberk was originally the armor which protected the neck. **Pourpoint,** doublet.

5. **Béret,** a woollen cap worn by the Bearnese and Basques.

6. **Bidet du Béarn . . . sans crins à la queue . . . javarts,** a Bearnese cob, with rat tail, and ulcers on his feet.

7. **Livre,** worth 20 sous; equivalent, or nearly so, to the franc of the present day. **Ecu,** a coin worth 3 livres. **Pistole,** Spanish money, worth 21 livres. The name *pistole*, however, was frequently used to denote a sum of 10 livres.

8. **Ne supportez . . . rien que,** brook nothing from any man save . . .

9. **L'un dans l'autre,** one way and another.

10. **N'épanouit bien des sourires,** did not fail to call up many a smile.

11. **Susceptibilité,** sensitiveness.

12. **Faisait à l'endroit . . . une de ses . . . démonstrations,** happened to be making one of his . . . remarks.

13. **Errer**, flit.

14. **Tel rit . . .** , a man may laugh.

15. **Lui allongea un si furieux coup de pointe**, lunged at him so fiercely.

16. **Passait la raillerie**, was no mere joke.

17. **Continuez donc la danse**, keep up the fun.

18. **Sise**, situated.

19. **Le denier à Dieu**, earnest money; deposit.

20. **Tout provincial encore**, still sound.

Ch. II. — 1. **Sans un sou vaillant**, without a cent to his name.

2. **Périgourdin, berrichon**, of Périgord or of Berry; two of the old provinces of France.

3. **Un lion d'or passant sur gueules**, gules, a lion passant or. That is, on a red field a golden lion seen in profile as it walks. In heraldry, *or* means yellow or gold; *gueules*, red.

4. **Une des bonnes lames**, one of the best swordsmen.

5. **Exergue**, motto.

6. **La saisir par ses trois cheveux**, to grasp it by the forelock.

7. **Ses ordinaires**, forty-five gentlemen who formed a body-guard, and who, at the king's wish, murdered the duke of Guise.

8. **Le cardinal n'était pas en reste**, the cardinal was no whit behind.

9. **Les grands coups d'épée**, feats of arms.

10. **Diables-à-quatre**, wild fellows; dare-devils.

11. **Débraillés, avinés, écorchés**, swaggering, drinking, battle-scarred.

12. **Sur toutes les gammes**, to every tune.

13. **Gens de sac et de corde**, roisterers. Literally, hangman's game; executions being carried out usually either by hanging or by sewing up the criminal in a sack and throwing him into the river.

14. **Séides**, followers. Derived from the name of one of the characters in Voltaire's tragedy of "Mahomet," who is a type of fanatical and blind attachment.

15. **Estocades qui déhanchent**, sword cuts which wear out the swordsman.

16. **Coureurs de ruelles**, frequenters of fashionable houses. The *ruelle* was the alcove in the bedroom where fashionable ladies received, before rising, their visitors.

Fins damerets, thorough ladies' man.

Alambiqués diseurs de phœbus, extravagantly fine talkers. The *phœbus* was a nonsensical string of words, sounding intelligible, but really incomprehensible. The name was applied to inflated style of talk.

17. **Soleil pluribus impar**, the motto adopted in later years by

Louis XIV, with the badge of the sun in its glory lighting up the world. It has been explained in a variety of ways; the most generally accepted being: "I am great enough to light many worlds." Dumas plays on this interpretation by way of contrasting Louis XIII with his successor.

18. **Un des plus courus,** one of the most largely attended.

19. **Venait de descendre de garde,** had just been relieved from guard duty.

Ch. III. — 1. **Piquette . . . ragaillardie,** his thin wine required to be improved by . . . *Piquette* is a thin, sourish wine made by pouring water upon the dregs of the vats and leaving it to ferment.

2. **Voilà une glorieuse histoire,** that's a likely story.

3. **En valait bien un autre,** was as brave as most men.

4. **Sanglé,** irreproachably dressed.

5. **Prévu ce cas,** meets the case.

On ne reçoit personne mousquetaire, no one is admitted into the musketeers.

6. **L'Académie royale,** the riding and fencing school and gymnasium.

7. **Viatique obligé,** indispensable concomitant.

Ch. V. — 1. **Ponctuel comme la Samaritaine,** sharp on time. *La Samaritaine* was a pumping-engine on the Pont-Neuf, with a fountain on the street level, and a clock on the second story. It derived its name from a medallion representing Christ and the woman of Samaria at Jacob's well.

2. **Je tire proprement,** I fence equally well.

3. **Elle sent son gentilhomme d'une lieue,** it proves that you are a thorough gentleman.

4. **Preux de Charlemagne,** Charlemagne's peers; famous in knightly lore for their bravery, strength, and courteous bearing. Roland was the most celebrated.

5. **Les édits.** The rage for duelling had become so serious in France during the previous reign, that no less than seven to eight thousand gentlemen had been killed between 1589 and 1607. In 1602 Henry IV issued an edict ordering that the offended party, instead of taking the law in his own hands, should report the matter to the governor of the province in which he happened to be; the governor to refer it to a tribunal composed of the constables and marshals of France. The law was practically of no effect, and Louis XIII issued five additional edicts from 1609 to 1624, the latter at the time Richelieu came into power. In 1626 the cardinal plainly showed he meant to have the law carried out, for he caused the Count de Boutteville-Montmorency, who had daringly violated it, to be arrested and put to death.

6. **Friand de la lame,** a keen swordsman; a glutton at fighting.

7. **Se fendant à fond,** making his longest lunge.

8. **Coup fourré**, lunged together, and both had hit.

9. **D'une semelle**, an inch.

10. **Liez lui l'épée**, bind his sword ; that is, pressing the sword of the opponent at its weakest part with the *fort*, or strongest part of one's own, and, keeping firm touch, doubling one's own sword round the opponent's. Unless quickly met, this move will disarm the opponent.

11. **Régiment de Navarre.** The first regular regiments in France were organized about 1568. Besides the *gardes françaises*, there were only three permanent regiments, known as Picardie, Champagne, and Piémont. Henry IV, as king of Navarre, had a Huguenot regiment which, on his accession to the throne of France, was incorporated into the French army under the title of *régiment de Navarre*, and these four regiments were long known as *les Quatre Vieux*. They had the precedence over other infantry corps.

Ch. VI. — 1. **Jeu du roi**: card-playing long remained one of the favorite pastimes of the king and court.

2. **Faire charlemagne**, to leave off when winning. As stated in the text, no satisfactory explanation of the expression has yet been found.

3. **L'Éminentissime**, a superlative form rarely met with, and derived from the Italian.

4. **La guerre de partisan**, the wars in the time of Henry III, especially from 1586–1589, when Henry III, Henry of Navarre, subsequently Henry IV, and Henry, duke of Guise, and head of the powerful family of that name, were warring against each other.

5. **Le petit escalier**, the private staircase.

6. **Pelotaient**, were playing.

7. **Près de la corde et dans la galerie**, near the rope and among the spectators.

8. **Algarade**, escapade. In its old sense, a military raid.

9. **Courre le cerf**, hunting the stag on horseback. *Courre* is an old infinitive.

10. **Avait détourné ... un cerf**, had marked down a stag. When the stag has been traced to its lair or resting-place, it is said to be *détourné*.

11. **Il fallait prendre date**, he must get ahead of his opponent.

12. **En dit pauvres choses**, does not hold out much hope.

13. **Chevaliers de l'ordre**: Louis XI had founded the order of St. Michael as a special mark of honor; but under Henry II the admissions had become so numerous that little value was attached to the dignity. Henry III therefore created the order of the Holy Ghost, and made it the most honorable order in France. The number of knights could not exceed 100; the knights had to be 36 years of age, capable of proving three generations of nobility, and previously members of the order of St. Michael. They were then called *chevaliers des ordres du roi*.

14. **Voie**, scent.

15. **Cerf dix-cors**, a royal stag; a stag of ten tynes; that is, full grown, seven years old.

16. **Prêt à tenir**, ready to turn to bay.

17. **L'halali**, the death-call.

18. **Prend le change**, breaks away from the line and begins to hunt a two-year-old deer, *daguet*.

19. **Gerfaut**, gerfalcon; classed among the best hawks for hunting.

Tiercelets, properly the male of any variety of hawk; the females being called *faucon*.

20. **Il n'y a plus que moi qui connaisse l'art de la vénerie**: Louis XIII was an accomplished huntsman and falconer.

21. **Attendait le roi à cette chute**, expected the king would wind up with this.

22. **Un nid de huguenots**: the duke de la Tremouille was the greatest Protestant nobleman in the important province of Poitou. His Paris mansion was naturally a headquarters for Huguenots. Immediately previous to the fall of La Rochelle, in 1628, he abjured the Protestant religion and was appointed to the command of the *chevau-légers*.

23. **Un, par hasard, je ne dis pas**, I do not mind one, once in a way.

24. **Ventre-saint-gris !** Henry IV's favorite oath. Its derivation is uncertain. Rozan says, "Saint Gris is a fancy saint invented for drunkards.... Henry IV swore by Saint Gris as he might have sworn by Bacchus."

Ch. VII. — 1. **Pendant qu'il faisait des ronds**, allusion to the passage in Célimène's letter, Molière's *Le Misanthrope*, Act V., Sc. iv.

2. **Qui craignait son maître comme le feu**, who had a mortal dread of his master.

3. **Excipant à cet endroit de la haine**, grounding himself on his inveterate detestation.

4. **Prendre le mot d'ordre et l'air des affaires**, to learn the password and hear what was going on.

5. **Allaient leur train**, were being fulfilled.

Ch. VIII. — 1. **Cornette**, the name given to the flag of cavalry regiments. The officer who bore it was also called *cornette*, and rode at the head of the regiment when going into action. On the march his place was between the third and fourth ranks.

2. **Que . . . le lecteur n'aille pas augurer**, let not the reader imagine.

3. **Lingère**, linen-closet maid; maid of the wardrobe.

4. **Portemanteau**, cloak-bearer.

5. **Vous auriez égard à ma délicatesse**, you would appreciate my forbearance.

Ch. X. — 1. **Argot de la rue de Jérusalem**, police slang.

2. **Bris**, smashing.

3. **Alguazil**, police officer. A Spanish term.

4. **Flamberge**, sword. The *flamberge* was originally a pointed, two-edged sword.

5. **Sans finesse**, coarse.

6. **Avec main forte**, with reinforcements.

7. **Votre fortune est peut-être au bout de**, possibly good fortune may be the reward of.

8. **Prit ses jambes à son cou**, bolted as fast as he could.

Ch. XIV. — 1. **L'exempt**, the police officer. *Exempts* were attached to the different courts, such as the provost's and the constabulary; their business was to serve the king's orders on those to whom they were addressed, and to arrest persons against whom warrants had issued. Their badge of office was an ebony wand tipped with silver.

2. **Il s'effaça**, he drew aside.

3. **Une royale**, a small tuft worn just below the lower lip.

4. **Se préparant**, etc.: the Mantuan question had arisen in 1612, when Francis Gonzaga, duke of Mantua, died, and was succeeded by his brother, the duke of Nevers, head of the younger branch of the Gonzagas. In the last month of 1627 Vincent Gonzaga, then duke of Mantua, died, and was succeeded by Charles Gonzaga, duke of Nevers. The Spanish Cabinet interfered through the Emperor, suzerain of Mantua, in the hope of compelling Richelieu to abandon the siege of La Rochelle, and to withdraw his support from the duke.

Nîmes, Castres, Uzès, were, with Montauban, the four great strongholds of the French Huguenots in the South, after the fall of La Rochelle. In 1629 Louis XIII and the cardinal, having victoriously settled the Mantuan question, took these cities and caused the fortifications of Castres and Uzès to be razed to the ground. All these operations took place in 1629, after, not before, the siege of La Rochelle and the driving of the English forces from the Isle of Rhé.

5. **La fameuse digue**: to prevent any relief reaching La Rochelle from the land side, a wall nine miles long, with eleven forts and eighteen redoubts, was built around the doomed city. The approach from the sea was barred by the construction of a breakwater, nearly 4500 feet long, across the ship-channel.

6. **Le garde des sceaux Séguier**: Séguier was not appointed keeper of the seals until 1633, and he obtained the chancellorship two years later. Marillac was keeper of the seals at this time.

7. **Il y en a autant à toucher**, an equal amount awaits you. *Toucher*, when used with reference to money, means *to draw.*

Ch. XV. — 1. **Gens de robe et gens d'épée,** lawyers and soldiers.

2. **Lieutenant criminel,** the lieutenant of the provost of Paris. He presided over preliminary examinations in criminal cases, with the assistance of seven judges.

3. **Méritaient réflexion,** gave him food for thought; made him pause.

4. **Ses entrées,** right of admission into the presence of ——.

5. **J'en apprends de belles,** those are nice things I hear.

6. **Recors,** subordinate police officers.

7. **Commissaires instructeurs,** commissioners empowered to examine into political or criminal cases.

8. **Descente de justice,** official visit by order of court.

9. **Avec connaissance de cause,** knowing what he was about.

10. **Que l'on souffle le mot,** breathe a word.

11. **Je me constitue prisonnier,** I ask to be arrested and imprisoned.

12. **Moindrement,** in the least.

13. **Au secret,** in solitary confinement and forbidden to hold communication with any one.

Ch. XIX. — 1. **Il faut être quatre pour arriver un,** four must start to make sure of one reaching the end.

2. **Pour éclairer le chemin,** to make sure the way is clear.

3. **En d'Artagnan et avec l'uniforme des gardes,** personating d'Artagnan and wearing the uniform of the guards.

4. **Nous soutenons mordicus,** we obstinately insist.

Ch. XX. — 1. **Ne brûlons pas une amorce,** don't fire a shot. *Amorce,* priming ; the old muskets being fitted with a pan in which was put a small quantity of powder, that was exploded by the spark struck from the gun-flint.

2. **M'est avis,** it is my opinion.

3. **Au large ! pique ! pique !** Away with you ! ride ! ride ! *Piquer,* to spur.

4. **Ça se reconnaît à l'user,** a Picard shows what is in him when you come to have need of him.

5. **Ci,** here.

6. **Faites-la viser,** have it countersigned.

7. **Service de moi,** on my own service.

8. **Lui fournit,** thrust him through three times with his sword.

9. **Et ce faisant,** by so doing.

10. **Roide comme un jonc,** stiff as a poker.

11. **Chassaient à l'oiseau,** were hawking.

Ch. XXI. — 1. **Qu'il avait rendu en si terrible monnaie,** which he had repaid with such frightful interest.

2. **Prise dans la tapisserie**, cut in the tapestry.

3. **Ardemment**, brilliantly. Dumas has taken the description of this scene from the account of Tallemant des Réaux, who states that when Buckingham was off La Rochelle, he received a French gentleman on board his ship and introduced him into the main cabin. This was splendidly carpeted, and on a sort of altar, lighted by candles, stood the portrait of Queen Anne.

4. **Le Christ**, a crucifix.

5. **Un terrible lutteur**, a dangerous opponent.

Ch. XXII. — 1. **Echevins**: there were four *échevins ;* they were elected for a term of two years, and acted as assessors to the provost of merchants. Their jurisdiction embraced police and commercial cases. None but a Parisian could be elected to the office.

2. **Ballet de la Merlaison**: this was a hunting ballet, the sixteen figures of which represented the catching of thrushes with hawks. It was first danced by the king in 1635, at Chantilly. The name of the ballet was *La Chasse aux Merles*, but the king called it *la Merlaison*, and of course it was so known.

3. **Ils devaient sonner**, they were to play.

4. **Exempts** : not police officers, as in note 1, Ch. XIV., but military officers of a higher rank than *brigadiers*, and answering somewhat to the modern sergeant ; were next to ensigns, and commanded the company when the captain and lieutenant were absent.

5. **Archers du corps**, archers of the guard; a corps originally formed by Louis XI of Scottish recruits. Sir Walter Scott describes it fully in "Quentin Durward."

Greffier de la ville, city clerk.

6. **Garde-française**, an infantry regiment established in 1563 by Charles IX, but disbanded ten years later and reorganized in 1574. Under Henry IV and Louis XIII it was brought up to a strength of twenty companies. The guards had the precedence over other infantry regiments.

Garde-suisse : when the *Garde-française* was disbanded in 1573, Charles IX raised this regiment, composed of Swiss mercenaries, to take its place. It was reorganized in 1616; each company was recruited in one of the Swiss cantons. The Swiss guard ranked next to the French, but received double pay and enjoyed a number of important privileges.

7. **Madame la première présidente**, the wife of the president of the Parliament of Paris.

8. **Messieurs de la ville**, the city authorities.

9. **Collation des confitures**, the light supper.

10. **Buffet d'argent de la ville**, the sideboard on which stood the gold and silver plate belonging to the city.

11. **Le prévôt des marchands**, the mayor. The office was an old

and honored one, going back to the XIIth century, when Philip Augustus granted the burgesses of Paris the right of belonging to the Brotherhood of Water-Traders, a corporation already in existence. The head of the association, which had exclusive control of the trade of the Seine, took the name of *Prévôt des marchands de l'eau*, soon contracted into *Prévôt des marchands*. The association gradually obtained control of all municipal affairs, and its chief became the actual mayor of Paris.

12. **Ferrets de diamants**, diamonds set as drops.

13. **Entrées**, figures.

Ch. XXVII. — 1. **Faux monnayeur**, coiner. The laws against coiners were very severe in France at that time. The original punishment of mutilation by cutting off the right hand had been changed to death by drowning or hanging, under the edicts of 1526 and 1549; in Brittany a coiner was liable to be boiled alive. The procedure in all cases was summary, and might be entered upon mere presumption of crime. Appeal was not allowed.

2. **A qui ce mot échauffait terriblement les oreilles**, whose temper was being rapidly roused by that expression.

3. **Nous y voici**, I am coming to it.

4. **Il avait fait de rude besogne**, he had laid about him in earnest.

5. **Eut l'air de tomber des nues**, seemed utterly amazed.

6. **En pièces**, in barrels.

7. **Tout beau**, hold hard.

8. **Nous sommes restés constamment sur notre soif**, we never drank our fill.

9. **A tout péché miséricorde**, confession brings absolution.

10. **On n'est pas si diable qu'on en a l'air**, my bark is worse than my bite.

11. **Déposée au greffe**, in charge of the court.

12. **C'est un foudre que cet homme**, the man is a perfect well. *Foudre* means hogshead.

13. **Elle était marquée**, she was branded. Thieves and other criminals were branded with a red-hot iron, making the imprint of the royal fleur-de-lis.

14. **Droit de justice basse et haute**: in feudal times certain lords had the right of *basse justice*, which gave them jurisdiction in cases involving amounts not exceeding 60 *sols parisis*, and authority to take cognizance of all offences punishable by a fine not exceeding 10 *sols*. The right of *haute justice* involved the power to try civil and criminal cases, and to inflict capital punishment.

Ch. XXVIII. — 1. **Ils eussent à préparer incontinent leurs équipages**, they were forthwith to set about getting their equipments ready.

Mounts and uniforms were at that time provided by the musketeers themselves.

2. **Une lésinerie de Spartiates,** with Spartan meanness.

VOLUME II.

Ch. IX. — 1. **Nous n'avons eu maille à partir,** we have had a row; a fight.

2. **Mirame,** a tragi-comedy signed by Desmarets, but planned by Richelieu, whose habit was to select a subject, sketch out the plot, and have the acts filled in by his company of poets, Corneille, Boisrobert, Colletet, de l'Estoile, and Rotrou. Corneille was dismissed for taking on himself to make an alteration in a portion of the work assigned him. For the performance of *Mirame,* Richelieu built a splendid theatre in the Palais-Cardinal, now the Palais-Royal.

Ch. X. — 1. **Tenant son parlement:** the Parliament of Paris was the most important, as the peers formed part of it. Its jurisdiction extended over a greater territory than that of any of the provincial Parliaments. It was in no sense, however, an assembly representative of the nation, but simply a court of justice, composed of magistrates who, with the exception of the first president, bought and sold their seats. It possessed legislative power so far that royal edicts required to be registered by it before they acquired force of law, and such edicts were valid only within its jurisdiction. To be effective in the provinces the edicts had to be registered by the respective provincial Parliaments.

2. **Lit de justice,** a state sitting of the Parliament. The king entered with beat of drums and sound of trumpets, and seated himself on his *lit,* or throne, so called because formerly any seat surmounted by a dais was called a *lit.* On the occasion of holding a *lit de justice,* the officials of the Parliament wore their crimson robes, the peers of France were present, and the chancellor sat near the king. When a *lit de justice* was held, the Parliament was compelled to register all edicts presented by the king, this means, and the issue of *lettres de jussion,* being the two methods by which the court's objections could be authoritatively set aside.

Ch. XI. — 1. **Le siége de la Rochelle:** the royal army pitched its camp in front of La Rochelle on August 15, 1627. A little more than a month later the king and the cardinal left Paris for the seaboard.

2. **Des villes importantes données par Henri IV:** La Rochelle, Castres, Nîmes, and other fortified towns were granted to the Huguenots by Henry IV as places of safety.

3. **Dragonnades des Cévennes**: in 1684, under the direction of Louvois, Louis XIV's ruthless minister, dragoons were sent into Bearn to suppress Protestantism. These brutal soldiers committed the most frightful excesses; they were next sent into Languedoc and Poitou, and in the Cévennes district surpassed all the horrors they had previously indulged in. Madame de Maintenon and Bossuet not only approved this mode of conversion, but gave thanks to heaven for the results obtained. The whole hideous business was but a precursor of the revocation of the Edict of Nantes.

4. **Edit de Nantes**, the charter of the Huguenots, promulgated by Henry IV on the 13th April, 1598. It proclaimed liberty of conscience; allowed Protestant worship in the *châteaux* of nobles, in all towns and cities where it already existed, and in at least one town or village in every bailiwick; opened all schools to Protestants and admitted them to all public offices; granted them the right of triennial assemblies of deputies empowered to make representations to the government; created special courts, composed of equal numbers of Protestants and Roman Catholics, in the Parliaments of Paris, Toulouse, Grenoble, and Bordeaux, for the hearing of causes involving Protestant interests; and secured certain towns to them. See note 1, above.

5. See note 8, Ch. X., Vol. I.

6. **Mousquet, arquebuse**: both firearms were used in the army; the calibre of the musket being larger than that of the arquebuse. The weapon used by the infantry was fired from a rest by means of a lighted match; that used by the cavalry was necessarily lighter, and was fired by sparks from a flint struck by a small revolving wheel of steel.

7. **On battit aux champs**, the drums beat a salute.

Ch. XII.—1. **Perdait ses journées en tâtonnements**, wasted his time in feeling his way.

2. **Qui paraissait avoir déposé**, which appeared to have deposited some sediment.

3. **Placé en haie**, drawn up in line on either side of the road.

4. **Pourraient avoir trempé**, may have had to do.

5. **Je l'ai échappé belle**, I have had a narrow escape.

6. **Un pauvre verre**, one little glass.

7. **Il faut sortir de cette situation**, we must break through this suspense.

8. **La martingale**: in gambling, the doubling at each successive round the amount of stakes lost on the preceding one.

Ch. XIII.—1. **Fort mauvaise**, very heavy; very wild.

2. **Mettait à mal**, wrecked.

3. **Pinasses, roberges, felouques**, pinnaces, barges, and feluccas; three varieties of large boats driven by oars and sails. Feluccas carried

large lateen sails. Barges and pinnaces are still used in modern navies, but are handier and faster boats than their prototypes of the XVIIth century. *Roberges* or *ramberges* is merely the English *row-barge.*

4. **Qui était de tranchée**, who was on duty in the trenches.

5. **Manteaux de guerre**, service cloaks.

6. **L'oreille, un peu basse**, somewhat crestfallen.

7. **Ils avaient affaire à plus fort qu'eux**, they had to do with some one of superior rank.

8. **Vous n'y allez pas de main morte**, you are thorough in your work.

Ch. XVI. — 1. **En faisant prendre à sa moustache un pli qui lui était particulier**, giving his moustache a particular twist of his own.

2. **En pleine mer**, out to sea.

3. **Battre la diane**, sounded the réveille.

4. **Racontez-nous votre nuit**, tell us how you spent the night.

5. **N'avre-fous bas bris un pastion**, phonetic representation of the German accent in the pronunciation of French — for *n'avez-vous pas pris un bastion.* *B* and *p, f* and *v* are interchanged.

6. **Hôtelier de malheur**, you cursed landlord.

7. **Nous y tenons**, we shall hold out in it.

8. **Un dîner à discrétion**, the best dinner that can be ordered. A champagne dinner, as one would say nowadays.

9. **Faut-il vous rendre?** shall I give you the change?

10. **Il se ratrappa**, he made up for it.

11. **Tout est bénéfice**, it is all clear profit.

Ch. XVII. — 1. **Une espèce de poivrière**, a sort of small round tower; lookout.

2. **Boyau de tranchée**, smaller connecting trench between parallels.

3. **Des bourgeois**, fellows.

4. **Qui n'ont garde de me toucher**, who cannot manage to hit me.

5. **La demi-pique du brigadier**, the sergeant's pike. Sergeants long carried a pike or halbert as a mark of their rank.

6. **Aux barrières**, on the lines, — just within the outposts.

7. **Blanc-seing**, blank warrant.

8. **Chanter en français des psaumes**: Clément Marot, 1497–1544, translated the first fifty Psalms of David into French verse. Although Francis I approved of the work, it was condemned by the Sorbonne. The Protestants adopted Marot's version for use in their churches.

9. **Pas de double emploi**, no two to fire at the same man.

10. **Il faut être beaux joueurs**, we must win our wager handsomely.

11. **Tous les capucins . . . tous les bonnets noirs**: the Père Joseph

(see Biographical Notes) had brought to the camp before La Rochelle a large number of Capuchin and other priests with the object of instructing the army. Several bishops and abbés were on the cardinal's staff, and served actively in the siege operations.

12. **On bat la générale**, the assembly is sounding.

13. **C'est le fond de mon sac**, I cannot suggest anything more.

14. **Voyez-vous les sournois**, how sly of those fellows to creep up so quietly.

15. **Allongeons**, let us step out.

16. **Il est inutile de gagner une pleurésie**, there is no use in our running the chance of making ourselves sick.

17. **Tiens, au fait**, why, so we have.

Ch. XXI. — 1. **Le maire**, Jean Guiton. See Biographical Notes.

2. **Le procès était vite fait**, they had a short shrift.

3. **Le roi se mettait . . . :** Louis XIII was cold-blooded, and felt no pity for the sufferings of others. " He laughs when he sees any one tortured," is an entry in Herouard's diary. Martin, in his *Histoire de France*, xi. 112, says: "His delight as a boy had been to train merlins and shrikes to kill and tear the sparrows in the Louvre and Tuileries, to have mains of fighting-cocks, and to bait bulls with bull-dogs."

Le compère de Tristan, Louis XI of France, who used to call his grand provost, Tristan, his *compère*, or chum.

4. **Le dernier gendarme**, the veriest trooper.

Ch. XXX. — 1. **Le pavillon noir**, the black flag. A bit of imagination; the signal that an admiral or other officer is dead is the half-masting of his personal flag.

2. **Le roi, qui s'ennuyait fort :** Richelieu said he had three kings to fight in order to take La Rochelle, — those of Spain, England, and France. The king had been four months in camp, and the monotony of the siege was unbearable to him ; besides which he dreaded the noxious exhalations from the salt marshes. Richelieu feared his departure, as the king would then be exposed to the influence of all the opponents of the cardinal's masterly policy. In the end Louis went alone, leaving the camp in February, 1628, and returning there, in spite of the strongest efforts made by the queen-mother and her party to keep him in Paris, early in April.

3. **Voler la pie**, to fly shrikes, or butcher birds, trained like hawks to pounce upon smaller quarry.

4. **Voilà mon maître qui se trouve mal**, my master is fainting.

Ch. XXXIV. — 1. **Une condition**, a situation.

Ch. XXXVI. — 1. **Echancrée par sa décroissance et ensanglantée**, the crescent of the waning moon, reddened by the last traces of the storm.

2. **Vous vous mettez à dix**, there are ten of you banded together.

3. **Nachrichter**, the executioner.

4. **Laissez passer la justice de Dieu**, allusion to the famous phrase, *Laissez passer la justice du roi*. During the minority of Charles VI of France, Paris was torn by contending factions, but the king's advisers did not feel themselves powerful enough to cope openly with them. Accordingly a pardon was published to lull the rebels into security, but at the same time the provost received secret orders to throw nightly into the river a certain number of the rebels. The victims were bound and sewn up in sacks bearing the words, *Laissez passer la justice du roi*.

CONCLUSION.—1. **Le roi, tenant la promesse qu'il avait faite**: the queen-mother, Mary of Medici, was plotting the overthrow of Richelieu, her former favorite, whose high policy clashed with her own selfish views. The cardinal of Bérulle and Marillac, keeper of the seals, were her abettors, and they were supported by the ultra-devout members of the council, who feared that Richelieu would not revoke the Edict of Nantes once La Rochelle had fallen. The utmost efforts were made by this cabal to keep the king in Paris, and thus to bring about the disgrace of Richelieu. Louis XIII, however, wisely refused to be cajoled, and returned to La Rochelle.

2. **A franc étrier**, at full speed.

3. **Je dis que vous ayez à me rendre votre épée**, I repeat you must give up your sword to me.

4. **Il y va de la tête**, your head is at stake.

5. **Ce brevet**, this warrant; commission.

6. **S'embrassèrent du bout des lèvres**, made a hollow pretence of embracing each other.

EPILOGUE.—1. **On signa la capitulation.** "It is affirmed that there were only 136 men capable of bearing arms. The Rochelois even then wished to stipulate for the maintenance of their privileges and even for those of the whole Huguenot party; Richelieu shrugged his shoulders, forced them to confess that they had not three days' food, and merely granted them a full amnesty and liberty of worship. The capitulation, drawn up in the form of letters of pardon, was signed by the *maréchaux de camp* only. The refugees who were on board the English fleet, or who had remained in England, were included in a separate pardon, on condition of returning within three months." — Martin, *Histoire de France*.

BIOGRAPHICAL AND GEOGRAPHICAL NOTES.

Aiguillon. Richelieu, in 1638, purchased the duchy of this name for his niece, Marie Madeleine de Vignerot, widow of Roure de Combalet, a very clever but worldly woman.

Amiens, the capital of Picardy till the change in the territorial divisions of France at the Revolution. It possesses a magnificent cathedral of the 13th century. Louis XI called Amiens his "little Venice."

Angers, the former capital of Anjou and now chief town of the department of Maine and Loire. It is situated in the midst of a wine-growing country, the white wines of Anjou being well known.

Angoulême. Charles de Valois, natural son of Charles IX, born in 1573, died in 1650, bore at first the title of count of Auvergne. He fought on Henry IV's side against the League, but having entered into conspiracies was arrested and condemned to death in 1606. He was respited and imprisoned until 1616. In 1619 Louis XIII bestowed upon him the duchy of Angoulême, originally an earldom of the 9th century. He has left *Memoirs* of his time.

Anne d'Autriche, eldest daughter of Philip III, king of Spain, was born in 1602, died 1666. In 1615 she married Louis XIII, but the union proved an unhappy one. Richelieu, who was bitterly opposed to Spanish influence and domination, was her enemy. After his death and the king's, however, she became regent, and the difficulties of the position made her understand and regret Richelieu. She chose as her minister Mazarin, trained by Richelieu, and he ruled under her until his death.

Armentières, a town near Lille and the Belgian frontier, on the river Lys.

Arras, the former capital of Artois, now chief town of the department of Pas-de-Calais. It was famous for the tapestries to which it gave its name.

Bassompierre. François, baron de Bassompierre, born in 1579, died in 1646. He was famous in the time of Henry IV and Louis XIII for his wit, courage, and numerous love affairs. He was a distinguished soldier, was created marshal of France in 1622, and, having plotted against Richelieu, spent twelve years in the Bastille, 1631 to 1643. He has left interesting *Memoirs*.

Bastille, originally one of the works erected at each gate of Paris. The Bastille, — built in the latter part of the 14th century, under Hugues Aubriot, mayor of Paris in the reign of Charles V, — was soon transformed into a powerful fortress commanding the approach to the capital by the St. Antoine gate. It stood just outside the walls, within a moat, and consisted of eight towers, connected by enormously thick walls. The entrance was on the river front, a drawbridge leading over the moat. It was very early used as a state prison, and there it was that the mysterious captive, known as the Man with the Iron Mask, ended his life on Nov. 19, 1703. The Bastille was stormed and destroyed by the mob of Paris on July 14, 1789. Its site is marked by the *Colonne de Juillet.*

Béarn, the district at the foot of the Pyrenees which long maintained its independence under its own lords. Pau was the capital. The Bearnese were so attached to their ancient rights and privileges that even at the accession to the throne of France of Henry IV, their own sovereign, they insisted on their being acknowledged. It was not till 1620 that the union of the country with France was proclaimed.

Beaugency, a town on the Loire, below Orleans, formerly a royal residence. It was one of the towns retaken from the English by Jeanne d'Arc.

Beauvais, a town north of Paris, in the department of Oise, of which it is the chief town. It has a splendid cathedral of the 14th century, the choir of which is especially fine, and gave rise to the saying : "Beauvais' choir; Amiens' nave; Reims' portal," as a summary of the finest points of the three great cathedrals.

Berry, a province in central France, of which Bourges was the capital. Now included in the departments of Cher and Indre.

Besme, also called *Behme,* whose real name was Dianowitz, was a native of Bohemia, and entered the service of the duke of Guise. He murdered the great Coligny, and subsequently was made prisoner while warring against the Protestants of Saintonges, who put him to death.

Béthune, a town northwest of Arras, in the department of Pas de Calais.

Bois-Robert. François le Métel de Bois-Robert, born 1592, died 1622. Brought up to the law, he entered the church and received preferment at the hands of Richelieu, who made use of his literary talents to work up the tragedies the cardinal was fond of planning. He was a member of the French Academy.

Bondy, a village in the department of the Seine, northeast of Paris. The forest of Bondy had long an evil repute as the favorite abode of highwaymen.

Boulogne, seaport on the English channel, at the mouth of the river Liane.

Buckingham. George Villiers, son of a Leicestershire knight, was born in 1592, and in 1614 presented to King James I. The king took a fancy to him and Villiers rapidly rose in favor, reaching the highest rank in the English peerage as well as obtaining the post of lord high admiral. The all-powerful favorite was assassinated on August 23, 1628, by Felton. "He was poor and friendless, but his personal beauty was remarkable, and it was by his beauty that he meant to make his way with the king. . . . Villiers owed his fortune to other qualities besides personal beauty. He was amazingly ignorant, his greed was insatiate, his pride mounted to sheer midsummer madness. But he had no inconsiderable abilities. He was quick of wit and resolute of purpose; he shrank from no labor; his boldness and self-confidence faced any undertaking." — GREEN, *History of the English People.*

"Never any man in any age, nor, I believe, in any country, rose in so short a time to so much greatness of honor, power, or fortune, upon no other advantage or recommendation than of the beauty or gracefulness of his person." — CLARENDON, *History of the Rebellion.*

Carmes Deschaux. Convent of the Carmes Déchaussés, or barefooted Carmelites, better known as White Friars. The order, one of the four mendicant orders, was founded in the 12th century on Mount Carmel, and was then composed of pilgrims. These were subsequently forced to take refuge in Europe, and they settled in France in the middle of the 13th century. In the 16th century John of the Cross introduced into the order the reforms proposed by St. Theresa, and then arose the barefooted friars, called in France *déchaussés* or *déchaux.* The chief house of the order was near the place Maubert, in Paris, and another one stood in the rue de Vaugirard. The former was converted into a market, the latter was used as a prison at the time of the Revolution.

Calais, on the northwest coast of France. It was taken by Edward III of England after a year's siege, Aug. 4, 1347. The English retained possession of it for 210 years, when the duke of Guise took it in 1558. It was then formed into a separate government, called "the reconquered district." As a seaport it was better at the date of the story than now.

Castres, town in the department of Tarn; residence of Henry IV in 1584, and one of the strongholds of the Huguenots. Louis XIII took it and razed its fortifications in 1629.

Chaillot, a village now included in the city of Paris, and forming part of the 8th arrondissement. It was annexed to Paris by Louis XIV in 1659, and included within the city walls in 1784. Near Chaillot stood the famous *Savonnerie*, a tapestry factory founded by Mary of Medici in 1604, and subsequently merged in the celebrated *Gobelins.*

Chalais, Henri de Talleyrand, born 1599, died 1626, was brought up with Louis XIII, and stood high in the monarch's favor. He was drawn by the duchess of Chevreuse into a plot against the king and the cardinal. He was arrested at Nantes, July 8, 1626, tried by a special commission, found guilty of high treason, and condemned to death.

Chantilly, town north of Paris, department of Oise, famous for the splendid domain of the Montmorencys, which, in 1632, passed into the possession of the great house of Condé. The great Condé gave magnificent entertainments there. The vast stables, capable of accommodating 250 horses, and the race course are both celebrated.

Chevreuse. Marie de Rohan Montbazon, born 1600, died 1679. She married in 1617 Charles d'Albert, duke of Luynes, Louis XIII's favorite, whom the king had made constable of France. After his death she married Claude of Lorraine, duke of Chevreuse. She was famous for her wit and beauty, and was a born plotter. She incurred Richelieu's anger and had to flee from France, being so closely pursued that she was forced to cross the river Somme by swimming. She took refuge first in Flanders and then in England. During the Fronde she gained the enmity of Mazarin, having allied herself to the Cardinal de Retz, and the queen, whose intimate friend she had been during the lifetime of Louis XIII, was also hostile to her. She was subsequently one of Fouquet's bitterest enemies.

Cramail. Adrien de Montluc Montesquiou, count of Cramail, born 1568, died 1646. Was a well-known personage at the court of Louis XIII, being reckoned among the *Intrepids* of that monarch. He was concerned in 1630 in the court plot against Richelieu, known as the *Journée des Dupes,* and spent 12 years in the Bastille. He had some slight literary talent.

Crèvecoeur, a small town in the department of Oise, northwest of Clermont.

Dammartin, a small town in the department of Seine et Oise, northwest of Meaux. It belonged to the Montmorencys, but in 1632 was confiscated by Louis XIII, and its castle dismantled.

Dax, town on the Adour; the ancient Aquæ Tarbellicæ.

Dompierre, a small town northeast of La Rochelle.

Elbeuf. The house of Elbeuf sprang from that of Guise. Charles, first duke of the name, had been imprisoned for four years for participation in the rising in the reign of Henry III. His son Charles, named in the text, born in 1596, died in 1657, was exiled by Richelieu in 1631 on account of the political intrigues of his wife; he nevertheless retained the government of Picardy.

Flessingue. Flushing, at the mouth of the Scheldt; an important seaport. It was at Flushing that the war of independence, waged by the Low Countries against Spain, broke out in 1572.

Forges. The baths of Forges, in the department of Seine Inférieure. This watering place became fashionable in 1632, when Louis XIII, Anne of Austria, and Cardinal Richelieu visited it.

For l'Evêque. Until 1674 the bishop of Paris exercised separate jurisdiction in certain temporal cases, and For l'Evêque was his seat. The
building stood in the rue St. Germain l'Auxerrois, and was subsequently
used as a prison for debtors and actors. It was taken down in 1780.

Fort Louis, a very powerful fort built to command La Rochelle and gar-
risoned by royal troops. Its demolition formed the burden of every
Huguenot request, as it was a constant menace to the city; so much so
that it was commonly said "the fort must take the town, or the town
must take the fort." After the fall of La Rochelle in 1628, when the city
fortifications were razed, Fort Louis, being no longer needed, was ordered
to be levelled with the ground.

Grand prieur, of the order of the Knights Hospitallers of St. John, or of
Malta, that island being the seat of the order. The great countries of
Europe formed priories, the head of which bore the title of grand-prior.

Guiton. John Guiton, the famous mayor of La Rochelle, was born in 1588.
The date of his death is not absolutely certain, some authorities giving
it as 1646, others as 1654. It was in 1621 that he first became widely
known, being then admiral of the Huguenot fleet. He was elected mayor
of La Rochelle and directed the defensive operations with skill, vigor,
and perseverance. After the fall of the city he was exiled and went to
England, but Richelieu a few years later, 1636, recalled him and placed
him in command of a ship of war. Guiton took part in several naval
engagements and is said to have been killed in one.

Guise, Francis of Lorraine, duke of, the most illustrious member of that
celebrated house, born 1519, assassinated 1563. He was thrice lieutenant-
general of France, fought against Charles V, took Calais from the English, and kindled the civil war between the Catholics and Huguenots.
He ruled France during the greater part of his life.

Harcourt, Henry of Lorraine, count of, born 1610, died 1666. At the age
of 19 distinguished himself at the battle of Prague, and afterwards
against the Huguenots at Saint Jean d'Angely, Montauban, and La
Rochelle. His subsequent career was equally brilliant; he commanded
in Piedmont, in Spain, and in Flanders. During the Fronde he fought
on the side of the Court against Condé; afterwards joined the revolted
princes, was pardoned and made governor of Anjou.

Henry III, third son of Henry II and Catharine of Medici, born in 1551;
elected king of Poland 1573; proclaimed king of France in 1574, on the
death of Charles IX; weak and self-indulgent, he was wholly governed
by his favorites; the League, with the Guises at its head, ruling the
kingdom. Joined by Henry of Navarre he laid siege to Paris, but was
murdered at St. Cloud by the fanatic Jacques Clément, on July 31, 1589.
He was the last of the Valois.

Henry IV, called the Great, born in 1533, became king of Navarre in 1572. He opposed the League, being the recognized leader of the Huguenots, and in 1589 succeeded to the crown on the death of Henry III. He fought the battles of Arques and Ivry, and became a Roman Catholic, thus securing the throne. In 1589 he secured the Huguenot liberties by the Edict of Nantes, and in 1610 was murdered in the streets of Paris by Ravaillac.

Jean Bouche d'or, St. John Chrysostom, one of the Fathers of the Church, born at Antioch 347, died 407. He was patriarch of Constantinople, and his marvellous eloquence gained him the name of Chrysostom, the golden mouth.

Jeanne d'Arc, the great heroine of France, born at Domremy, in Lower Lorraine, in 1409; burned alive by the English in 1431. She was firmly convinced that she was commissioned to deliver France from English rule, was presented to Charles VII, placed herself at the head of the army, raised the siege of Orleans, opened the way to Reims, where the king was crowned, and then considered her task ended. She was persuaded to remain, was taken prisoner at Compiègne, then besieged by the Burgundians, and by them sold to the English who condemned her to be burned alive as a witch. She was put to death at Rouen.

Joseph, François Leclerc du Tremblay, commonly known as Father Joseph, was born at Paris in 1577, and died in 1638. He was the son of a president in the Parliament, and received a brilliant education. He travelled through Europe, served under constable Montmorency, and turned capuchin in 1599. He was the intimate friend and great admirer of Richelieu, who trusted him implicitly. When he died, Richelieu said, "I have lost my right hand."

La Jarrie, a small town near La Rochelle.

Lazaristes, the religious and military order of Hospitallers of Saint Lazarus, founded at Jerusalem in 1119. It was introduced in France in the time of Louis VII, and under Henry IV was amalgamated with the Carmelites. It was suppressed in 1789. The knights of the order were not bound to celibacy or poverty.

Ligue, the famous organization founded at Péronne in 1576, to defend the Roman Catholic religion threatened by the spread of Protestantism in France. It was partly directed against Henry III, who endeavored to diminish the power of its leaders, the Guises, by declaring himself head of the League. At the death of his brother, by which event Henry of Navarre became heir presumptive, it became more powerful and active than ever, the Council of Sixteen in Paris leading the movement there. The troubles which ensued were long and bloody, the murder of the duke of Guise by Henry's "forty-five," the murder of Henry himself by a

League monk, Jacques Clément, being the most prominent events. When Henry IV abjured Protestantism the League lost its influence and soon after died out.

Lille, an important city of Northern France, chief town of the department of Nord. The great engineer Vauban improved and extended its fortifications.

Lilliers, a small town near Béthune, in the department of Pas de Calais. The first artesian well in France was sunk here.

Longueville, Henry, duke of, born 1595, died 1663. He was successively governor of Picardy and of Normandy. In 1626 plotted to kill Richelieu, and distinguished himself in the Italian and German wars. In 1642 he married the sister of the great Condé, and in 1648 joined the party of the Fronde. He was arrested in 1650, and on being set free withdrew from political life.

Lorraine. The old French province of Lorraine was originally a kingdom, carved out in 855 for Lothair II. In 954 it was divided into the duchies of Upper and Lower Lorraine, the latter merging eventually into the possession of the dukes of Brabant; the former, after endeavoring to maintain its independence for many years, being partly conquered by Henry II of France, and wholly occupied by Louis XIII in 1632. It was finally united to France in 1766.

Louis XI, son of Charles VII, born 1423, died 1483. The first French monarch who bore the title of *roi très chrétien;* also called the first diplomat. A despot and a statesman, cruel and superstitious, double-minded and crooked in all his ways, he nevertheless did a great deal to firmly establish the royal power.

Louis XIII, son of Henry IV, born 1601, died 1643. Being only nine years old at his father's death, his mother, Mary de Medici, became regent. The early part of his reign was particularly troubled, the queen's favorites earning the hatred of the nation and the Huguenots inaugurating a civil war. When Richelieu came to power, matters soon changed and Louis sagely obeyed the counsels of his wise and far-seeing minister. The king's character was hard and gloomy; he cared for little beyond hunting and music, but he was an accomplished rider and swordsman. "He would have made a very good artillery or engineer officer," says Martin.

Louvre. Philip Augustus, in 1200, built a fortress on the banks of the Seine, outside the city. The dungeon tower was called the Louvre, and the name remained when Francis I tore down the tower to make room for his new palace, begun in 1541, and now known as the *Vieux Louvre.* Successive sovereigns added to it, as they made it their residence, and Richelieu added considerably to it. Louis XIV built the east façade with its famous colonnade, and Napoleon III completed its junction with the Tuileries. The Louvre is now used as a museum and government offices.

Luxembourg. Mary de Medici built this palace for herself on the site of a hotel built by Harlay de Sancy, and subsequently purchased by the duke of Pincy-Luxembourg. After the queen's death the palace passed to the duke of Orleans, and from him to his two daughters, one of them the famous *La Grande Mademoiselle.* During the Revolution it was used as a prison, afterwards it became the Consular Palace, and subsequently Palace of the Senate and House of Peers. It is now once more the home of the Senate.

Luynes, Charles d'Albert, son of a country gentleman, was attached to the person of Louis XIII, and speedily became his favorite, owing to his skill in falconry. He rose rapidly, and was created duke and constable of France. He procured the murder of Concini and the exile of the queen-mother, excited a serious revolt against his arrogance and power, but died before he could be overthrown.

Mary de Medici, born at Florence in 1573, died in 1642, married Henry IV of France in 1600. She was a haughty, ambitious, and obstinate woman. At the king's death she obtained the regency and fell under the sway of her two favorites, Concini and his wife, who were subsequently put to death by order of Louis XIII, her son. She plotted against the king and fought the battle of Pont de Cé, where she was defeated. She brought forward Richelieu, but when that statesman's policy conflicted with her own selfish views, she caballed against him and was exiled to Compiègne, whence she escaped to Belgium and afterwards to England.

Maurevers. Charles de Louviers, sieur of Maurevers, one of the most accomplished banditti in the service of Charles IX. In his youth he was page to the duke of Lorraine, and murdered the governor of the pages. He then entered the Spanish service; returned to France later, offered his services to the court, and undertook to assassinate the brave Admiral Coligny. He failed to do so, but in order to earn his pay, treacherously murdered Moy, one of the Protestant leaders, who had unsuspectingly received and entertained him. For this brutal deed Charles IX bestowed upon Maurevers the order of St. Michael.

Mauzé, a small town on the Mignon, near Niort.

Meung, town on the Loire, near Orleans, famous as the birthplace of Jean de Meung, who continued the *Roman de la Rose* begun by Guillaume de Lorris.

Minimes. Minorists. A religious order founded in 1436 by St. Francis of Paule, under the title of Hermits of St. Francis of Assisi. Franciscan monks were called by their founder *minor brethren ;* de Paule, in order to impress greater humility upon his order, called the members *Minimes.* The order became very powerful in France.

Monsieur, the king's eldest brother, Gaston d'Orléans. This title was first given in the 16th century. *Monsieur's* consort was called *Madame,* simply.

Nancy, the former capital of Lorraine-et-Barrois; now the chief town of the department of Meurthe-et-Moselle. It was founded in the 12th century, and taken by Louis XIII in 1633.

Nîmes, the chief town of the department of Gard, a strong Calvinistic centre in the days of Louis XIII and Louis XIV. The persecution of the Huguenots at Nîmes was particularly active.

Notre Dame. This magnificent cathedral was begun by Maurice de Sully, Bishop of Paris, in 1163, and completed in 1257. Under Louis XIII and Louis XIV, vandal hands were laid on the splendid fabric, under pretence of improving it. At the Revolution an enormous amount of damage was done, and the cathedral was transformed into a Temple of Reason. In 1845 Lasous and Viollet-le-Duc were entrusted with the work of restoration, and carried out the task with great skill and taste, the cathedral having been repaired and restored to its ancient splendor. The Communists endeavored to burn it down, but happily failed.

The cathedral was formerly surrounded by the Cloister, a group of dwellings inhabited by the canons, and by the archiepiscopal palace, which presented the appearance of a mediæval fortress. The yard, or *parvis,* as it is still called, — the word being old French for *paradis,* was the place where condemned people were brought, torch in hand, for the double purpose of making the *amende honorable* and of hearing their sentence of death read out.

Noyon, a town northeast of Compiègne, on the river Oise. It was here that Hugues Capet was elected king in 987.

Orléans, duc d', Jean Baptiste Gaston, third son of Henry IV and Mary de Medici, born in 1608, died in exile at Blois in 1660. " A despicable prince," he was created duke of Orléans in 1626. He constantly intrigued against the king and Richelieu, invariably ending his attempts by betrayal of his friends and dishonor to himself. Montmorency, Cinq Mars, and de Thou owed their deaths to him. Four times banished, he learned not prudence. When Louis XIV came to the throne he was made lieutenant-general of the kingdom, opposed the court during the Fronde, and was finally exiled to Blois in 1652.

Palais Cardinal, now called Palais Royal, was built by Richelieu, who died there and left the palace to the king. It was burned in great part, but restored and enlarged by Philippe-Egalité.

Pau, the former capital of Béarn, and previous to that the residence of the viscounts of Béarn. Henry IV was born there in 1533. Now a noted winter resort.

Pavie, town on the river Ticino, where Francis I was utterly defeated and taken prisoner by Charles V on Feb. 24, 1525.

Périgny, a small town close to La Rochelle, on the east.

Pharsale, in Thessaly, where, in 48 B.C., a decisive battle was fought between Cæsar and Pompey.

Picard. The province of Picardy received its name about 1185, when the territory composing it was wrested from its then owner, the count of Flanders, by Philip Augustus. Picardy became one of the most important provinces of France.

Place Royale, the aristocratic quarter of Paris in the time of Louis XIII. The *place* was designed by Henry IV, who erected a part of the monumental buildings, and sold the remaining lots to noblemen. The works were not completed before his death, but Louis XIII inaugurated the Place with great pomp on March 16, 1612. The mansions forming the four sides of the square became the residence of the leading nobility. Jules Claretie says: "Avec ses larges maisons aux pierres rouges, aux vastes toits d'ardoise, soutenues par d'élégantes arcades, la place Royale est de toutes les places de Paris celle dont la physionomie est à la fois la plus charmante. Ce n'est plus le Paris d'aujourd'hui, c'est le Paris de Louis XIII."

Poltrot de Méré, Jean, a Protestant gentleman of Angoumois, born 1525. He served in Spain as military scout, but owes his celebrity to the fact that he assassinated the duke of Guise at the siege of Orleans. He was condemned to death and quartered in 1563.

Pont de Cé, near Angers, on the Loire. The troops of Mary of Medici were defeated here by the royal army in 1620.

Pontoise, a town on the Oise, near its junction with the Seine. In the Middle Ages it formed one of the main defences of the approaches to Paris.

Pré aux Clercs, a wide common on the west, and close to the walls of Paris. It was divided into two parts, called respectively the *Grand* and the *Petit Pré*. In 1368 it was granted to the University as a recreation ground for students and then became known as a resort for duellists. Under Henry II it was a favorite meeting place of the Calvinists. Towards the end of the reign of Henry IV, parts of the Pré were built upon.

Ré, Ile de, off La Rochelle, on the Atlantic coast. Chiefly famous for the unsuccessful attempt of the English to capture it in 1627.

Richelieu, Armand Jean du Plessis, cardinal and duke, born in 1585, died 1642. Intended for the army, he subsequently entered the church, and was consecrated bishop of Luçon in 1607. In 1614 he was one of the deputies to the States-General, where he first came prominently into notice. Mary de Medici took him into favor, and on Nov. 30, 1616, he entered the ministry as secretary of state for war and foreign affairs. In May of the following year the queen fell from power and dragged Richelieu with her. His genius, however, was so great that he became a power even in exile, and in 1624 he entered the cabinet as Louis XIII's prime minister, retaining power till his death. He broke the power of the nobility, destroyed the Huguenot state within the state, humiliated the house of Habsburg, and raised France to the dignity of a great nation. He founded the French Academy, built the Palais Cardinal, now Palais Royal, and extended the Sorbonne.

Robespierre, François Maximilien, born at Arras, 1759; guillotined at Paris, 1794. Brought up to the law, he became a deputy to the States-General in 1789, joined the famous Jacobin Club, was returned to the National Assembly, led the cry for the king's death, and as leader of the Mountain became the most formidable personage of the Reign of Terror. The reaction against the sanguinary excesses of his party swept him from power; he was arrested and endeavored unsuccessfully to commit suicide. With his death closed the Reign of Terror.

Rochelle, La, seaport on the west coast of France, and, in the time of Louis XIII, the stronghold of the Huguenots. It had long been in the possession of the English and was taken from them by the great Duguesclin in 1371. In 1573 the duke of Anjou vainly attempted its capture, and Richelieu himself succeeded only after a twelve months' siege.

Roussillon, a district of Southern France, lying between the Mediterranean, the Pyrenees, and Languedoc. Long under the independent rule of its own sovereign counts, it passed into the hands of Spain, was conquered by Louis XIII in 1640–42, and was finally united to France in 1659.

St. Antoine, faubourg. Extended beyond the walls of Paris where the Bastille stood, that fortress guarding the Porte St. Antoine. The district is now included in the city proper.

St. Barthélemy, the memorable massacre of Protestants, begun in Paris on the night of Aug. 24, 1572. Over 15,000 persons were slaughtered in the capital alone.

St. Denis, barrière, one of the gates on the north of the city of Paris.

St. Germain, town on the banks of the Seine, northwest of Paris. The chateau was built in the 11th century, rebuilt and added to by successive sovereigns. Louis XIII died there, and it was the residence of the exiled James II of England. It has a magnificent forest, and the view from the terrace overlooking Paris and the valley of the Seine is one of the finest in the world.

St. Martin, the apostle of the Gauls, born in 316, in Pannonia, now Hungary, died 397. Served as a soldier, was converted to Christianity, and became bishop of Tours. The legend states that meeting a beggar on the road he gave him half his cloak.

St. Martin, citadel of; the fort on the island of Ré.

St. Omer, town in the department of Pas de Calais, northwest of Arras.

St. Simon. Claude de Rouvroi, duke of St. Simon, born 1607, died 1693, was page to Louis XIII and rose in favor, being appointed first equerry, then governor of Blaye in 1630, and created duke and peer of France in 1635. Richelieu relegated him to Blaye in 1637. His son is the best known of the name, his interesting *Memoirs* having given him a high place in French literature.

Schomberg, Henri de, marshal of France. He was descended from a German family and served with great distinction in the French army, gaining his marshal's baton in 1625. He defeated the English at the island of Ré, and was to the end of his life warring against the Huguenots. He died in 1632.

Séguier, Pierre, born 1588, died 1672. He was appointed keeper of the seals in 1633, and chancellor in 1635, being indebted to Richelieu for his advancement. He remained faithful to the Court party during the war of the Fronde, and presided over the commission which tried Fouquet.

Sévigné, Marie de Rabutin, marchioness of, born 1626, died 1696. Married at 17, she was left a widow at 24, her husband having been killed in a duel. She devoted herself to her son and daughter, and her correspondence with the latter, after her marriage to M. de Grignan, forms one of the most brilliant monuments of French literature.

Soissons, Louis of Bourbon, count of, born 1601, died 1641. One of the most restless spirits of a restless age, he was involved in nearly every conspiracy; that of Chalais sent him into exile, from which he returned to receive the government of Champagne. With Gaston of Orleans he plotted the death of Richelieu and had to flee; took up arms against the cardinal, and was killed in battle.

Tarbes, chief town of the department of Hautes Pyrénées; formerly the capital of the county of Bigorre. As early as 1097 it enjoyed constitutional privileges.

Toiras, Jean de, born 1585, died 1636, gained Louis XIII's favor by skill in falconry, and received a company of guards in 1620. Appointed successively governor of Fort Louis, near La Rochelle, and then of Ré and Oleron, he distinguished himself by his intrepid defence against Buckingham. For his equally splendid defence of Casal, in 1629, he received the baton of marshal of France, but shortly afterward fell into disgrace and lost his various offices.

Tournelle, Pont de la. The bridge connects the island of St. Louis and the left bank of the Seine. It derives its name from a *tour* or *tournelle*, erected on the left bank in the 14th century, and which formed an outpost to the St. Bernard gate in the city walls. This post was long used as a convict prison and was demolished in 1787.

Tours, on the left bank of the Loire, the former capital of Touraine, the garden of France; now the chief town of the department of Indre-et-

Loire. It is the seat of an archbishopric. Here Charles Martel gained in 732, his great victory over the Saracens.

Trémouille, La. The La Trémouilles belonged to the best nobility of France, going back to the 11th century. Louis de la Trémouille, known as *le chevalier sans reproche*, was killed at Pavia. The duke mentioned in the text was the greatest Protestant lord of Poitou, and had great influence in the Huguenot party. Shortly before the fall of La Rochelle the duke repaired to the royal camp and abjured Protestantism, receiving in return an important military command.

The hôtel de la Trémouille was built in 1490, and wantonly destroyed in 1840. Viollet-le-Duc calls it one of the most beautiful buildings of the close of the 15th century.

Tristan, the famous grand provost of Louis XI, who employed him to carry out his decrees of death or imprisonment.

Tyburn, the suburb of London where stood the gibbet on which were hung and exposed the bodies of criminals.

Uzès, town near Nîmes, in the south of France; one of the fortified Huguenot towns, taken by Louis XIII in 1629, and dismantled.

Vieuville, La, Charles, marquis of, born 1582, died 1653, was minister of finance under Louis XIII in 1623. The best thing he did was to admit Richelieu into the cabinet, but when the cardinal's power made itself felt, La Vieuville plotted against him. He regained power in 1649, under the regency of Anne, who raised him to the peerage and a dukedom.

Vitry, Nicolas de l'Hôpital, marquis, then duke of, born 1581, died 1644; succeeded to his father in the office of captain of the king's guards in 1611. He slew Concini and was made marshal of France; he fought against the Huguenots and signalized himself at the Ile de Ré and at La Rochelle. Having been appointed governor of Provence he ruled so harshly that the inhabitants revolted. Richelieu recalled him and sent him to the Bastille, from which he emerged seven years later, at the death of the cardinal. The year following he was created duke and peer of France.

MODERN LANGUAGES.

Beginners' Book in French.

Illustrated with humorous pictures. By SOPHIE DORIOT. Square 12mo. Boards. 304 pages. Mailing Price, 90 cents; for introduction, 80 cents.
Part II.— *Reading Lessons* (separate). 186 pages. Mailing Price, 55 cents; for introduction, 50 cents.

CHILDREN, for whom this book is designed, care nothing for the intrinsic meaning or value of words. In order to obtain satisfactory results in teaching them a foreign language, it is necessary to amuse them, awaken their enthusiasm, or appeal to their sympathy. In object-teaching, it requires teachers of exceptional ability or of special energy to experience and communicate a never-failing enthusiasm about the chair they are sitting on, or the table placed before them. On the other hand, the author has found that by giving children and other beginners subjects which they like, or which are calculated to excite their curiosity, they will, in order to conquer the point which is luring them, master words and expressions in a time and manner that cannot be secured by the best-arranged methods.

It is on this principle that the present book has been prepared. It is intended as a relief to teachers, aud a source of pleasure as well as instruction to young pupils. The pictures have been made as humorous as possible. They are exact illustrations of the text following them, having been drawn expressly to accompany it.

E. S. Joynes, *Prof. of Modern Languages, South Carolina College:* It makes the beginning of French so charming that all the children who see it will be crying to learn French. I have never seen any similar book so exquisitely conceived and so faithfully and beautifully executed. (*Feb.* 20, 1887.)

Le Francais, *Boston:* C'est bien là le livre que les maîtres devraient mettre entre les mains des *enfants américains* qui étudient notre langue. (*February*, 1887.)

Courrier des Etats Unis, *New York:* Son auteur ... a parfaitement réussi. (*Feb.* 28, 1887.)

Beginners' Book in German.

Illustrated with humorous pictures. By SOPHIE DORIOT, author of *The Beginners' Book in French*. Square 12mo. pages. Boards. Mailing Price,   cents; for introduction,   cents.

THIS follows the natural method for which Miss Doriot's *Beginners' Book in French* has been so much commended. The lessons are introduced with a humorous picture, followed by some corresponding verses from the child-literature of Germany. A conversation upon the subject, with the study of words and phrases, completes the lesson. Advantage is thus taken of the learner's tastes and inclinations, and even of the mischief-loving element of young America.

The Second Part contains *graded selections* for reading, which may be issued separately, as in the case of *The Beginners' Book in French*.

Spiers' New French-English Dictionary.

Compiled from the French Dictionaries of L'Académie, Bescherelle, Littré, etc., and the English Dictionaries of Johnson, Webster, Richardson, etc., and the technical works in both languages. By Dr. SPIERS, Agrégé de l'Université, Chevalier de la Légion d'Honneur, Officier de l'Instruction Publique. Twenty-ninth edition, entirely remodelled, revised, and largely increased by H. WITCOMB, successor to Dr. Spiers at the École des Ponts et Chaussées. Crown 8vo. Half morocco. 782 pages. Mailing Price, $4.85; for introduction, $4.50.

DR. SPIERS continued, so long as he lived, to collect materials for the improvement and the enlargement of his great work. These materials, supplemented where necessary, have now been incorporated by most competent hands, and this work, after forty years of success, is the newest exhaustive French Dictionary.

Spiers' English-French Dictionary.

Crown octavo. Half morocco. 910 pages. Mailing Price, $4.85; for introduction, $4.50.

THE plan of this work is similar to that of the French-English Dictionary.

M. Blanqui, *Membre de l'Institut:* Cet excellent ouvrage qui me semble digne au plus haut point de l'attention du monde savant. . . . C'est un travail tout a fait neuf, sérieux, approfondi, complet.

Modern French Readings.

Edited by WILLIAM I. KNAPP, Professor of Modern Languages in Yale College. 12mo. Cloth. 467 pages. Mailing Price, 90 cents ; Introduction, 80 cents.

THE selections have been made with reference to style and vocabulary, rather than to the history of the literature, so as to enable the reader to acquire experience in the popular, social, every-day terms and idioms that characterize the writings of the French to-day. They embrace about a year's study.

Tribune, *Chicago :* To familiarize the young with what may be called the French of the people, which now dominates the French of literature, the work of the accomplished professor of modern languages at Yale College cannot be too highly commended.

A Grammar of the Modern Spanish Language.

As now written and spoken in the Capital of Spain. By WILLIAM I. KNAPP, Professor in Yale College. 12mo. Cloth. 496 pages. Mailing Price, $1.65; Introduction, $1.50.

THIS book aims to set before the student, clearly and completely, yet concisely, the forms and usages of the present speech of the Castiles, and to fix them in the memory by a graded series of English-Spanish exercises. The work is divided into two distinct parts, — a Grammar and a Drill-Book.

The inflected parts of speech are presented on a new, and, it is believed, a more judicious method, and the so-called irregular verbs are considerably reduced in number. A few reading lessons are appended, with an appropriate vocabulary, for those who may not care to follow the exercises.

Schele De Vere, *Prof. of Modern Language, etc., University of Virginia :* After a careful, practical examination of your strikingly handsome edition of Professor Knapp's Grammar, I am convinced that it is by far the best work of its kind. Having myself published — many years ago — a Spanish Grammar, which in its day was successful, I ought to be no incompetent critic. I shall certainly use the book in this university. (*Dec.* 19, 1882.)

Modern Spanish Readings.

By WILLIAM I. KNAPP, Ph.D., Professor of Modern Languages, Yale College. 12mo. Cloth. 458 pages. Mailing Price, $1.65; Introduction, $1.50.

THE 200 pages of text represent the average modern style of composition in the newspaper article, the novel, the essay, history, and criticism.

George L. Andrews, *Prof. of Modern Languages, United States Military Academy, West Point, N.Y.:* Professor Knapp's Spanish Grammar and Modern Spanish Readings have been in use as text-books at the Military Academy for the last three years, and have been found very satisfactory. For any serious study of the Spanish Language by those whose vernacular is the English, I know of no other grammar that is nearly as good as that of Professor Knapp. (*March* 17, 1886.)

Spanish Idioms, with their English Equivalents,

Embracing nearly 10,000 phrases. By SARAH CARY BECKER and Señor FEDERICO MORA. 8vo. Cloth. 330 pages. Mailing Price, $2.00; for introduction, $1.80.

THIS is as nearly as possible a complete collection of Spanish idioms, or of Spanish phrases which, if literally translated, would fail to convey to foreign ears the sense in which they are understood by Spaniards. No approximately complete collection of these idioms has hitherto been published, either separately, or scattered through any more comprehensive work. The translations have been made with great care, and numerous errors in the readings found in Spanish-English dictionaries are here corrected. The idioms are arranged on a plan so simple that any phrase may be found with the utmost ease. Spanish literature and conversation fairly bristle with idioms, and this difficult feature of the language is here adequately dealt with for the first time.

J. F. Sagrario, *Sec'y of the Spanish Legation, Washington:* All the expressions are thoroughly idiomatic. They are *very* well translated. The book will be very useful, not only to beginners, but to the more advanced students.

An Alphabetical Table of German Prefixes and Suffixes.

By WILLIAM COOK, Editor of *Otto's Grammar.* 4 pages of tough paper, 8 × 10 inches. Price, 5 cents.

THIS may be used either for reference or for regular lessons, in connection with any text-book.

German Lessons.

By W. C. COLLAR, A.M., Head Master of the Roxbury Latin School, Boston, and author of "The Beginner's Latin Book"; being "Eysenbach's Practical German Grammar" revised and largely rewritten, with Notes, Selections for Reading, and Vocabularies. 12mo. Cloth. xxiv + 360 pages. Mailing Price, $1.30; for introduction, $1.20.

EYSENBACH'S Grammar was the work of one who had a genius for teaching. It had a great merit of design, — it presented the language to the learner *right end foremost;* and a great merit in execution, — exercises wonderfully ingenious, copious, and varied. It was deficient in scientific spirit and method. This lack Mr. Collar was peculiarly fitted, as the *Beginner's Latin Book* showed, to supply. It is believed that the *German Lessons* harmonizes in a practical way the "natural" and the "scientific" methods.

It is **inductive**, as one proceeds instinctively and necessarily, when he learns a foreign language in a foreign country, — not rigidly inductive, but naturally and easily so.

It is **direct and simple**, presenting everything from its practical side, in such a way as to help most toward the *reading, writing*, and *speaking* of German with ease and accuracy.

It is **well-arranged**, because every topic is taken up in its right place, and the lessons are so ordered that the mastery of one is a stepping-stone to the mastery of the next; so that the pupil feels he is outflanking the difficulties.

It is **thorough**, particularly in the abundant, ingenious, and varied Exercises, in adhering to the principle that reading, writing, and speaking should go hand in hand, and in stating things with scholarly accuracy and finish.

And finally, it is **complete**, comprising Lessons, Precise Grammatical Principles, Choice Readings, Pertinent Notes, an Outline of Pronunciation, a Table of Contents, and an Index, — all in about 250 pages, besides the Vocabularies.

A. N. Van Daell, *Director of Instruction in the Modern Languages, Boston Public Schools:* Collar's Eysenbach's German Lessons is a decided advance on books of similar design. It is short and yet thorough in its treatment, easy and yet scholarly.

H. H. Boyesen, *Professor of German in Columbia College:* I like the Collar's Eysenbach's German Lessons better than any that have so far come to my notice. It embodies all that is of practical use in the so-called natural method, and the latest results of pedagogical experience.

O. Seidensticker, *Professor of German in the University of Pennsylvania:* The work has the very commendable feature of combining and very happily blending what is truly meritorious in the different systems. It leads by the directest way to a conversational use of German, and supplies the needful grammatical instruction.

W. R. Rosentengel, *Professor of German;* **S. A. Sterling**, *Instructor in German;* **J. E. Olson**, *Assistant Professor of Scandinavian Languages and German, University of Wisconsin:* After having examined Collar's Eysenbach's German Grammar, we recommend it for introduction into the University, and to the German teachers of the accredited high schools of this State.

W. H. Carruth, *Professor of German in the University of Kansas:* The arrangement under one series of lessons is highly desirable, and the English themes for translation into German seem to be the most human and probable that I have ever found in a grammar. The model idiomatic sentences at the beginning of each lesson are an excellent feature. . . . I think he has written the grammar I have been waiting for.

C. F. P. Bancroft, *Prin. of Phillips Academy, Andover, Mass.:* It is a serious, sensible, successful book. It has taken its place at once and by right at the front, among the few best German grammars and the fewer best first books in German.

Oscar Faulhaber, *Teacher of German, Phillips Acad., Exeter, N.H.:* An experienced teacher is bound to admire the pedagogic skill in its compilation. It has many advantages over other German grammars that will surely meet with speedy recognition by the profession.

Jas. A. Beatley, *Teacher of German, English High School, Boston, Mass.:* I have always said that Eysenbach's Grammar gave a pupil the chance to acquire the German language without filling his mind with lumber. I find the new edition an improvement on the old. (*Dec.* 2, 1887.)

Miss Kate W. Cushing, *Teacher of German, East Boston High School, Mass.:* Its method is terse, logical, and natural in the right sense of that much-abused word. The scholar's hand has left its mark on every page, and the very points which the author by experience knows a student of German is sure to need are concisely given in their proper place.

Wm. Fuller, *Teacher of German, High School, Lynn, Mass.:* The original work I have used in several classes with good results, and as far as my examination of it extends, the revision seems to enhance the value of what was already a useful textbook. (*Nov.* 22, 1887.)

M. Hinkel, *Prof. of German, Vassar College, N.Y.:* I am much pleased with it. It presents the essentials of grammar in a very clear, comprehensive manner, in the proper order, and without verbosity. The exercises also are eminently practical and to the point. Altogether I consider it an excellent book for beginners. (*Nov.* 26, 1888.)

J. B. Unthank, *Pres. of Wilmington College, Ohio:* I have as yet seen no book on the practical plan that I think equal to Collar's Eysenbach. (*Oct.* 21, 1888.)

Charles H. Jones, *Prin. of Oak Grove Seminary, Vassalboro, Me.:* It is a rare book. We are using it this term for the first time, and teacher and pupils are enthusiastic over it.   (*Oct.* 24, 1888.)

English into German.

The English Exercises from Collar's Eysenbach's German Lessons. 12mo. Paper. ii + 51 pages. Mailing Price, 25 cents; for introduction, 20 cents.

IT is believed that this separate edition of the exercises for turning English into German will be a great convenience to teachers. After the exercises have been done once with the help of the special vocabularies and under the direction and criticism of the teacher, it will be found useful to review them again and again, sometimes orally, sometimes in writing, with all helps in the way of rules, special vocabularies, and model sentences removed. The pupil is thus left to depend entirely upon his previous study and faithful attention to his teacher's instruction.

German Exercises.

By J. FREDERICK STEIN, Instructor of German in the Boston High Schools. 12mo. Cloth. 118 pages. Mailing Price, 45 cents; for introduction, 40 cents.

THIS, the first and only book of its kind in German, is based on the reproduction plan, like Collar and Daniell's *Beginner's Latin Book*. It is designed as supplementary to any good grammar or "Lessons," and will answer as a first reader in German. The reproducing work may be commenced after a short study of the rudiments; and yet the book contains enough, in the second part, for pupils well advanced. It may be used with or without a grammar, since the notes are complete in themselves. Special pains have been taken to illustrate German construction. Though it is not a grammar, remarks are made on the principal grammatical rules, and while in most grammars such notes are scattered through a large volume, they are here given compactly and together. The design of the *German Exercises* is "to lead the pupil early into the spirit of the German by forming it."

John Tetlow, *Head Master of the Girls' High and Latin Schools, Boston; Author of Tetlow's Latin Lessons:* They furnish, in my judgment, very serviceable and very interesting material for the kind of composition and conversation which should accompany the beginner's work in German.

W. C. Collar, *Author of the Beginner's Latin Book, and Editor of Collar's Eysenbach's German Lessons:* I am happy to express my entire approval of the author's purpose and plan. I believe his method to be the most reasonable and interesting, as well as the most fruitful in good results.

BOOKS ON ENGLISH LITERATURE.

GINN & COMPANY, Publishers,
Boston, New York, and Chicago.